Le Scoop

Ouvrages de Pierre Salinger
publiés en français

AVEC KENNEDY
Buchet-Chastel. 1966.

RÉPUBLIQUE À VENDRE
Presses de la Cité. 1971

JE SUIS UN AMÉRICAIN
Stock. 1975.

LA FRANCE ET LE NOUVEAU MONDE
Laffont. 1976.

OTAGES
Buchet-Chastel. 1982.

Par Leonard Gross

LES DERNIERS JUIFS À BERLIN

Sur simple envoi de votre carte, nous vous tiendrons
régulièrement au courant de nos publications.
Éditions J.-C. Lattès, B.P. 85-06, 75262 Paris Cedex 06.

Pierre SALINGER
et
Leonard GROSS

Le Scoop

roman
traduit de l'américain
par Gérard de CHERGÉ

JCLattès

Titre original : THE DOSSIER
(Doubleday & Company, New York, 1984)

A trente-deux années d'amitié.

1

Lorsque le rêve d'André se concrétisa enfin, la réalité lui parut encore plus belle qu'il ne l'avait imaginée. Dans ses rêves, il était assis au piano, sans le moindre élément de décor : ni plafond, ni murs, ni plancher... Il se voyait sous la forme d'un reflet symbolisant non seulement son désir de recommencer à jouer mais aussi son besoin lancinant de s'isoler afin que, pour une fois, personne ne pût le joindre : ni la rédaction de New York, ni les responsables des journaux télévisés, ni les correspondants et les journalistes indépendants qui travaillaient sous ses ordres à Paris et dans d'autres villes européennes, ni un quelconque informateur l'appelant pour un tuyau, ni une vague relation à la recherche d'un emploi ou un Américain de passage espérant qu'un coup de téléphone d'André Kohl lui ouvrirait les portes de Chez Régine.

La réalité comblait les vides avec une telle opulence qu'André avait peine à l'assimiler. Le piano reposait sur le parquet en chêne ciré d'une haute pièce aux murs blancs et aux poutres apparentes. Les tableaux collectionnés au gré de ses voyages ornaient l'un des murs ; ils étaient si nombreux qu'il avait dû les disposer les uns contre les autres. Des étagères de livres tapissaient du sol au plafond une autre paroi. Les deux murs extérieurs comportaient chacun quatre porte-fenêtres à travers lesquelles André voyait, au nord et à l'ouest, des rangées de pommiers bien alignés qui commençaient juste à fleurir en ce début de printemps. Ce matin-là, il faisait un soleil radieux ; c'était tellement rare sur la côte normande qu'André avait de bonnes raisons de se demander si ce n'était pas un don spécial des dieux pour la circonstance. L'herbe grasse était perlée de rosée, un vent vif balayait le ciel et l'air marin qui pénétrait dans le cabinet de travail semblait parfumé de cidre. Seul le doux crépitement du feu de bois, dans la cheminée, troublait le silence. Mme Veuve Cartet, la gouvernante d'André et l'unique autre occupante du *Pré-Réau*, la maison de campagne du journaliste, était partie au village à bicyclette, dix minutes plus tôt, pour acheter de quoi préparer le déjeuner, et le téléphone ne risquait guère de sonner. Le numéro d'André ne figurait pas dans l'annuaire ; ses adjoints eux-mêmes, à son bureau parisien, l'ignoraient. Seules trois personnes le connaissaient : ses deux enfants, maintenant adultes, qui vivaient aux États-Unis et ne l'appelaient pas souvent de là-bas, et Mike Paul, le directeur de l'information, à qui on avait recommandé — sur un ton mi-figue mi-raisin — d'appeler uniquement si la fin du monde était arrivée *et* si l'événement, vu d'Europe, offrait un aspect particulièrement intéressant.

Cette première journée de son année sabbatique s'annonçait donc telle qu'il l'avait souhaitée ; pourtant, il ne pouvait se décider à pénétrer dans le cadre idéal qui s'offrait à ses yeux.

Replet sans être corpulent, André avait un visage taillé à la serpe mais une expression étonnamment douce et des manières déférentes. Il demeurait immobile sur le seuil du bureau, comme s'il attendait la permission d'entrer. Il ne pouvait y avoir qu'une seule raison à cela : malgré les arguments qu'il avait avancés avec force pour justifier ce congé, il se rendait compte que Mike, au fond, n'avait pas tort. Pour un journaliste au faîte d'une carrière exceptionnelle, c'était une folie de s'arrêter de travailler pendant un an afin de s'exercer au piano.

— Vous faites une bêtise aussi grosse qu'en soixante-huit, lui avait dit Mike trois mois auparavant, à New York, quand André lui avait fait part de son projet. Vous abandonnez le poste le plus passionnant de ce métier...

— Je ne l'abandonne pas, je prends simplement un an de congé.

— ... et, en soixante-huit, vous avez abandonné le meilleur poste de Washington.

— J'en avais assez.

— N'empêche que, si vous étiez resté à Washington, vous seriez aujourd'hui le présentateur du journal télévisé.

— J'aurais refusé.

— Même pour un million de dollars par an ?

— Avec un million de dollars, je ne pourrais rien m'offrir que je n'aie déjà.

— Vous avez suffisamment d'argent de côté pour pouvoir vous passer d'un an de salaire ?

— Absolument.

C'était vrai. On ne sacrifie pas le salaire d'une année sans y avoir sérieusement réfléchi, surtout quand la somme en jeu avoisine les deux cent mille dollars. Mais les revenus financiers d'André suffisaient à couvrir ses dépenses annuelles. Beaucoup plus que la question pécuniaire, ce qui le tracassait, c'était la perspective de renoncer temporairement à sa vie excitante : se lever chaque matin sans savoir dans quelle ville il passerait la nuit suivante ; déjeuner au Harry's Bar de Venise ou dîner chez Annabelle, à Londres ; rencontrer presque quotidiennement une puissante élite dont les décisions influaient sur la vie de millions de gens ; avoir la quasi-certitude de trouver sur son répondeur automatique, à chaque retour de voyage, un message d'un ou de plusieurs de ses célèbres amis, en visite inopinée à Paris. (« André chéri, ici Betty Bacall. Je suis en ville pour quelques jours, au San Regis. J'ai très envie de te voir. ») Le fait de pouvoir dire : « Il y a dix mille personnes dans le monde, et elles se connaissent toutes. » L'arrogance de cette pensée le mit mal à l'aise ; il savait néanmoins qu'il préférait, à tout prendre, faire partie de ces dix mille privilégiés. La vie était passionnante et il avait beaucoup de chance : nul n'avait besoin de lui rappeler.

Tout cela avait rendu sa décision d'autant plus inexplicable aux yeux de Mike Paul. C'était Mike qui, vingt ans auparavant, avait arraché André à la presse écrite pour le faire entrer à la télévision. C'était Mike qui avait transformé André et une demi-douzaine d'autres en stars de l'audiovisuel, leur offrant du même coup une existence dépassant tout ce qu'un journaliste avait jamais vécu ou imaginé. Le jour de leur entrevue, Mike, debout derrière sa table recouverte d'une plaque de verre, avait introduit André dans son vaste bureau, au dix-septième et dernier étage de l'immeuble abritant les locaux de la société de télévision U.S.B.C. (United States Broadcasting Corporation), à l'extrémité nord de Colombus Circle. Mike était un petit homme solidement bâti, qui se levait tous les matins à cinq heures moins le quart pour pouvoir lire sans être dérangé, puis courir pendant une heure autour du lac de Central Park et faire des haltères pendant une demi-heure dans la salle de gymnastique de son immeuble avant de commencer sa journée de travail. Il rayonnait de santé, ce qui mettait toujours André un peu mal à l'aise, lui qui détestait tout exercice physique plus fatigant que le golf. L'énergie qu'il consacrait à son travail, de longues heures durant, était sa seule défense contre une légère tendance à l'embonpoint qu'aggravait son goût pour la bonne chère et les grands crus.

— Quel âge avez-vous, au juste ? demanda Mike.

— Cinquante-six ans.

— Dans neuf ans, vous pourrez prendre toutes les vacances que vous voudrez.

— Dans neuf ans, j'aurai neuf ans de plus.

— Et si je m'arrangeais pour qu'on vous confie uniquement les sujets les plus importants ?

— Vous savez bien que ça ne marcherait pas, dit André. C'est tout ou rien.

Il observa Mike, qui faisait les cent pas devant un mur littéralement couvert de trophées et de diplômes témoignant des nombreuses récompenses remportées par son équipe rédactionnelle.

— Pourquoi faites-vous de telles difficultés ? finit par dire André.

— Il vous faut un dessin, ou quoi ? Mon boulot consiste à battre les réseaux concurrents. Sans vous, comment y arriverai-je en Europe ?

— Vous n'attachez qu'une importance secondaire à l'Europe, reconnaissez-le.

— Peut-être, mais les élections françaises approchent.

André éclata de rire.

— Allons, Mike ! Les dernières élections ont été expédiées en une minute quarante secondes au journal du soir. Vous n'aurez qu'à faire appel à un des gars du bureau ou envoyer sur place Bill Avery, notre correspondant à Londres.

Debout devant la fenêtre, le regard fixé sur Lincoln Center, Mike demeura silencieux quelques secondes. Enfin, il se tourna vers André.

— Bon, je vais vous dire ce qui me tracasse. Vous autres

journalistes de télé, vous avez un point commun avec les acteurs de cinéma. Vous valez ce que vaut votre dernière prestation.

— Autrement dit, on risque de m'oublier si je m'absente pendant un an ?

— Disons que votre étoile aura pâli.

André soupesa un moment cet argument.

— Je prends le risque, dit-il. En un certain sens, ce serait un soulagement pour moi.

Il savait que Mike comprendrait le sens de cette remarque. Après tant d'années, André se sentait las d'être sur la brèche vingt-quatre heures sur vingt-quatre, sept jours par semaine, de guetter les coups journalistiques — crises politiques soudaines, explosions de violence, assassinats, catastrophes naturelles, accidents meurtriers — et de se plier à des délais impératifs. Cette lassitude — contrepartie d'une vie riche en péripéties — n'avait pourtant pas été le facteur déterminant dans sa décision de demander un congé. La véritable raison, André ne pouvait se résoudre à la confier à personne. Compte tenu des privilèges dont il jouissait, comment aurait-il pu expliquer son attirance grandissante pour « l'autre route », celle qu'il n'avait pas prise ?

La question avait commencé à s'insinuer dans son esprit au début des années soixante-dix, à une période où les diverses crises qui le sollicitaient lui paraissaient tellement semblables qu'il avait l'impression de tourner en rond. Aurait-il pu devenir un grand pianiste ? Quel genre de vie aurait-il alors mené ? Quel genre d'homme serait-il devenu ? Ses parents et ceux d'Isaac Stern avaient été amis, mais les deux enfants avaient grandi dans des villes différentes : lui à Los Angeles, Isaac à San Francisco. Néanmoins, à l'époque, ils se rencontraient plusieurs fois par an pour jouer en duo, et on comparait favorablement leurs talents respectifs. Aurait-il *pu* avoir une existence semblable à celle d'Isaac ? Ils s'étaient vus pour la dernière fois en Israël, durant la guerre du Kippour. André s'y trouvait pour suivre les combats ; Isaac, lui, jouait pour les sodats. Lequel des deux avait touché le plus de gens, s'était senti le plus authentique ? Impossible de répondre à ces questions ; pourtant, elles s'imposaient à lui de manière irrésistible. André ne se faisait aucune illusion : une année au clavier ne lui rendrait pas la force et l'agilité de ses doigts de jeune homme, ni le sens de la musique que son cerveau, autrefois, communiquait à ses mains. A ce stade avancé de sa vie, il n'avait aucune intention de donner des concerts. Il ressentait simplement le besoin de renouer avec son passé, d'emprunter l'autre route — si peu que ce fût. Et il pensait que, s'il parvenait, à force de jouer, à accomplir de nouveau des prouesses au piano, cela pourrait l'aider à réaliser son désir... et à éclaircir les mystérieuses *raisons* de ce désir.

Maintenant, enfin, le moment était arrivé. Mais, si l'environnement se révélait plus satisfaisant dans la réalité que dans ses rêves, ce n'était pas le cas de l'expérience proprement dite. Dans ses rêves, le doute ne l'avait jamais effleuré. Or, en cet instant, il avait la peau moite, comme s'il suivait une cure de désintoxication. Sa drogue, depuis des années, c'était la vie trépidante qu'il menait ; cela lui procurait des sensations que l'alcool ne pourrait jamais lui faire connaître. Parviendrait-il vraiment à rester cloué pendant un an sur un tabouret de piano à Varengeville-sur-Mer, un village de moins d'un millier d'âmes, situé à treize kilomètres de Dieppe et à trois heures de l'aéroport international le plus proche ?

Le piano était un Steinway acheté pour la circonstance. Lorsqu'il souleva le couvercle, il éprouva la même impatience fébrile qu'il avait ressentie la première fois qu'il avait ôté le soutien-gorge d'une fille. Il laissa retomber ses mains sur ses genoux et entrelaça ses doigts avec une telle force qu'il eut du mal à les séparer. Au bout d'un moment, il les mit en position au-dessus du clavier et attaqua les premières notes de la *Fantaisie impromptu* de Chopin. Les cahiers d'exercices de Czerny et Hanon se trouvaient à portée de sa main, prêts à servir, mais il voulait commencer par le morceau de Chopin, la petite plaisanterie qu'il s'était préparée. « Je cours après des arcs-en-ciel », chanta-t-il d'une voix puissante lorsqu'il en arriva à ce passage de la partition. Son jeu présentait des défauts, mais ce n'était pas dû à ses doigts : ils semblaient assez souples. Le problème, c'était qu'il n'avait plus ses reflexes d'autrefois. Miraculeusement, il entendait — presque aussi clairement qu'à l'époque où il s'exerçait quatre ou cinq heures par jour — des groupes de notes formant des phrases. Mais les informations ne parvenaient pas à ses mains aussi rapidement que jadis. Il ne pouvait exécuter ce qu'il voyait et entendait. « Voilà le défi à relever », pensa-t-il avec satisfaction. L'important, c'était d'avoir commencé.

Il ne transpirait plus. Son malaise s'était dissipé. Il continua de jouer, en ayant l'impression de flotter sur un nuage. Au bout de l'arc-en-ciel, un orchestre symphonique au grand complet l'accompagnait. Lorsque la sonnerie du téléphone interrompit ce moment de bonheur parfait, il tenta de se persuader que c'était simplement l'un des percussionnistes qui avait fait un épouvantable couac.

2

— Allô ?

C'était une voix masculine, douce et grave, teintée d'accent israélien. André la reconnut sur-le-champ.

— Ravi de vous entendre, Shlomo, dit-il après un silence.

Shlomo eut un petit rire.

— Vous le serez vraiment quand vous saurez ce que j'ai à vous dire.

— Je ne vous demande même pas comment vous avez obtenu mon numéro de téléphone.

— C'est préférable, dit Shlomo.

André eut un soupir à la fois las et résigné. Quand Shlomo appelait, ce n'était pas pour échanger des politesses. Il apportait toujours des tuyaux d'une grande portée, des renseignements qui servaient les intérêts israéliens, bien entendu, mais qui fournissaient également la matière d'importants reportages. A tout autre moment, un coup de fil de Shlomo aurait fait battre le cœur d'André. En l'occurrence, cela le remplit d'appréhension.

— Bon, dit-il sans enthousiasme. Qu'est-ce que vous avez déniché ?

— Je vous le dirai de vive voix.

— Il est hors de question que j'aille à Paris.

— Aucun problème. Une petite excursion à la campagne ne serait pas pour me déplaire.

André réfléchit. Pour bavarder avec Shlomo, il préférait ne pas avoir de murs autour de lui. Il avait prévu de consacrer son après-midi au deuxième grand événement de la journée ; ce cadre satisferait parfaitement aux exigences requises par la visite de Shlomo.

— Retrouvez-moi cet après-midi à deux heures et demie au club sportif de Dieppe. Sur la route côtière, à l'ouest de la ville.

Il y eut une pause à l'autre bout du fil. Puis Shlomo s'enquit :

— Que fait-on dans un club sportif ?

— On joue au golf, Shlomo.

Comme son interlocuteur ne réagissait pas, André reprit :

— Vous savez certainement ce qu'est le golf.

— Bien entendu. On le pratique même en Israël.

— Alors... Deux heures et demie.

André hésita. Il aurait bien voulu trouver le courage de dire à Shlomo de ne pas venir, mais il en fut incapable.

— J'espère que ce sera un bon tuyau, Shlomo, dit-il enfin.

— Je ne vous en ai jamais donné de mauvais, n'est-ce pas ?

Officiellement, Shlomo Glaser était diplomate. Il avait été ambassadeur d'Israël à Washington, à Paris, en Amérique latine, en Afrique et au Moyen-Orient. André, lui, avait la conviction que Shlomo était en réalité un agent — peut-être même l'un des responsables — du Mossad, les services secrets israéliens.

Les deux hommes s'étaient connus à Washington vers le milieu des années cinquante. Pendant vingt-cinq ans, Shlomo avait été l'un des plus précieux informateurs d'André. Quand le Mossad avait averti Anouar el-Sadate que les musulmans fondamentalistes projetaient de l'assassiner, Shlomo avait mis André au courant. Il lui avait également annoncé la mise à l'écart de l'empereur d'Ethiopie, Haïlé Sélassié. Et le renversement du shah d'Iran.

Shlomo était petit et trapu, mais tout en muscles. Il avait une carrure et des bras si impressionnants qu'il paraissait capable de déraciner un arbre à mains nues. Il avait huit ans de plus qu'André mais, à le voir arpenter avec allant le terrain de golf, son visage poupin rougi par le soleil et par le vent, on lui eût donné dix ans de moins.

Le parcours, que ses courbes onduleuses rendaient agréable à l'œil, réservait nombre de difficultés aux joueurs. La plupart des greens se distinguaient à peine dans l'étendue de gazon. Les « pièges » avaient la consistance du béton. Si on expédiait une balle dans les massifs de fougères stratégiquement disposés le long du terrain, juste avant les greens, on était presque sûr de ne jamais la revoir. En outre, le vent qui soufflait de la Manche par rafales obligeait parfois les joueurs à employer un driver pour des coups requérant normalement un club numéro quatre. Néanmoins, aux yeux d'André, le parcours — tout comme le jeu proprement dit — remplissait sa fonction essentielle : lui rappeler, une fois par semaine, ses imperfections.

Les deux hommes s'éloignèrent du green et se dirigèrent vers le tee du cinquième trou.

— Est-ce vraiment ainsi qu'il faut jouer ? demanda Shlomo, qui avait regardé André suivre avec une silencieuse détermination sa balle capricieuse.

C'étaient les premières paroles qu'il prononçait depuis le début de la partie. André lui lança un coup d'œil circonspect pour voir s'il plaisantait. Il put constater que non.

— Comme vous ne connaissez manifestement pas grand-chose aux règles du golf, dit-il, je pourrais vous répondre par l'affirmative. Mais, si jamais vous rencontriez un bon joueur d'ici à ce soir, vous ne me feriez plus confiance... Non, Shlomo, je ne joue pas comme il le faudrait. Cela est dû à une éducation très particulière. J'étais un enfant prodige. Afin de me permettre de m'exercer au piano, mes parents ont décidé de ne pas m'envoyer à l'école. C'est un précepteur qui s'est occupé de mon instruction. Jusqu'à l'âge de dix ans, je n'ai pas pratiqué un seul sport, car je risquais de m'abîmer les mains. Le résultat, vous le voyez : enthousiasme inaltérable et piètre coordination des mouvements.

Au cinquième trou, le gazon formait un talus vertical de quinze mètres avant de remonter en pente douce vers le green. André frappa à l'aide d'un bois numéro quatre. Après un bon départ, la balle dévia dangereusement et atterrit dans un pré, en bordure du quatrième trou. André la suivit des yeux en silence jusqu'à ce qu'elle eût fini de rouler.

— Ce coup-là n'a pas atteint son objectif, Shlomo, dit-il.

Ils prirent un sentier menant au pied du tee. André marchait en tête. Il s'arrêta et se tourna vers Shlomo, qui contemplait d'un air surpris les vestiges d'un bunker allemand.

— Il y en a une demi-douzaine sur le terrain, dit André. Plutôt que de les démolir, le club a préféré les intégrer au parcours.

— Ce cadre est tout à fait de circonstance.

André fronça les sourcils.

— Comment cela ?

— Pour ce que j'ai à vous dire.

— Ah !...

Au bas de la pente, le caddie tendit à André un club numéro cinq et lui lança un regard plein de commisération. Puis il grimpa jusqu'au green tandis qu'André s'éloignait vers la droite. Shlomo le rattrapa en quelques enjambées.

— Quelle serait votre réaction si je vous disais que le prochain président français — le plus probable, du moins — a été un agent de la Gestapo durant la guerre ?

André s'arrêta net et plongea son regard dans les yeux mélancoliques de Shlomo.

— Pour le coup, vous plaisantez ! dit-il au bout d'un moment.

— Je ne suis pas venu d'Israël pour vous raconter des blagues.

— Un instant, dit André.

Il s'approcha de sa balle, jeta un bref coup d'œil en direction du green et frappa. La balle fila directement vers le drapeau, à peine visible derrière la crête. Quelques secondes plus tard, le caddie incrédule apparut, faisant signe que la balle se trouvait à une trentaine de centimètres du trou. André y fit à peine attention. Il était sous le coup de ce que venait de lui dire Shlomo. C'était comme si on lui avait annoncé que de Gaulle avait été un agent de la Gestapo. L'homme auquel Shlomo faisait allusion ne pouvait être que Camille Laurent, un général français qui s'était distingué pendant les guerres coloniales. Ce conservateur partait grand favori de l'élection présidentielle toute proche. Le rôle qu'il avait joué durant la guerre, en tant qu'un des chefs de la Résistance, lui avaient valu une grande renommée et une magnifique carrière.

— Bon, qu'est-ce que vous avez déniché? demanda André à Shlomo, comme il l'avait fait au téléphone.

— Nous tenons nos renseignements d'une Israélienne d'origine allemande. Pendant la guerre, elle s'est procuré de faux papiers et a fini par travailler pour la Gestapo. (Shlomo leva une main pour prévenir les protestations d'André.) Attendez, cela s'explique très bien. Pendant la guerre, cinq mille juifs sont entrés dans la clandestinité à Berlin. On les appelait des « sous-marins ». Environ un millier ont survécu ; parmi ceux-là, beaucoup avaient de faux papiers. Cette femme nous a montré les siens. Elle avait une carte d'identité truquée et une carte de la Gestapo, tout à fait authentique. Nous avons vérifié.

— Continuez.

— Elle avait un poste de documentaliste. Elle a eu entre les mains un rapport de Kurt Hoepner adressé au quartier général de la Gestapo, à Paris, et envoyé par la suite à Himmler. Vous vous souvenez de Kurt Hoepner?

— Le bourreau de Clermont-Ferrand?

— Précisément. Dans son rapport, Hoepner signalait qu'il avait réussi à infiltrer la Résistance en achetant l'un de ses chefs. Il citait le nom de Laurent.

André s'approcha de sa balle, la fit rouler dans le trou et se dirigea vers le tee suivant. Là, il s'arrêta juste le temps de projeter sa balle par-dessus un monticule, deux cents mètres plus loin. Puis il se remit en marche, d'un pas si rapide que son caddie dut le suivre au petit trot. Pour ce trou, la moyenne était de quatre coups ; malgré le vent, André atteignit sans difficulté le green au coup suivant. Et, sous le regard stupéfait du caddie, il réussit un « birdie ». A l'instant où la balle tombait dans le trou, il se tourna vers Shlomo.

— Selon vous, dit-il, pourquoi cette femme a-t-elle attendu quarante ans pour se manifester?

— Aucun problème sur ce point. Elle ignorait ce qu'était devenu Laurent, jusqu'au jour où elle a lu dans le journal qu'il avait des chances de remporter les élections françaises.

— Du coup, en bonne Israélienne, elle est allée raconter son histoire. Il est vrai que, pour les Israéliens, un ancien collaborateur ne serait pas le président français idéal.

— Nous avons suffisamment d'ennuis comme ça avec les Français.

— Qu'attendez-vous de moi, au juste?

— J'ai pensé que ça pourrait vous intéresser de creuser cette affaire.

— Vous avez les meilleurs agents secrets du monde. Pourquoi ne creusez-vous pas vous-mêmes ?

— Nous ne demanderions pas mieux, mais le risque est trop grand. Si jamais on l'apprenait, ce serait considéré comme une ingérence étrangère dans la politique intérieure de la France. Ce serait catastrophique. Cela nous ramènerait un siècle en arrière.

— Vous pourriez opérer discrètement.

— Supposons que nous découvrions quelque chose... Qui nous croirait ?

— Par contre, si l'affaire se révélait exacte et si l'U.S.B.C. s'en faisait l'écho, tous les médias reprendraient l'information et Camille Laurent serait un homme fini. Ce qui ne vous déplairait pas vraiment.

— En effet.

André eut un large sourire.

— Vous n'essayez pas de me manipuler, par hasard ?

— Voyons, André... Depuis le temps que nous nous connaissons, pensez-vous que je me servirais ainsi de vous ?

Non, André ne le croyait pas. En effet, peu à peu, ils en étaient arrivés à éprouver l'un pour l'autre beaucoup d'estime et d'affection. De son côté, André avait payé Shlomo de retour en donnant un immense retentissement à chacune de ses informations. Ils formaient un duo inséparable, avec lequel les autres journalistes et les diplomates eux-mêmes devaient compter.

— Une simple plaisanterie, Shlomo, dit André. Puisque vous avez réussi à dénicher mon numéro de téléphone, vous avez certainement découvert du même coup que j'étais actuellement en congé sans solde.

— Je suis désolé, André. Sincèrement.

Au septième trou, André leva son driver et frappa. Le terrain montait en pente douce sur environ deux cents mètres. La balle s'envola, atterrit sur la crête et roula hors de vue.

— Après trente ans d'effroyables mécomptes, déclara André, je viens enfin de découvrir le secret de ce jeu : il faut penser à autre chose.

Sitôt de retour chez lui, André appela Mike Paul à New York.

— J'ai quelque chose à vous annoncer, dit-il. Mais, avant tout, promettez-moi de ne pas me demander — quoi qu'il arrive — de reprendre le collier.

— C'est promis.

— On vient de me raconter une histoire qui, si elle est vraie, est une des plus fumantes de ces dernières années. Malheureusement, je ne peux pas vous en parler au téléphone. Que diriez-vous de prendre le Concorde pour venir me voir ?

— Impossible. Mais je peux envoyer quelqu'un.

— Ça n'ira pas, soupira André.

Il savait parfaitement ce qui allait suivre.

— Dans ce cas, venez donc vous-même. Ou, alors, oubliez cette histoire.

— Vous n'oublierez pas votre promesse ?

— Comptez sur moi.

André prit une profonde inspiration.

— A demain, dit-il.

[illegible] de [illegible] [illegible]

[illegible] ne pas [illegible] qui [illegible]
[illegible] de [illegible]

[illegible]
[illegible]

[illegible] pas [illegible]
[illegible]

[illegible]

[illegible] pas [illegible]

[illegible] faut [illegible]

3

« Pour un correspondant à l'étranger, c'est un gros avantage de rester longtemps au même poste, avait dit autrefois André dans une émission radiophonique consacrée à la vie des reporters de télévision. Cela lui permet de nouer des contacts extrêmement précieux pour la recherche de sujets importants. Mais il doit constamment garder à l'esprit le fait qu'il est américain — et qu'il s'adresse à des Américains. Les conversations quotidiennes avec les producteurs new-yorkais l'empêchent d'oublier cet important cordon ombilical qui le relie en permanence aux États-Unis. »

Dans son émission, André parlait des journalistes américains en général. Mais, en réalité, il racontait sa propre expérience. Dès son arrivée en France, il avait eu l'impression de découvrir un pays et un peuple qu'il avait connus dans une autre vie. Les Français se montraient généralement courtois dans leurs relations professionnelles, mais ils ne se liaient pas facilement. Sauf avec André. Pour eux, son prénom — qui lui avait causé tant de déboires dans son enfance, en Amérique — témoignait d'un héritage commun. Et sa connaissance de la langue — sa mère était française — lui donnait accès à la France véritable. D'une certaine manière, c'était la compensation morale des tourments de sa jeunesse. Quand ses parents l'avaient finalement envoyé au lycée, il avait souffert d'un double handicap : son nom à consonance étrangère et son fort accent. Il avait été en butte aux moqueries et à la cruauté raffinée de ses camarades.

André n'avait jamais dit à ses parents qu'il s'était

imposé à coups de poing : ils l'auraient retiré de l'école pour ne pas compromettre sa carrière. Or André ne voulait pas retourner à sa solitude, tellement morne par rapport au monde nouveau qu'il découvrait. Il n'avait jamais expliqué non plus à ses parents pourquoi, lorsqu'ils s'adressaient à lui dans leur langue maternelle — son père, allemand, tenait à parler cette langue avec André lorsqu'ils étaient seuls — il répondait maintenant systématiquement en anglais. André aurait parlé un meilleur français s'il l'avait pratiqué toute sa vie. Mais il avait rapidement retrouvé une aisance suffisante pour s'intégrer à la vie française.

Et quels plaisirs elle réservait, cette vie-là ! Les longs déjeuners rituels, arrosés de bons vins, dans des restaurants où l'atmosphère avait autant d'importance que la nourriture. Les dîners dans des appartements où les meubles Louis XVI étaient vraiment d'époque. Les clubs très fermés, comme Le Polo. Les concerts et le théâtre au moins deux fois par semaine. Les week-ends dans des châteaux. Les brillantes conversations — émaillées de citations littéraires — avec des hommes et des femmes à la solide culture classique : politiciens, diplomates, avocats, banquiers, académiciens, écrivains, comédiens... Une fois qu'on avait rompu la glace, tous ces gens — au sens esthétique très développé — se révélaient aussi gais et chaleureux que n'importe qui. André appréciait particulièrement chez les Français leur indéfectible sens de la mesure. Ils n'agissaient pas pour agir, mais pour le plaisir. Cette notion donnait à André une meilleure perception du temps et lui permettait de jouir davantage de l'instant présent.

Il en éprouvait d'autant plus le besoin de se rappeler fréquemment sa propre identité.

Pour l'y aider, il avait — outre les conférences téléphoniques avec les producteurs de New York — ses amis, pour la plupart américains, qui débarquaient sans arrêt à Paris ; un numéro de téléphone privé, à New York, qui le branchait automatiquement sur le journal de l'U.S.B.C. ; les émissions télévisées qu'on lui enregistrait et qu'il recevait du jour au lendemain. Les expatriés passionnés de football se bousculaient pour aller visionner chez André une cassette du Super Bowl.

Enfin, il avait ses voyages aux États-Unis. André y allait plus souvent que ses collègues. En sa qualité de plus ancien correspondant en Europe, on lui demandait de venir au siège pour donner son avis sur les changements de personnel ou sur la programmation de reportages importants. Ces voyages étaient encore plus fréquents depuis le vol inaugural du Concorde : il avait réduit de moitié la durée du trajet Paris-New York.

Sitôt après avoir appelé New York, André réserva une place dans le Concorde pour le lendemain matin. En tant que membre du « Club des 2000 » d'Air France, il était assuré d'obtenir un siège. La compagnie lui garantissait à tout moment une place sur n'importe quel vol — au détriment, si nécessaire, d'un autre passager. Il quitta Varengeville à sept heures du matin. Le départ de son avion était prévu à onze heures à Roissy. André s'arrangeait toujours pour arriver à l'aéroport avec une bonne heure d'avance ; il détestait se sentir bousculé. En l'occurrence, s'il partait tellement tôt, c'était aussi pour avoir le temps de prendre son itinéraire préféré.

Il y a deux trajets possibles pour aller de Paris à Varengeville. Le premier — et le plus rapide — consiste à prendre l'autoroute qui passe par Rouen. Le second est d'emprunter une nationale qui traverse des petites villes et des villages séparés par des prairies et par des champs. André préférait de beaucoup le chemin des écoliers. Au départ de Paris, il retrouvait ainsi plus rapidement la tranquillité du bocage normand. Au retour, il retardait le moment de se replonger dans le rythme infernal de la vie parisienne. Dix ans plus tôt, il aurait fait le choix inverse. Mais dix ans plus tôt, il n'aurait pas songé un seul instant à acheter une maison de campagne.

Lorsqu'il quitta Varengeville, le brouillard s'harmonisait parfaitement avec son état d'esprit. Maintenant qu'il s'était engagé, il aurait dû se réjouir de ce voyage. C'était toujours excitant d'aller à New York. Là-bas, ses collègues voulaient parler de son job avec lui, pour voir ce qu'il pouvait leur apporter. Ce matin-là, pourtant, il ne ressentait aucune fièvre. Seulement de l'appréhension.

En vérité, ce qu'André avait mis dans son émission consacrée aux journalistes américains, c'était sa propre hantise de perdre son identité. Les correspondants à l'étranger sont exposés à un danger tout particulier : un insidieux phénomène d'osmose. Ils finissent par s'identifier aux gens dont ils parlent, au point qu'ils n'arrivent plus à se faire comprendre de leur public. Pour André, qui était à moitié français, le risque était encore plus grand. Malgré son attachement pour leur mode de vie, il avait trop de points de désaccord avec les Français pour pouvoir vraiment s'assimiler. Mais la France faisait partie de l'Europe. Et l'Europe, c'était une autre paire de manches. André se considérait de plus en plus comme un « citoyen du monde ». Son pays, c'était celui où il se trouvait. Il avait fini par se rendre à l'évidence : il ne considérait plus l'Amérique comme sa patrie. Il ne retournerait peut-être jamais y vivre. Cette idée le troublait beaucoup.

Lorsqu'il allait aux États-Unis, il constatait chaque fois un écart de plus en plus grand entre les deux cultures. Il avait quitté l'Amérique dans les années soixante, persuadé de ne plus comprendre son pays. Il avait espéré qu'une période d'éloignement lui ouvrirait de nouveaux horizons. Au contraire, chacun de ses voyages récents lui avait montré les États-Unis sous un jour défavorable par rapport à la France. Les Américains manquaient d'équilibre et de sensibilité, ces qualités qu'André appréciait tant chez les Français et les autres Européens. Cela avait des conséquences dans tous les domaines, même sur le plan social. Paris, Rome, Stockholm et tant d'autres villes européennes étaient une fête pour les yeux. Pas New York. Contrairement aux Européens, les Américains ne savaient pas économiser les ressources naturelles dont ils disposaient en grande quantité. Les Européens étaient peut-être moins riches mais on ne trouvait pas, dans leurs villes, des zones entières peuplées de gens misérables, comme à Queens ou à Manhattan. Ce qui avait le plus choqué André, ces dernières années, c'était cette pointe d'égoïsme de plus en plus perceptible chez ses compatriotes. Certes, les Français étaient égocentriques. Mais, en France, personne ne mourait de faim et on rencontrait fort peu de mendiants.

Il y avait d'autres points de comparaison défavorables. En Amérique, on regardait André comme une bête curieuse. En France, on le laissait tranquille. Pourtant, du fait de ses nombreuses apparitions à la télévision, il était tout aussi connu dans ce pays. La renommée offrait néanmoins certains avantages, surtout dans son métier. S'il demandait un rendez-vous à une personnalité haut placée, il était pratiquement certain de l'obtenir, car les gens célèbres sont toujours disposés à recevoir leurs semblables. Mais il n'avait jamais cherché à devenir un homme public, et l'ampleur du phénomène le déconcertait. Aux États-Unis, des inconnus l'accostaient dans la rue, au restaurant ou en avion, en s'offensant de ne pas recevoir un accueil empressé ou chaleureux. Il leur répondait toujours, mais pas nécessairement avec amabilité. Cette contrainte lui pesait. Il n'avait pas couru après la célébrité. Une société où les gens attachaient de l'importance à leur vie privée au point de respecter celle des autres ne pouvait pas être entièrement mauvaise.

L'image que le public se faisait de lui ne plaisait pas du tout à André. Pour les téléspectateurs, il était « le » journaliste : dur, agressif — rude même, s'il le fallait — prêt à tout pour obtenir des informations. Le succès de ses reportages et sa présence à l'écran avaient contribué à figer cette image. Pourtant, dans la vie de tous les jours, il parlait d'un ton sentencieux et il avait un air austère. Il n'aurait su dire d'où il tenait son style télévisé. Peut-être l'avait-il acquis en essayant de camoufler, lors de son premier passage à l'antenne, l'épouvantable trac qu'il ressentait. Contrairement à ce que croyait le public, il manquait d'assurance. L'homme privé était beaucoup moins sûr de lui que le reporter de télévision. Ni agressif ni dogmatique, André était beaucoup plus porté à écouter les opinions d'autrui qu'à défendre les siennes. Mais, pour l'U.S.B.C., son image de marque — due à la seule inexpérience — valait de l'or ; aussi l'avait-on renforcée au fil des années. Que dire d'une civilisation qui attachait une telle valeur à l'agressivité et qui donnait davantage d'importance à l'apparence qu'à la réalité ?

Ce qui troublait le plus André, peut-être, c'était de participer lui-même à cette mystification. Par goût, il aimait porter des chemises de sport, des pulls, des jeans. En l'occurrence, il s'était « déguisé » pour le rôle qu'il s'apprêtait à jouer.

Tout au fond de lui-même, André s'était douté qu'il serait convoqué à New York. Il avait donc emporté à Varengeville un costume — un seul : celui qu'il portait maintenant. Il en avait des douzaines du même genre ; il les achetait, par quatre ou cinq, aux soldes de Cardin. Sa chemise, taillée sur mesure par Charvet, portait son monogramme. Ses boots — jamais de mocassins — venaient de chez Gucci. S'il fréquentait de telles boutiques, ce n'était pas par snobisme. Des années auparavant, à l'époque où il manquait d'argent, il avait constaté que les chemises bon marché s'usaient en six mois tandis que celles de meilleure qualité duraient des années. Toutefois, il n'aurait pas eu de vêtements aussi chics dans ses placards s'il n'avait été obligé de se conformer à l'image que le public se faisait du correspondant en chef en Europe.

Dans ces conditions, il n'était pas étonnant que ce voyage à New York lui causât une si grande appréhension. Cela faisait remonter à la surface ses contradictions personnelles. Or c'était pour les oublier qu'il avait pris un an de congé.

André considérait le Concorde comme une sorte de club aérien réservé aux dix mille personnalités qui comptent dans le monde. Il s'était fait cette réflexion lors de son trentième vol à bord du supersonique. A chaque trajet, pratiquement, il rencontrait une célébrité. Il avait voyagé quatre fois avec Rudolf Noureev, deux fois avec Andy Warhol, une demi-douzaine de fois avec David Rockefeller. Même les passagers dont il ignorait le nom finissaient par devenir, au bout de plusieurs voyages, de vieilles connaissances.

Ce jour-là, il repéra un certain nombre de visages familiers mais, par chance, aucun ami personnel. Il en fut grandement soulagé, car il avait besoin de réfléchir à son affaire. Pour bien manifester son désir de ne pas être dérangé, il adressa un bref signe de tête à son voisin et s'absorba dans la contemplation du minuscule hublot. A onze heures précises, le Concorde décolla.

A première vue, cette histoire de trahison paraissait inimaginable dans une société libérale. A plus forte raison en France, où l'amour de la patrie n'était pas un vain mot. D'un autre côté, les Français vouaient à leur pays des sentiments analogues à ceux que les Espagnols portaient à Dieu. C'était une relation directe, d'égal à égal, intensément personnelle. Dieu était là pour assister les Espagnols dans leurs efforts terrestres et pour leur garantir une place au paradis. De même, en France, l'État était là pour protéger la vie privée de chaque citoyen. Il s'agissait d'un droit de naissance, qui influait sur tous les aspects de la vie du pays. Ce n'était pas un hasard si le détail des communications téléphoniques ne figurait pas sur les factures : des numéros précis risquaient de dévoiler une liaison amoureuse. A moins d'appartenir à la même famille ou à la même classe sociale, d'être associés en affaires et d'avoir été dûment présentés, les Français ne se préoccupaient guère les uns des autres. Quand ils arrivaient à un carrefour, tant pis si une voiture débouchait sur leur gauche ; ils étaient prêts à lui rentrer dedans pour bien prouver qu'ils avaient la priorité. Leurs équipes de football et de rugby manquaient souvent de cohésion, chaque joueur cherchant avant tout à se mettre en valeur. Et malheur au sous-fifre d'une entreprise commerciale qui réussissait une opération exceptionnelle ! Au lieu de le féliciter pour les bénéfices qu'il rapportait à la société, on lui reprocherait amèrement d'avoir ridiculisé ses chefs.

Était-ce cet individualisme forcené — propice aux actes de trahison — qui faisait des Français des soldats si peu efficaces ? Cela pouvait expliquer les défaites militaires qu'ils avaient essuyées en série au XXe siècle — défaites qu'ils tentaient de minimiser grâce au récit d'actes héroïques isolés qui, pour la plupart, ne résistaient pas à l'examen.

André savait que la Résistance était l'un des grands mythes de la politique française contemporaine. Des centaines d'élus et de candidats aux affaires publiques, qui n'avaient jamais résisté à quoi que ce fût, arboraient fièrement des médailles. En vérité, des millions de Français étaient restés passifs devant l'invasion allemande et avaient suivi avec amertume l'effondrement de l'armée française. Les communistes se targuaient d'être entrés dans la clandestinité dès le début de l'invasion allemande. En réalité, ils avaient collaboré avec les Allemands aussi longtemps qu'avait duré le pacte germano-soviétique. Leur résistance datait du jour où les Allemands avaient envahi la Russie.

Pire encore avait été la complaisance de nombreux Français face à l'acharnement des nazis contre les juifs. Ainsi, 90 % des juifs déportés dans les camps de concentration avaient été arrêtés par la police française. C'était à la demande du Premier ministre du gouvernement de Vichy que les Allemands avaient déporté des enfants juifs. Trois mille juifs étaient morts à Vichy, où il n'y avait pourtant pas d'Allemands. Ces faits, les manuels d'histoire ne les mentionnaient que depuis peu. Telle fut pourtant la réalité.

Il y avait donc, en France, des précédents historiques à la falsification et à la trahison. Mais Camille Laurent? Cet homme avait été, pour la Résistance, l'équivalent d'un de Gaulle pour les Forces françaises libres. Une figure presque mythique, un emblème. Comme de Gaulle, il avait transcendé la méfiance instinctive des Français à l'égard de leurs chefs militaires. Par la suite, il s'était distingué pendant la guerre d'Algérie, tout en se démarquant prudemment des généraux rebelles. Physiquement, il était presque aussi typé que de Gaulle. Grand et légèrement voûté, il avait un long nez fin, des yeux bleus au regard fixe, des cheveux poivre et sel coupés ras. Les Français souhaitaient désespérément croire que leur pays était encore une grande puissance; Camille Laurent réussissait à faire passer ce message — sans pour autant le formuler. De Gaulle avait utilisé la même technique pour redonner courage à ses compatriotes après leur humiliante défaite. Depuis quelques années, le peuple français se laissait aller au désenchantement à cause de la dévaluation du franc — qui signifiait, à ses yeux, le déclin du pays — et de l'apparente incapacité du gouvernement à maîtriser la crise économique. Compte tenu de ses états de service, de son image et de la situation actuelle de la France, Laurent avait d'excellentes chances d'être élu président. Se pouvait-il qu'un tel homme eût été autrefois un traître?

André entendit un *bang!* étouffé et se sentit projeté en avant sur son siège. Il n'eut pas besoin de regarder le tachymètre, devant la cabine de pilotage, pour savoir qu'ils venaient de franchir le mur du son. Quelques instants plus tard, l'une des hôtesses lui servit son déjeuner. Son voisin était un Français; cela se voyait à sa façon de tenir son couteau et sa fourchette. André ne risquait pas d'être troublé dans ses pensées.

En raison de l'espace limité, les repas servis à bord du Concorde n'étaient pas aussi élaborés que ceux qu'on servait en première classe dans les avions de ligne. Ils étaient néanmoins excellents et rehaussés de vins exceptionnels. Ce jour-là, il y avait au menu: caviar iranien et saumon à la menthe, arrosés d'un meursault 1977, et un suprême de volaille, accompagné d'un hospices-de-Beaune 1969. En temps normal, André aurait bu trois ou quatre verres, puis il aurait somnolé pendant le reste du voyage. Cette fois, il s'arrêta au deuxième verre. Son café terminé, il inclina son siège et fit semblant de dormir.

Le puzzle de Shlomo était d'autant plus embarrassant qu'André connaissait — ou croyait connaître — Laurent. Les deux hommes avaient dîné ensemble à plusieurs reprises. Ils n'étaient pas vraiment amis, car André évitait de se lier d'amitié avec des personnalités importantes, de peur de perdre son objectivité. Laurent avait-il un secret dans sa vie ? Un secret enfoui depuis tant d'années, ignoré aussi bien du public que des personnes de son entourage ? Y avait-il de l'argent en cause ? La plupart des militaires ne vivaient pas dans le luxe. Laurent, si. D'où lui venait son argent ? S'agissait-il d'un chantage ? André se rappela avoir lu qu'un résistant avait collaboré avec la Gestapo afin de sauver sa petite amie, capturée par les Allemands lors d'une mission clandestine. Était-ce la bonne explication ? Ou bien en existait-il une autre, impossible à imaginer pour le moment ? Il y avait forcément une explication... A supposer, bien sûr, que les renseignements de Shlomo fussent exacts.

« Ne t'emballe pas, se dit-il. Ce n'est pas ton problème. » Sous l'effet du vin, il se détendit et ne tarda pas à s'endormir. Lorsqu'il se réveilla, l'appareil atterrissait à New York. Il était neuf heures moins le quart du matin. Une voiture l'attendait. Tout en roulant vers Manhattan, il songea que Mike Paul — qu'il allait rencontrer dans une heure — était, lui aussi, en route pour son travail. Seule différence : Mike faisait le trajet entre la Ve Avenue et le West Side, tandis qu'André venait d'un petit village normand, de l'autre côté de l'océan Atlantique.

4

Mike Paul accueillit André dans son bureau du dix-septième étage. Avec lui se trouvaient ses deux adjoints directs : Charles Van Damt et Saul Geffin. Les deux hommes, âgés d'une quarantaine d'années, portaient les marques de leur vie trépidante : teint jaunâtre, yeux cernés, gestes saccadés et nerveux. Van Damt s'exprimait et s'habillait comme un *Ivy Leaguer*[1]. Geffin, lui, s'était battu pour sortir du South Bronx et vivait dans la hantise d'un complot visant à l'y renvoyer.

André leur raconta toute l'histoire, en commençant par le coup de téléphone de Shlomo. Il leur donna ensuite son opinion, telle qu'il se l'était forgée durant le voyage. Lorsqu'il eut terminé, Van Damt et Geffin se tournèrent avec déférence vers Mike Paul. Apparemment plongé dans ses pensées, Mike regardait par la fenêtre.

— Vous y croyez donc ? dit-il enfin.

— En France, tout est possible.

— Les Israéliens n'aiment pas Laurent, qui leur est tout aussi hostile que de Gaulle, intervint Van Damt. Ils essaient peut-être de vous manipuler.

— J'y ai pensé. Mais jusqu'à présent les tuyaux de Shlomo se sont toujours vérifiés.

— Et vous lui êtes utile, dit Geffin. Il sait qu'il peut compter sur vous. S'il vous a raconté des blagues ce coup-ci, ce sera la fin de votre collaboration.

---

1. *Ivy Leaguer:* Étudiant ou ancien élève de l'une des « universités d'aristocrates », telles que Harvard, Princeton, Yale, etc. *(N.D.T.)*

— Exact, dit André.

Geffin se tourna vers Mike.

— Moi, j'y crois.

— Mais comment allez-vous procéder? s'enquit Van Damt.

Les trois hommes se tournèrent vers André.

— Pas la peine de me regarder, dit-il. Je suis en congé.

— Allons, André, dit Van Damt. Nous ne saurions pas par où commencer.

André s'adressa à Mike :

— Vous m'aviez promis.

Mike haussa les épaules.

— Je n'ai rien dit.

Les trois hommes attendaient sa réponse. André comprit alors qu'il était piégé — par sa faute. Il l'avait prévu depuis le début, et il était néanmoins venu à New York. Le tuyau de Shlomo valait certes le coup d'être vérifié. Mais c'était là une mission délicate, que personne — pas même lui — n'était assuré de réussir. Cependant, s'il ne prenait pas les choses en main personnellement, l'histoire tournerait court. C'était un fait. L'as de la chaîne, c'était lui. Aucun des autres correspondants n'avait son expérience du reportage. En outre, la France était son quartier général, son domaine. Il connaissait les contacts — ou alors ceux-ci le connaissaient de réputation. Il parlait leur langue. Il les comprenait. En matière de recherche d'informations, les contacts étaient indispensables. Mais il ne suffisait pas de les trouver ; il fallait aussi savoir s'en servir. Mille détails avaient leur importance : le cadre choisi pour la conversation ; la tenue vestimentaire adaptée aux circonstances ; les imperceptibles inflexions de la voix et le subtil changement de rythme, pour se mettre au diapason de son interlocuteur ; les allusions opportunes à une histoire commune ; les petits encouragements quand le contact en arrive enfin au sujet qui vous intéresse. Des années de formation « sur le tas » vous familiarisaient avec ce rituel. Sans cette expérience, un journaliste étranger n'avait pas la moindre chance. Il ne pourrait en aucun cas être aussi efficace que chez lui. Un correspondant quelconque ne pouvait espérer se débrouiller sur place aussi bien qu'André. C'était impensable.

André était donc l'homme tout indiqué pour cette mission. A un détail près : il avait décidé de tourner momentanément le dos à sa vie de reporter pour emprunter la deuxième route, celle qu'il n'avait pas prise.

— D'accord, soupira-t-il. J'y consacre deux semaines. Si je n'ai rien de nouveau d'ici là, je laisse tomber.

Ils convinrent de baptiser l'affaire « Camélia ». A part eux quatre, nul ne serait au courant. André toucherait une avance de dix mille dollars ; si jamais il avait à voyager, ses frais de déplacement lui seraient remboursés. Il tâcherait de tenir les autres au courant, mais il pourrait aussi bien rester plusieurs jours — voire les deux semaines entières — sans donner de nouvelles.

Chaque fois qu'il venait à New York, André ne manquait jamais d'aller voir Gregory Harrison, le présentateur du journal du soir de l'U.S.B.C. Il passait une heure ou deux au quatrième étage, dans l'immense salle de rédaction où les journalistes et les réalisateurs préparaient l'émission. Cette fois, pourtant, il décida de s'abstenir. Trop de questions à éluder. Trop de risques d'éveiller les soupçons. Ce soir-là, il regarda le journal télévisé dans sa suite du Ritz Carlton Hotel. Il savait tout le travail qui avait été nécessaire pour arriver à une telle précision. Il devinait les âpres marchandages qui avaient valu à tel ou tel sujet un créneau de quelques secondes — ou même une simple place au sommaire. Mais le résultat était impeccable. Harrison regardait le téléspectateur droit dans les yeux et parlait d'un ton parfaitement naturel. Le profane ne se serait jamais douté que l'improvisation et la spontanéité étaient bannies de l'antenne. Le texte du journal télévisé était rédigé à l'avance. Mike Paul avait débauché Harrison d'une autre chaîne, dix ans auparavant, parce que ses cheveux blancs et son air fruste — il avait l'allure d'un cadre de banque — lui conféraient une certaine crédibilité. En outre, on pouvait compter sur lui pour mener à bien une émission d'une demi-heure, cinq soirs par semaine. C'était exactement ce qu'il faisait depuis vingt ans. Il en avait plus qu'assez — il l'avait avoué à André — mais il ne voyait pas que faire d'autre pour gagner un million de dollars par an.

André se félicita de ne pas avoir suivi la même voie. Il

jugeait un tel salaire indécent, car cela donnait au rôle de présentateur une importance imméritée. D'ailleurs, quel était l'intérêt de gagner un million de dollars par an ? Pour sa part, il désirait tout simplement vivre bien. Harrison était riche, d'accord, mais il ignorait tout de l'excitation que procurait un reportage. C'était comme s'il travaillait dans une branche complètement différente. Il ne vivait les événements que par procuration. Si le journalisme était un sport de spectateurs, André était au moins sur le terrain à regarder la partie. Harrison, lui, se contentait de la suivre sur un écran de contrôle.

Pour le moment, Harrison parlait des inondations consécutives à la fonte des neiges dans les États de l'Ouest. Deux minutes et demie pour la politique intérieure. Une minute pour une catastrophe naturelle. Une douzaine d'autres sujets se partageaient le temps d'antenne. C'était là le défaut de base du journalisme télévisé depuis trente ans : la nécessité de traiter en vingt-deux minutes et cinquante-neuf secondes — le temps qui restait après les spots publicitaires — les divers sujets couvrant les nouvelles du jour dans le monde entier. André gardait encore le cuisant souvenir de vives discussions avec New York pour obtenir cinq ou dix secondes supplémentaires pour un reportage. Dans ces conditions, il était impossible de donner aux informations une véritable consistance. Cela gênait André tout autant qu'à ses débuts, à l'époque où il devait apprendre à exprimer en deux cents mots ce qu'il aurait expliqué en trois mille mots dans un article. Il était persuadé, au fond, que les lecteurs de son article en auraient su davantage sur le sujet traité que les auditeurs de ses émissions. Seulement voilà : soixante-quinze pour cent des Américains s'informaient essentiellement par la télévision et ne lisaient jamais un journal ni un magazine. La nature même de ce média constituait un obstacle, car on attachait une plus grande valeur aux images qu'aux mots. Et quand un rédacteur en chef avait à choisir entre deux prises de vue — l'une banale, l'autre spectaculaire — il optait pour la seconde, au risque de ne pas donner une idée exacte de l'événement et de ses implications.

André avait longtemps eu le sentiment d'avoir fait l'erreur de sa vie en acceptant de travailler à l'U.S.B.C. A l'époque, il ne croyait pas aux possibilités de la télévision et il s'en passait très bien. Il ne l'aimait même pas. Malgré tout, il avait eu envie de l'observer de l'intérieur. Si ce média était vraiment appelé à devenir aussi important qu'on le disait, André espérait — naïvement, sans doute — pouvoir contribuer à l'améliorer. Au bout de six semaines à son nouveau poste, il avait déjà déchanté. On lui confiait des sujets sans intérêt, ou alors on ne lui accordait qu'une minute quinze pour traiter des problèmes importants — par exemple, le malaise de Lyndon Johnson dans sa peau de président. Heureusement pour André, Mike Paul s'était aperçu qu'il était plus doué pour les longs reportages, et il avait décidé de lui réserver ces sujets-là dans la mesure du possible. André avait alors découvert avec émerveillement les véritables possibilités de la télévision : les mots et les images se mettaient mutuellement en valeur, grâce à un pouvoir synergétique qu'aucun autre média ne pouvait égaler.

A partir de ce moment-là, André avait fait des étincelles à la télévision. Il avait réalisé des émissions d'une heure consacrées à l'avenir de l'O.T.A.N., à la France de l'après-de Gaulle, à Israël, à l'Égypte, à l'Iran et à l'O.L.P. Il avait même obtenu de ses patrons l'autorisation de créer un magazine ayant pour sujet l'impact de la télévision sur le public. A la télévision, une simple image pouvait modifier en l'espace d'une nuit l'opinion des gens. Nixon en sueur pendant son fameux débat avec Kennedy. Romney avouant avoir subi un lavage de cerveau. Muskie pleurant pendant les élections primaires du New Hampshire. Au début des années soixante-dix, le magazine français *l'Express* avait publié un sondage selon lequel cinquante-quatre pour cent des Français étaient contre la peine capitale. L'hebdomadaire avait paru un lundi. Le soir, au journal télévisé, le présentateur avait parlé d'une émeute dans une prison. Des criminels endurcis avaient pris des otages et tué plusieurs personnes. La semaine suivante, *l'Express* publiait les résultats d'un deuxième sondage effectué le lendemain de l'émission. Cette fois, cinquante-quatre pour cent des Français se déclaraient *favorables* à la peine de mort.

De toute évidence, le terrorisme international était un produit médiatique. Les terroristes avaient appris à frapper dans des conditions spectaculaires, afin d'avoir un maximum de publicité à la télévision. Pour preuve, les Jeux olympiques de 1972, où un milliard de téléspectateurs avaient assisté au massacre perpétré par les terroristes palestiniens.

André avait couvert l'événement pour l'U.S.B.C. Cela lui avait donné l'idée de son émission sur l'impact de la télévision.

C'était un travail très astreignant. Il avait rarement un instant à lui. Sa vie ne lui appartenait plus. Il ne pouvait pas accepter un dîner trois jours à l'avance, car il ne savait jamais s'il pourrait y assister. Il y avait trop de chambres d'hôtel vides, trop d'avions, trop de voyages à Athènes, à Helsinki, à Beyrouth... Tout cela pour parler trente secondes devant la caméra, dans un décor « couleur locale ». Il n'avait le temps d'écrire que les scripts de ses interventions. André souffrait beaucoup de ne pas écrire de livres. Il aurait voulu que les générations futures puissent conserver dans leurs bibliothèques le texte de ses émissions. Bien sûr, c'était enivrant de tenir entre ses doigts un livre écrit de sa main. Cependant un journaliste de télévision touchait un public infiniment plus vaste que n'importe quel écrivain. André le savait bien. Et il espérait toujours arriver à convaincre les responsables de la chaîne de lui accorder un peu plus de temps, au journal du soir, pour traiter les informations. Compte tenu de l'influence incalculable de la télévision sur l'opinion publique et sur la politique, cet objectif paraissait louable. Mais André ne pourrait l'atteindre que sur le terrain. Voilà pourquoi il n'était pas disposé à permuter avec Gregory Harrison. Quel que fût le salaire.

Harrison, lui, n'avait pas passé la moitié de ses meilleures années d'activité dans des chambres d'hôtel vides. Il était resté chez lui, auprès de sa femme.

Dès la fin du journal, André appela son fils Gene à Los Angeles, à son bureau. Mais Gene — agent de change qui commençait à travailler à sept heures du matin pour être prêt dès l'ouverture de la bourse — était déjà parti. D'après sa secrétaire, il jouait au tennis. André appela alors sa fille, Paula, journaliste débutante au *Chronicle* de San Francisco. Il la joignit juste après le bouclage de la dernière édition.

— Que fais-tu à New York? dit-elle. Je te croyais à Varengeville.

— Je ne veux pas te mentir et je ne peux pas te dire la vérité. Tu es une concurrente, maintenant.

— Voyons, papa!

— Raconte-moi ce que tu deviens, insista André.

Quand Paula l'eut renseigné, il s'enquit:

— Comment va maman ?
— Très bien.
— Embrasse-la pour moi quand tu la verras.
Bref silence, puis :
— Pourquoi ne le fais-tu pas toi-même ?
— Non, dit André. Embrasse-la de ma part.

Paris avait sonné le glas de leur union. S'ils étaient restés à Washington, ils s'en seraient peut-être sortis. Mais, de toute façon, le problème existait déjà. Il était aussi visible que les taches de rousseur et les fossettes du visage typiquement irlandais de Katie. Ils s'étaient rencontrés à l'U.C.L.A.[1] à la fin des années quarante, après la démobilisation d'André. Katie, dix-huit ans, était en première année. André avait vingt et un ans et était en dernière année, car il avait accompli dans la marine l'équivalent de trois années d'université. Pendant les quinze derniers mois de la guerre, il avait en outre assuré le commandement d'un dragueur de mines dans le Pacifique Sud. Toute la différence était là. Jusque-là, André avait fait preuve d'une étonnante précocité. Il avait donné des concerts à six ans. Il avait terminé ses études secondaires à quinze ans. Il avait commandé son dragueur de mines à dix-neuf ans. Katie, elle, se situait dans la juste moyenne. Mais, sur le moment, cela n'avait pas gêné André. Katie n'avait rien d'une beauté. C'était simplement la fille la plus mignonne du campus, à une époque où le mot « mignonne » constituait encore un compliment. Après trois années de vie militaire où il avait côtoyé le cynisme et la vulgarité, André avait été séduit par sa fraîcheur. Ils s'étaient mariés deux ans plus tard. Première erreur. André était à l'époque critique musical au *Los Angeles Times.* Dépourvue de connaissances musicales et de diplôme universitaire, Katie était mal à l'aise avec les jeunes compositeurs qu'André invitait chez lui. La mère d'André — elle-même critique musical — ne lui facilitait pas la tâche. Katie redoutait particulièrement les dimanches après-midi, quand Mme Kohl tenait salon pour les réfugiés européens — Tho-

1. U.C.L.A. : Université californienne de Los Angeles.

mas Mann et Lion Feuchtwanger, entre autres. Néanmoins, la jeune femme aurait pu supporter tout cela s'ils étaient restés à Los Angeles, où elle était soutenue par ses amis et par sa famille de Palos Verdes. Mais André, politisé par la guerre, ne tarda pas à se lasser d'écrire des articles sur des musiciens mineurs. En outre, il avait honte de travailler pour un journal qui, à l'époque, n'était qu'une version méridionale du *Chicago Tribune.* Il voulait écrire des éditoriaux politiques. Il voulait vivre à Washington. L'occasion lui en fut bientôt fournie. Un reportage commandé par le *Saturday Evening Post,* à Los Angeles, l'amena à la rédaction du magazine à Washington. Katie fut atterrée. Il ne lui restait plus qu'André — et les deux enfants qu'elle eut par la suite. La politique ne l'intéressait pas ; elle ne comprenait pas les espoirs ni les craintes des ambitieux jeunes gens qu'elle rencontrait aux réceptions de Georgetown. Le malaise de Katie ne fit que croître, proportionnellement à la réussite d'André. Arriva enfin le jour où, à son immense désarroi, elle se retrouva en compagnie du président et de la première dame des États-Unis. Mais le pire restait à venir. André avait publié dans son magazine des portraits de John Kennedy lorsqu'il était candidat à la présidence, puis après son élection. On lui proposa finalement un contrat pour écrire un livre. Le manuscrit sortit des presses en novembre 1963. Après l'assassinat de Kennedy, André réécrivit l'ouvrage en un mois. Ce fut l'un des best-sellers de l'année 1964 dans la catégorie « essais ». Cette année-là, les directeurs des chaînes de télévision, alarmés du peu de succès de leurs journaux télévisés, commencèrent à embaucher les meilleurs journalistes de la presse écrite. Ils avaient compris qu'il ne suffisait pas de faire lire par un séduisant présentateur un condensé du *New York Times.* Ils devaient concurrencer le *New York Times.* Mais les rédactions de l'époque ne savaient pas comment s'y prendre. Toutes les chaînes firent des propositions à André. Mike Paul, de l'U.S.B.C., l'emporta sur les autres en offrant à André le poste de correspondant à Washington. En l'espace d'un an, Katie Kohl se retrouva dans le cercle des dix mille. Elle était mariée à l'un d'entre eux et, où qu'ils aillent, on se retournait sur leur passage.

Tout au long de ces années, André avait observé la détresse de plus en plus profonde de Katie. D'abord avec perplexité, puis avec inquiétude, enfin avec colère. Ils étaient influents, ils menaient grand train, leurs enfants étudiaient dans les meilleures écoles. Et, surtout, ils avaient une existence passionnante — du moins était-ce l'impression d'André. Il ne comprenait pas que Katie pût détester leur vie. Cela la diminuait à ses yeux.

Puis ce fut Paris. André, qui avait su parler le français avant l'anglais, brilla très vite dans les conversations. Katie, elle, demeurait muette. Au bout de six semaines, elle abandonna ses leçons de français. Cela exaspéra André. Un soir, après un grand dîner particulièrement lugubre, il lui lança :

— Tu n'essaies même pas d'être heureuse !

— Comment veux-tu que je sois heureuse ? Je ne comprends pas les trois quarts de ce qu'ils racontent ! D'accord, si j'apprends le français, au bout d'un an, j'en comprendrai la moitié. Ça m'avancera à quoi ?

— Toutes les femmes que je connais tueraient père et mère pour mener la vie que tu mènes !

— Tu n'avais qu'à en épouser une autre. Moi, je hais cette vie.

— Pourquoi ? Pour l'amour du ciel, explique-moi pourquoi.

— Parce qu'elle n'est pas faite pour moi. Je ne suis qu'une fille de Palos Verdes. Je ne sais pas m'y prendre avec des gens arrogants et prétentieux, qui ne font aucun effort pour être symptathiques. J'aime parler de problèmes que je pense être capable de résoudre. Je me moque de savoir si on doit accepter l'Angleterre dans le Marché commun. J'aime voir de vieux amis et recommencer les mêmes choses chaque année. J'aimerais regarder mes parents jouer avec leurs petits-enfants. J'aimerais assister aux matches de football à l'U.C.L.A. J'aimerais me promener sur la plage en contemplant les vagues. J'aimerais voir des émissions en anglais à la télévision. J'aimerais... Oh ! merde, à quoi bon ?

D'un seul coup, la colère d'André tomba. Comment peut-on en vouloir à sa femme de porter un regard lucide sur elle-même ? Il comprit alors ce que Katie savait depuis quelque temps déjà : ils avaient intérêt à se séparer au plus vite.

Pour André, ce fut le plus grand chagrin de sa vie.

Assis à son bureau, dans le living-room de sa suite, André regardait par la fenêtre les immeubles de la Ve Avenue, de l'autre côté de Central Park. Mike Paul avait un appartement dans l'un de ces immeubles. Gregory Harrison habitait quelques blocs plus loin, dans la 65e Rue Est. Il était vingt heures passées. Les deux hommes devaient être chez eux. Ou alors ils étaient sortis avec leurs épouses. Il se demanda si les deux couples dînaient souvent ensemble. C'était probable.

Il s'absorba dans la contemplation de la fenêtre. Il ne voulait pas regarder autour de lui. Il savait ce qu'il verrait : une pièce joliment décorée mais vide. Son appartement parisien était vide aussi, tout comme sa maison de Varengeville — car Mme Cartet ne comptait pas de ce point de vue-là. Depuis le départ de Katie, il n'avait occupé que des chambres vides.

Quand il avait demandé à Paula d'embrasser Katie de sa part, elle lui avait suggéré : « Pourquoi ne le fais-tu pas toi-même ? » Il tendit la main vers le téléphone et commença à composer le numéro qu'il connaissait par cœur. Soudain, il se représenta la scène. A Palos Verdes, il devait être cinq heures et demie. Katie y vivait depuis son retour aux États-Unis. Elle avait d'abord habité une petite maison, puis la demeure familiale — dont elle avait hérité à la mort de ses parents. C'était un superbe ranch, presque enfoui sous les bougainvillées rouges. Une vaste pelouse descendait en pente douce vers l'océan Pacifique, quelques centaines de mètres plus loin. Ce devait être la marée basse, et la mer ressemblait à une feuille d'argent. Katie préparait sans doute le dîner pour son mari, John Morgan, l'homme qu'elle aurait dû épouser depuis le début. C'était un brave type. Il s'était bien occupé des enfants. A cette heure-ci, il avait dû quitter son cabinet d'avocat, au centre de Los Angeles, pour rentrer chez lui. Il arriverait au ranch vers six heures. Katie et lui prendraient un Martini dans le living-room, en regardant le coucher de soleil à travers la grande baie vitrée. Ils feraient la même chose le lendemain soir, et le surlendemain, et les jours suivants. Katie avait maintenant cinquante-deux ans.

Un bel âge pour une femme, quand son visage porte la légère empreinte des années de bonheur. Grâce à Dieu, elle avait connu un peu de bonheur depuis leur divorce.

A l'autre bout du fil, cela commençait à sonner. Pourquoi gâcher cet instant ? se dit André. Sans attendre la deuxième sonnerie, il raccrocha doucement.

5

Le bureau parisien de l'U.S.B.C. se trouvait sur les Champs-Élysées, près du métro George-V, dans un immeuble de cinq étages, au-dessus d'un cinéma où *Emmanuelle* était resté neuf ans à l'affiche. André n'aimait pas ce quartier. Aussi célèbre que fût l'avenue, elle avait moins de caractère que les autres rues de la capitale. C'était dû en partie à la présence constante des touristes ; mais d'autres quartiers de la ville, notamment Saint-Germain-des-Prés, fourmillaient d'étrangers sans perdre pour autant leur cachet parisien. Sur les Champs-Élysées proliféraient les fast food, les stands d'exposition automobile et autres plaies commerciales. Aux yeux d'André, l'emplacement de son bureau avait un seul avantage : il était situé pratiquement en face du Fouquet's, une célèbre brasserie où il aimait aller déjeuner.

Mais, ce jour-là, il n'aurait pas le temps de déjeuner. D'ailleurs, il n'en avait pas envie. Installé dans son bureau du quatrième étage, il se sentait désemparé, comme chaque fois qu'il se lançait sur un nouveau sujet. Plus de trente années d'expérience et des centaines de missions réussies n'y avaient rien changé. Il ne savait qu'une seule chose de façon certaine : tout projet de reportage commençait par un coup de téléphone. Il fallait trouver une personne susceptible de vous fournir un indice quelconque — ou de vous indiquer une autre personne en mesure de vous mettre en selle.

André commença par appeler l'attaché de presse du ministère des Anciens Combattants, un homme qu'il connaissait depuis quinze ans. A midi, il avait la liste complète des amicales de résistants. A quatre heures, il savait quelles organisations avaient opéré autrefois dans la région de Clermont-Ferrand, le principal secteur d'activité de Camille Laurent. A six heures, il prenait le train gare de Lyon, muni d'une liste de contacts prometteurs.

Il avait pris trois rendez-vous pour le lendemain matin. A chacun de ses informateurs, il expliqua que l'U.S.B.C. préparait une émission sur les élections françaises et que, pour des raisons évidentes, la chaîne s'intéressait particulièrement au rôle de Camille Laurent dans la Résistance. A midi, après avoir entendu de nombreux témoignages vantant le courage de Laurent, il commença à penser qu'il serait de retour à Varengeville plus tôt que prévu.

En fin d'après-midi, il reçut un coup de téléphone d'un boulanger des environs de Clermont-Ferrand, dont le nom ne figurait pas sur sa liste. L'un des témoins qu'André avait interrogés dans la matinée avait appelé le boulanger pour lui parler de la visite du journaliste. Le boulanger avait été dans la Résistance avec Camille Laurent et il était tout disposé à bavarder avec André si cela pouvait l'aider. André l'invita à dîner le jour même, mais le boulanger refusa. Il préférait qu'André vienne le voir à sa boutique le lendemain matin. André comprendrait pourquoi le moment venu.

Ce soir-là, André se rendit à Chamalières, une petite ville située à quatre kilomètres de Clermont-Ferrand. Chamalières était célèbre à un double titre. Primo, Valéry Giscard d'Estaing — l'ancien président de la République — avait été autrefois le maire de la commune. Secundo, on y trouvait l'unique restaurant une étoile de la région : l'Hôtel Radio. André mangea un poulet de Bresse grillé et but une demi-bouteille de bourgogne. Il s'efforçait de garder la tête froide, mais il ne pouvait s'empêcher de penser qu'il tenait un sujet en or.

Le boulanger s'appelait Olivier Cerbonney. Il mesurait plus d'un mètre quatre-vingt-cinq — une taille inhabituelle pour un Français — et il avait le teint rougeaud d'un grand buveur. Il s'apprêtait d'ailleurs à boire un verre lorsque André arriva, à dix heures du matin. Cela aurait pu inciter

André à se méfier du témoignage de Cerbonney. Mais il savait que le boulanger était au travail depuis trois heures et demie ou quatre heures du matin ; pour lui, la mi-journée était passée depuis longtemps. Vêtu d'une blouse et d'un pantalon couverts de farine, Cerbonney fit asseoir André dans une petite cuisine, derrière la boutique. Puis, sans lui demander son avis, il servit deux verres de côtes-du-rhône.

— Santé ! dit-il.

— Santé.

André porta son verre à ses lèvres mais le reposa sans boire.

— Vous remuez bien des souvenirs, monsieur.

— Je m'en doute, dit André.

— Je suis resté aux côtés de Camille Laurent du début à la fin. Naturellement, à l'époque, on ne l'appelait pas Camille Laurent. Son nom de code était Félix. On vous a certainement parlé de son courage... Une douzaine de fois, je me souviens, il a insisté pour accomplir des missions que nous aurions très bien pu exécuter, moi ou les autres. Il ne nous disait pas qu'elles étaient extrêmement dangereuses, mais on le savait parfaitement. En toute logique, il n'aurait pas dû s'exposer ainsi. Il était le chef et on aurait eu du mal à le remplacer. Mais il était sourd à nos arguments.

— C'est ce qu'on m'a dit, en effet.

Malgré lui, André se demanda pourquoi il avait été si optimiste, pourquoi il s'était dérangé pour entendre — une fois de plus — des louanges sur Laurent, pourquoi le boulanger avait tenu à ce qu'ils se rencontrent dans sa boutique et non en ville.

— Tous ses exploits, monsieur, Camille Laurent les a réalisés dans les pires conditions qui soient.

— Comment cela ?

— Je ne suis pas en mesure de le prouver, mais je suis persuadé que, durant toute la guerre, il y a eu un traître dans notre réseau.

André but une gorgée de côtes-du-rhône. C'était un vin très jeune, qui manquait presque totalement de corps.

— Je vois, dit-il. Qu'est-ce qui vous fait croire ça ?

— Nous avons eu beaucoup d'opérations compromises.

— Quel genre d'opérations ?

— Surtout celles qui avaient pour but d'infiltrer des agents britanniques et américains dans la zone de Clermont-

Ferrand. C'étaient des opérations extrêmement bien préparées. Elles n'avaient aucune raison d'échouer. Et pourtant, chaque fois, on aurait dit que les Allemands en savaient plus que nous.

Le boulanger se leva, descendit un escalier et revint au bout de quelques instants avec une baguette toute fraîche. Puis il sortit d'un petit réfrigérateur une terrine et un bocal de cornichons, qu'il posa sur la table avec des assiettes et des couteaux. Il coupa deux tranches de terrine, une pour chacun.

— Du canard au poivre vert, dit-il.

Il rompit un morceau de pain, étala du pâté dessus et en prit une grosse bouchée. André l'imita. Il n'avait pas faim ; il était trop excité par les révélations de Cerbonney. Mais un refus risquait de vexer le boulanger. On n'avait jamais intérêt à indisposer un informateur.

— En tant qu'Américain, le sort des agents de votre pays vous intéresse sans doute, pas vrai ? dit enfin le boulanger.

Sans attendre la réponse, il reprit :

— Il se trouve que je me souviens particulièrement bien d'une opération américaine baptisée « Screaming Eagle ». Cela se passait fin 1943, six mois avant le débarquement. On devait nous parachuter six Américains, qui avaient pour mission de nous livrer du nouveau matériel et de nous en montrer le fonctionnement. Nous n'avons même pas pu les approcher. Vingt minutes avant l'heure prévue pour le saut, nous sommes allés à pied à l'endroit convenu. Les Allemands étaient déjà sur les lieux. Il n'y avait rien à faire. Nous ne pouvions pas les attaquer, nous n'avions pas assez d'hommes ni d'armes. Nous sommes donc restés à la lisière des bois pour observer. Quelques minutes plus tard, nous avons entendu l'avion et nous avons vu les Allemands lancer un signal codé à l'aide d'une torche électrique. C'était le code que nous avions mis au point avec les Américains.

— Comment pouviez-vous le savoir ?

— J'étais l'agent de liaison, monsieur. C'était moi qui devais envoyer ce signal.

— Ne pouviez-vous pas les prévenir ? N'aviez-vous pas prévu un signal pour annuler la mission ?

— Si, mais ils ne l'ont pas vu. J'étais trop loin. Et, tout d'un coup, j'ai vu les parachutes se déployer. Il y avait beaucoup de vent cette nuit-là. Résultat, les agents ont atterri à quatre cents mètres de l'endroit prévu. Les Allemands se sont lancés à leur poursuite. Nous ne pouvions pas intervenir, car ils étaient entre nous et les Américains. Pendant l'heure qui suivit, nous avons entendu des coups de feu. Imaginez-vous ce qu'on peut ressentir dans ces cas-là, monsieur ?

— Je comprends, dit André. Tous les Américains se sont fait tuer ?

— Non, monsieur. Justement. Trois jours plus tard, on en a ramené un à notre Q.G. Il était grièvement blessé. Il avait reçu une balle dans la colonne vertébrale et ne pouvait pas bouger les jambes. Mais, à la faveur de la nuit, il avait réussi à échapper à ses poursuivants et à se traîner jusque dans les bois. Un fermier l'a trouvé, l'a caché et a contacté un membre de notre réseau.

Cerbonney coupa une autre tranche de terrine, qu'il mit dans son assiette. André, impatient, attendit que le boulanger ait pris une autre bouchée pour demander :

— Qu'est-ce que Camille Laurent avait à voir là-dedans ?

— Il était le chef de notre groupe, monsieur. C'est lui qui décida de cacher l'Américain et de le faire soigner.

— L'Américain s'en est tiré ?

— Oh ! oui. Il est resté avec nous jusqu'à la fin de la guerre. Nous nous entendions très bien. Il était extrêmement intelligent et avait beaucoup de bonnes idées.

André s'efforça de formuler sa question suivante d'un ton aussi dégagé que possible :

— Je sais que tout cela remonte à quarante ans, mais... vous ne vous rappelleriez pas le nom de cet Américain, par hasard ?

Pour toute réponse, Cerbonney sourit et prit l'album photo qui était posé sur la table, derrière lui.

— J'ai encore mieux, monsieur. (Il ouvrit l'album à une page marquée d'un papier et montra à André une photographie.) Voilà les membres de notre réseau. Ce cliché a été pris à la fin de la guerre.

Il indiqua un grand jeune homme typiquement américain, appuyé sur deux béquilles et entouré d'une douzaine de Français.

— C'est lui, dit-il. Il s'appelait Charles Houghton.

Les mains tremblantes, André prit l'album et l'examina de plus près. « Sensationnel, se dit-il. Sensationnel... » Car il était sûr d'avoir reconnu, à côté du jeune Camille Laurent, l'actuel directeur adjoint de la C.I.A.

Lorsque la voiture d'André fut hors de vue, Olivier Cerbonney réintégra sa boulangerie et entra dans un bureau minuscule, contigu à la cuisine. Il ferma la porte et composa un numéro de téléphone à Paris. Une femme lui répondit.

— Je voudrais parler à Boris, dit-il.

— Il n'est pas là. Je prends les messages.

Pendant plusieurs minutes, Cerbonney décrivit en détail son entrevue avec André. A l'autre bout du fil, la femme prenait des notes. La communication terminée, elle appela à son tour un numéro privé, à l'ambassade soviétique, et répéta mot pour mot le récit du boulanger.

Cinq minutes après qu'elle eut raccroché, l'ambassade envoyait un télex au quartier général du K.G.B. à Moscou. Le message était bref : *Première phase exécutée.*

6

Pour la troisième fois en six jours, André se retrouvait à bord du Concorde. Il y voyait un excellent augure. Dans les bons sujets de reportage, tout s'enchaînait très vite. Une piste menait à une autre, puis à une autre, avec une telle rapidité qu'on était irrésistiblement emporté par le mouvement.

Cependant, plus il allait vite, plus il s'éloignait de Varengeville, de son piano et de ce qu'il avait espéré trouver en renouant avec son passé, en reprenant toute sa vie depuis le moment où il avait choisi une route au lieu de l'autre. La vitesse était grisante. Elle vous donnait l'impression d'avancer. Tant que vous alliez vite — tant que vous bougiez — peu importait la direction que vous preniez. Mais quand vous arriviez à destination, c'était chaque fois la même déception. Vous aviez peut-être découvert quelque chose de précieux, mais ce n'était pas ce que vous cherchiez. Alors, dès que vous le pouviez, vous vous remettiez en route. Sans jamais trouver ce que vous cherchiez. Au fond, peut-être ignoriez-vous ce que vous cherchiez ? Comment expliquer autrement, dans le cas d'André, son besoin incessant de bouger ? Il aurait dû se sentir comblé. Tous les journalistes du monde auraient troqué sans hésiter leur place contre la sienne.

Olivier Cerbonney était-il mécontent de sa condition ? Sans doute pas. Comme son père et son grand-père, Cerbonney avait toujours su qu'il serait boulanger. Il ne se révoltait pas contre ce destin, car il savait n'avoir guère de chances de le modifier. En un certain sens, c'était regrettable. Son homologue, en Amérique, s'emploierait à ouvrir une autre boulangerie et, au fur et à mesure, toute une chaîne ; puis il fonderait une société et vendrait des parts pour finalement devenir P.-D.G. Cette soif de réussir, de s'agrandir, de changer, c'était le carburant qui faisait avancer l'Amérique et lui permettait de réussir des miracles. Lequel des deux boulangers était-il le plus heureux ? L'homme qui connaît ses limites apprend à apprécier ce qu'il a et ce qu'il est. Aux États-Unis, pratiquement personne n'éprouvait ce genre de satisfaction. Peut-être l'histoire en était-elle responsable... En Europe, où que vous alliez, tout vous rappelait que l'histoire de ce continent n'avait pas commencé deux siècles plus tôt. Quand vous avez conscience de vivre dans un endroit qui a mis des siècles à se forger, vous entretenez avec le temps une relation privilégiée. Les Américains, eux, n'ont pas le sens de leur place dans le cours du temps. Il n'est donc pas étonnant qu'ils aient perpétuellement la bougeotte et soient tout prêts à croire que la fin du monde est pour demain.

Était-ce cela qu'André essayait de retrouver : cette sensibilité européenne dans laquelle il avait été élevé ? Était-ce pour cette raison qu'il était venu en Europe, à la stupéfaction de ses collègues : pour découvrir ce sens de la mesure typiquement européen à ses yeux ? Si oui, il avait totalement échoué. Car, depuis quinze ans, il menait exactement le même genre de vie qu'avant, quand il était aux États-Unis. C'était pour cela que cette année de congé était si importante. Une année pour mesurer sa juste place dans le cours du temps, une année pour vivre chaque jour au ralenti, pour en savourer chaque heure, chaque minute, chaque seconde. Combien de bonnes années lui restait-il ? Dix ? Quinze ? Vingt ? S'il voulait connaître un jour la sérénité qu'il recherchait, il lui fallait d'abord renoncer à la drogue du mouvement.

D'un autre côté, comment lâcher cette affaire alors même qu'elle prenait tournure ? Charles Houghton en compagnie de Camille Laurent durant les dix-huit derniers mois de la guerre ! Ce Charles Houghton ne pouvait être que le directeur adjoint de la C.I.A. D'accord, la photographie datait de quarante ans, mais la ressemblance était frappante. Tout correspondait : les traits du visage, la taille, l'allure générale et, surtout, les béquilles. Le directeur adjoint de la C.I.A. s'en servait encore : ses jambes étaient presque complètement paralysées.

André n'avait jamais été en relation avec Houghton, mais ils s'étaient rencontrés plusieurs fois à Washington. Il en savait long sur la légende de Houghton, car celui-ci était un cas unique. Un héros et une victime de la guerre, qui avait surmonté son handicap pour se forger une carrière à la C.I.A. On l'avait recruté dans l'O.S.S.[1] à sa sortie de Yale, où il avait terminé ses études avec éclat. A l'université, il s'était également distingué au basket-ball, grâce à une bourse d'athlétisme. Après avoir été serveur, ce garçon pauvre, issu d'une famille paysanne de l'Iowa, était devenu un *Ivy Leaguer*, un brillant étudiant, un symbole du bel Américain. Depuis la guerre, on l'avait naturellement cantonné dans les emplois de bureau. Mais, à force de concentrer — par nécessité — son énergie sur le plan mental, il était devenu un redoutable analyste. Sa puissance de concentration était légendaire. Non seulement il possédait une mémoire prodigieuse — il n'oubliait jamais ce qu'il avait lu — mais il était capable d'apprendre une langue en quelques mois. Il en parlait douze et en lisait vingt. Pendant des années, il avait été responsable du secteur de la C.I.A. spécialisé dans l'interrogatoire des transfuges étrangers. C'était pour interroger personnellement ces transfuges qu'il avait appris tant de langues.

Durant le week-end, André demanda à Saul Geffin de contacter Houghton. Il lui recommanda de passer par l'agence de l'U.S.B.C. à Washington mais de joindre Houghton personnellement. Geffin devait arranger pour André un rendez-vous avec le directeur adjoint de la C.I.A. — sans lui donner trop d'explications — et donner le feu vert à André si tout allait bien. Le feu vert clignota dans la soirée de samedi.

— Je lui ai dit qu'il s'agissait d'une affaire personnelle, déclara Geffin. Il vous propose d'aller le voir chez lui dès votre arrivée.

Houghton habitait dans le Watergate, cet ensemble de buildings — hôtels, bureaux, boutiques, appartements — situé à côté du Kennedy Center, au bord du Potomac. Il ouvrit lui-même la porte, appuyé sur deux béquilles métalli-

1. O.S.S. : Office of Strategic Services.

ques. André fut impressionné par sa carrure : il avait un torse large, des épaules carrées et des bras musclés, que sa chemise bleue faisait ressortir. Ses cheveux bruns ondulés ne grisonnaient même pas. On lui aurait donné à peine cinquante ans, alors qu'il devait en avoir environ soixante-cinq. Ses traits, irréguliers mais séduisants, étaient légèrement marqués par les années et les épreuves. Un sourire illumina son visage.

— Vous avez réussi à éveiller ma curiosité, dit-il à André.

Ils s'assirent dans le living-room, l'un en face de l'autre, devant une fenêtre donnant sur le fleuve.

— Dans ce cas, dit André, j'en viens directement au fait. Je voudrais vous parler d'un homme que vous avez connu sous le nom de Félix.

Il lui fallut vingt minutes pour raconter toute l'histoire à Houghton. Il n'omit aucun fait, estimant préférable de jouer franc jeu avec Houghton s'il voulait obtenir son concours. Houghton le regardait droit dans les yeux, presque sans ciller. Lorsque André eut terminé, il y eut dans la pièce une minute de profond silence. On entendait les bruits de la circulation, treize étages plus bas.

— Vous me demandez de croire que l'homme qui m'a sauvé la vie à l'époque était en réalité mon ennemi, déclara enfin Houghton.

— Je ne vous demande rien du tout, dit André. Je vous raconte simplement ce que je sais.

— Mais vous y croyez.

— Faux. Au stade où j'en suis, je ne peux pas me permettre d'avoir une opinion. J'espérais que vous pourriez m'aider.

— Je vous aiderais volontiers si je le pouvais, mais je ne vois pas comment.

— Pour commencer, vous pourriez me donner votre avis. Est-il possible que Camille Laurent ait été un informateur de la Gestapo ?

— Grotesque !

— Que pensez-vous de la théorie du boulanger selon laquelle il y avait un traître dans le réseau ?

— Vous avez dit vous-même que les Français avaient tendance à exagérer leurs exploits dans la Résistance.

— Vous vous souvenez de lui ?

— Oh ! très bien. C'était un joyeux luron.

— Et les autres opérations ?

— Il n'y a pas eu d'autres opérations dans cette zone-là.

André hésita un instant avant de demander :

— Vous en êtes sûr ?

— Absolument.

— Et le rapport de la Gestapo ?

— J'ai l'impression que votre ami Shlomo vous a mené en bateau.

— Certainement pas, dit André. Il ne m'a jamais menti.

— On lui en a peut-être donné l'ordre. Les Israéliens n'ont pas beaucoup d'amis, de nos jours. Ils ont besoin d'aide, et ils sont prêts à tout pour y arriver.

C'était vrai. Le moment était peut-être venu pour les Israéliens de jouer leurs atouts. André refusait pourtant d'y croire. Mais pourquoi Houghton, lui, y croyait-il ? Surtout lui ?

— Écoutez, dit André, vous avez participé à une mission qui s'est mal terminée. Il y avait forcément un informateur.

— Possible. Mais pas Camille Laurent.

— Pourquoi donc ?

— Je l'ai regardé opérer. Je l'ai aidé à organiser des missions. Je l'ai vu des douzaines de fois depuis la guerre. Pour moi, il restera toujours l'homme qui m'a sauvé la vie.

André observa Houghton un moment.

— En d'autres termes, vous pensez que je débloque ? dit-il enfin.

Pour toute réponse, Houghton haussa les épaules en souriant d'un air énigmatique.

André sentit qu'il se trouvait dans une impasse. D'un certain point de vue, c'était une bénédiction. Il serait de retour à Varengeville dans deux jours. Ce ne serait pas la première fois qu'un bon tuyau ne déboucherait sur rien. Il était néanmoins déçu. C'était une histoire fantastique, aussi bien à cause de son aspect sensationnel que de ses implications internationales. Il ne pouvait se résoudre à abandonner. Mais, pour continuer, il lui fallait une piste quelconque.

Il ne lui restait qu'une seule possibilité.

— Seriez-vous prêt à m'aider à retrouver ce rapport de la Gestapo ?

Houghton éclata de rire.

— Nous sommes forts, mais pas à ce point-là. Même avec la meilleure volonté du monde, nous ne pourrions pas vous aider. La plupart des dossiers de la Gestapo ont été raflés par les Russes à la fin de la guerre. A notre connaissance, ils sont conservés dans les archives du K.G.B., à Moscou. (Il se remit à rire.) Nous aimerions bien avoir accès à ces archives, mais ce n'est pas demain la veille.

André se leva. D'un mouvement souple, Houghton se souleva de son siège et prit appui sur ses béquilles.

— Merci de m'avoir reçu, dit André.

— De rien. Vous rentrez à Paris aujourd'hui ?

— Demain.

— Vous n'auriez pas des lumières sur la situation de l'art contemporain à Paris, par hasard ?

— Tous les bons artistes parisiens vivent à New York.

— Voilà le problème, dit Houghton.

— Quel problème ?

— Ma fille a ouvert une galerie de tableaux voici deux mois dans le quartier de Soho, à New York. Et elle a eu l'idée géniale — du moins, c'était mon avis — d'aller à Paris pour essayer de trouver des artistes à la source, avant qu'on ne les découvre et qu'ils deviennent inabordables.

— C'est une idée géniale, mais elle ne cherche pas au bon endroit. Il faut qu'elle achète des tableaux dans des pays comme la Roumanie ou la Tchécoslovaquie.

— On trouve de bons artistes par là-bas ?

— Dans ma maison de campagne, j'ai plein de toiles qui viennent d'Europe de l'Est. Je n'aurais jamais pu me les payer aux États-Unis.

Houghton prit un air songeur.

— Cela vous ennuierait beaucoup si je lui suggérais de vous téléphoner dès votre retour à Paris ?

— Pas du tout, répondit André. Dites-lui de m'appeler mercredi.

Il donna à Houghton son numéro personnel et concentra ses pensées sur un tout autre problème. Il cherchait le moyen de se procurer un certain dossier entreposé à Moscou, dans les archives du K.G.B.

7

Le siège de la C.I.A. se trouve à Langley, en Virginie, à une douzaine de kilomètres de Washington, au milieu d'un terrain de cinquante hectares partiellement boisé. L'emplacement n'a rien de secret. Quand vous quittez le George Washington Memorial Parkway pour prendre une route secondaire, vous rencontrez un panneau indiquant, en lettres blanches sur fond marron : C.I.A. Mais dès que vous approchez le vaste et moderne bâtiment blanc, la sécurité est de rigueur. Une clôture de barbelés haute de trois mètres cinquante entoure la bâtisse. Des gardes armés, tenant en laisse des chiens policiers, patrouillent aux alentours. Grâce à un système très perfectionné, nul ne peut pénétrer dans le périmètre extérieur ni dans le bâtiment avant d'avoir montré ses papiers. A l'intérieur des locaux, tous les employés de la C.I.A. arborent en permanence une carte signalétique avec leur photo. Sur ses bords, cette carte présente un certain nombre de petites cases, dans chacune desquelles est inscrite — suivant les cas — une lettre rouge. Chaque lettre équivaut à un laissez-passer. En effet, certains secteurs de la C.I.A. sont « réservés » ; seules y ont accès les personnes ayant sur leur carte les lettres appropriées. Un agent de sécurité, posté dans une cage de verre à l'épreuve des balles, contrôle le tourniquet que franchissent les visiteurs. Les bureaux particulièrement « névralgiques » sont protégés, en outre, par une dernière barrière que les initiés ne peuvent franchir qu'avec le code adéquat. Plus l'employé de la C.I.A. a un grade élevé, plus sa carte signalétique comporte de lettres rouges. Charles Houghton en avait une entièrement cochée de rouge et il disposait de tous les codes secrets.

Son bureau, situé dans l'un des secteurs les mieux gardés, ne se distinguait pourtant en rien de ceux de centaines d'autres importants fonctionnaires.

Houghton avait quitté André une demi-heure auparavant. Il était maintenant installé à son bureau. En face de lui se tenait son adjoint, un homme soigné, coiffé en brosse. On eût dit qu'il avait été récemment libéré des marines après avoir rempilé plusieurs fois. Il avait les épaules rejetées en arrière, les doigts repliés, comme un soldat au garde-à-vous.

— Il me faut les dossiers de toutes les opérations clandestines que nous avons effectuées en France pendant la dernière guerre, ordonna Houghton. Je les veux tous. Contactez notre homme de liaison dans l'armée, il pourra vous aider. Sortez aussi de l'ordinateur les interrogatoires des membres de la Gestapo où il est question — de près ou de loin — de la Résistance. Renseignez-vous auprès de l'Organisme des services stratégiques — la C.I.A. de l'époque. Ce sont eux qui se sont chargés des interrogatoires au niveau le plus bas. N'oubliez pas des gens comme John Kenneth Galbraith et George Ball... Ils faisaient partie d'une équipe chargée d'aller interroger en Europe les hauts dignitaires nazis. Je suis certain de trouver ce que je cherche dans les interrogatoires de l'O.S.S., mais ne négligeons aucune piste.

— Puis-je savoir ce que vous cherchez, monsieur ?

— Pas encore, Billy. Plus tard.

— Bien, monsieur.

Billy esquissa un demi-tour et sortit rapidement. Une fois la porte refermée, Charles Houghton, les mâchoires serrées, donna un coup de poing sur son bureau.

Un mois après Pearl Harbor, le recruteur était venu voir Houghton à Yale, lors de sa dernière année d'études. Il lui avait expliqué qu'on l'observait depuis un moment, car on organisait un service spécial pour les jeunes gens exceptionnellement doués. Il ne pouvait en dire davantage pour le moment. Houghton ne devait en parler à absolument personne. S'il était d'accord, il ferait semblant de suivre un entraînement de parachutiste, puis il disparaîtrait pendant un certain temps. On l'emmènerait dans une ferme du Connecticut, où on lui ouvrirait les portes d'un monde nouveau. Un monde d'armes miniaturisées, d'engins explosifs, de codes secrets et de montres émetteurs à la Dick Tracy, toutes techniques susceptibles de multiplier par dix mille les capacités d'un seul homme.

N'était-ce pas là le rôle idéal pour « Jack Armstrong, le petit génie » ? Ainsi les amis de Charles Houghton l'avaient-ils surnommé, par allusion ironique au héros du feuilleton radiophonique qu'ils avaient tous écouté dans leur enfance. C'était pour eux une manière facétieuse d'exprimer le respect que leur inspiraient les succès de Charles Houghton, le brillant élève, le capitaine et champion des équipes de football, de basket et d'athlétisme, le président de la promotion, celui dont rêvaient toutes les étudiantes. Il acceptait son sobriquet avec bonne humeur, sachant bien qu'il était béni des dieux. Et, dès le début de la guerre, il décida de servir avec éclat. Il devança l'appel de l'armée. Il ne voulait pas être un simple pioupiou. C'était une guerre juste. Il était prêt à tout lui sacrifier.

Houghton sortit de l'université en juin 1942. Quinze mois plus tard, il était lieutenant dans l'O.S.S., cantonné dans une base située à vingt-cinq kilomètres de Londres. Un jour, son supérieur le convoqua dans son bureau pour lui exposer sa première mission : capturer Kurt Hoepner, le chef de la Gestapo de Clermont-Ferrand, et le ramener en Angleterre. Cinq agents de l'O.S.S. seraient largués en France en même temps que lui. On ferait croire qu'ils avaient pour mission de livrer aux résistants un matériel sophistiqué et de leur apprendre à s'en servir. Seul Houghton devait connaître le véritable objectif de l'opération Screaming Eagle.

Houghton se déclara contre le secret. Son supérieur, Victor Bernstein, un petit homme sec et basané, aux yeux en amande et aux cheveux de jais, répliqua :

— Désolé, mon gars. C'est la consigne.

— C'est peut-être la consigne, mais je ne la trouve pas astucieuse, rétorqua Houghton.

Il ne connaissait Bernstein que depuis son arrivée en Angleterre, trois mois auparavant. Mais il savait que, malgré leur différence d'âge, de grade et de situation — Bernstein était un colonel proche de la quarantaine, qui avait dans le civil un gros poste dans une banque de Washington —

celui-ci l'aimait bien et l'admirait. Notamment parce que Houghton ne mâchait pas ses mots.

— Mes hommes seraient sacrément plus efficaces s'ils connaissaient l'importance de cette mission, insista le lieutenant.

Bernstein sourit.

— C'est précisément pour ça que je vais *vous* l'expliquer. Mais *vous* garderez le secret jusqu'à la dernière minute. Je n'ai l'autorisation d'en parler qu'à vous, Charlie. Pigé ?

Houghton mit un certain temps avant de répondre :

— Oui, monsieur.

— Bon. Maintenant, passons aux choses sérieuses. Savez-vous ce qui se passe en France depuis l'invasion allemande ?

— Faisons comme si je n'en savais rien.

— D'accord. En bref, les Français n'auront pas de quoi être très fiers d'eux dans les années à venir. Les Allemands n'ont eu aucune difficulté à envahir le pays. Peut-être était-ce dû à leur supériorité en effectifs et en matériel ; ce sera aux historiens d'éclaircir ce point. Compte tenu de ce qui s'est passé depuis, on peut malgré tout supposer que l'armée française n'a pas rempli son rôle avec beaucoup d'entrain. Après l'armistice de juin 1940, la France a été divisée en deux parties. Une zone occupée, avec le quartier général allemand à Paris. Et une zone libre, avec le gouvernement français installé à Vichy — une station thermale dont les eaux sont censées avoir des propriétés thérapeutiques. Le choix de cette ville peut donner lieu à de multiples interprétations. Toujours est-il que le gouvernement de Vichy est dirigé depuis lors par le maréchal Pétain, le héros de 14-18. Il se donne le titre de « chef de l'État français » et se considère comme une sorte de Franco chargé de protéger les valeurs chrétiennes contre les manœuvres insidieuses de la gauche. Apparemment, il ne verrait aucun inconvénient à ce que les Allemands flanquent une dérouillée aux Britanniques, transforment l'Angleterre et la France en protectorats et le fassent venir — lui, Pétain — à Paris. Il a un atout : les Allemands ne peuvent pas diriger le pays sans lui ni la bureaucratie française qu'il représente. Il joue là-dessus au maximum.

» Les hommes comme Pétain sont généralement des cyniques, des pragmatiques ou des opportunistes — voire les trois à la fois. Dès qu'un pays est occupé, on les voit se manifester. Ce qui est inexplicable — et consternant — c'est l'attitude des Français. Ils ont pleuré à chaudes larmes quand les Allemands ont défilé sur les Champs-Élysées mais, depuis, ils se sont montrés parfaitement dociles et résignés. Sur quarante millions d'habitants que compte la France, il n'y en a probablement pas plus de cent mille dans la Résistance. Et sur ces cent mille, beaucoup sont entrés dans la clandestinité depuis que les Russes ont stoppé l'offensive allemande à Stalingrad et que les Alliés ont débarqué en Afrique du Nord. Ce qui complique foutrement votre mission, c'est que certains résistants ont peut-être été des collabos avant de rejoindre le maquis. Ils cherchent uniquement à se couvrir, et ils n'hésiteront pas à retourner leur veste encore une fois si jamais la chance favorise les Allemands. Conclusion : vous ne pouvez vous fier à personne. Vu ?

— Vu.

— Les résistants authentiques, eux, se divisent en deux catégories. Primo, ceux qui sont entrés dans la clandestinité dès l'invasion. Ils forment ce qu'on appelle le Mouvement. Secundo, ceux qui se sont organisés plus tard, avec l'aide des agents alliés — surtout britanniques — qui ont été largués en France quand l'occupation est devenue un fait accompli. Les membres de ce groupe-là sont répartis en « réseaux ». Le Mouvement n'a pas fait tellement de résistance armée. Il s'est plutôt spécialisé dans la résistance morale, en imprimant des journaux pour inciter la population à ne pas perdre espoir. Les réseaux, eux, donnent davantage dans le sabotage que dans la propagande. Ils savent mettre du sucre dans le réservoir d'essence d'un panzer, court-circuiter avec une punaise des câbles téléphoniques, changer le sens des poteaux routiers pour désorienter les convois allemands, etc.

» Pendant les deux premières années d'occupation, les possibilités d'action ont beaucoup varié d'une zone à l'autre. Les réseaux de la zone occupée étaient bien plus limités que ceux de Vichy, où ils avaient affaire davantage à la Gestapo qu'à l'armée. Le débarquement allié en Afrique du Nord a grandement changé la face des choses. Jusque-là, les Allemands n'avaient pas eu besoin de cantonner des troupes dans le Sud. Mais, dès lors que les forces alliées se trouvaient de l'autre côté de la Méditerranée, ils ont été obligés de protéger leur flanc sud.

» Les Allemands ont concentré leurs troupes essentiellement en Normandie et en Bretagne, car ils pensent que le débarquement viendra de ce côté-là. Mais, pour nous, toutes les régions françaises sont importantes. Notre objectif est de ralentir le mouvement des soldats et du ravitaillement vers les zones critiques — et cela dès maintenant. Depuis mai, la R.A.F. parachute des containers d'armes à certains réseaux. Chaque container renferme une demi-douzaine de mitraillettes légères, trois douzaines de fusils, deux douzaines de mitrailleuses ultra-rapides, des grenades, des pistolets, des munitions et une bonne quantité de tenues de combat. Pas grand-chose, mais quand même de quoi causer des dégâts quand le feu d'artifice commencera. Malheureusement, nous n'avons pas été en mesure de choisir les réseaux qui en bénéficient. Ce privilège a été réservé aux Français libres de Londres — et notamment à de Gaulle, pour le garder sous contrôle. Nous ne pourrons donc compter sur aucune grande force organisée. La Résistance est incroyablement fragmentée, politisée : communistes d'un côté et gaullistes de l'autre, avec, entre les deux, les socialistes et les modérés. On a parfois l'impression qu'ils ne pensent déjà plus à la guerre et qu'ils se disputent le futur contrôle de la France.

— Un peu comme en Chine...

— Exactement.

— Et Hoepner, dans tout ça ?

— Vous brûlez les étapes. Je dois d'abord vous parler de de Gaulle. Il nous pose un gros problème. C'est un homme arrogant, ridiculement imbu de lui-même. En fait, il est peu cultivé, mal élevé, et on ne peut absolument pas compter sur lui. Confiez-lui un secret militaire, c'est comme si vous le diffusiez sur la B.B.C. Pour lui, les Britanniques — au même titre que les Allemands — sont les ennemis héréditaires de la France. Son rêve serait de voir les Russes vaincre les Allemands à eux seuls, sans notre intervention. Il nous met dans le même sac que les Anglais. Tout ce que vous lisez dans *la Marseillaise,* le journal des F.F.L., et tout ce que vous entendez à Radio-Brazzaville a été auparavant approuvé par de Gaulle. Peut-être devrais-je plutôt dire : « inventé ». Il laisse entendre que les Américains veulent négocier avec Pétain — ce qui est totalement faux — que nous sommes intervenus trop tard et que les États-Unis n'ont pas à se mêler des affaires de l'Europe. Là où ça se corse, c'est qu'en écrasante majorité les Français — quatre-vingt-dix pour cent, probablement — considèrent de Gaulle comme le symbole de la Résistance. Ils ne lui reconnaissent pas beaucoup d'autres qualités, mais ils ont tendance à écouter ce qu'il dit. Conclusion : nous nous préparons à libérer la France sans savoir si les Français nous prêteront main-forte ou non. Et les Anglais en sont au même point que nous.

— Ils ne sont quand même pas opposés à ce qu'on les libère ? s'exclama Houghton, incrédule.

— Non, mais ils veulent jouer le rôle principal dans leur libération. C'est évidemment impossible, mais allez expliquer ça à de Gaulle ! Tant qu'il continuera à débiter ses conneries sur le destin de la France et sur les « méchants » alliés américains, nous aurons donc un problème. Une seule solution : organiser une petite opération pour prouver aux résistants que nous sommes leurs amis, qu'ils peuvent nous faire confiance et, surtout, que nous avons les moyens de les aider.

— Et c'est là que Hoepner intervient ?

— Exactement. De tous les nazis de France, c'est lui que les résistants redoutent et haïssent le plus. Il est le chef de la Gestapo de Clermont-Ferrand. Sa tâche consiste essentiellement à traquer et à démanteler la Résistance. Pour atteindre cet objectif, il a tué des milliers de gens. *Des milliers.* Des femmes, des enfants, des juifs... Liste non exhaustive. Mais ce qu'on lui pardonne encore moins que le reste, c'est l'assassinat de Jacques Ferrer, le président du Conseil national de la Résistance. Ferrer a été arrêté par les nazis en 1940 et sauvagement torturé. Il a tenté à un moment de se trancher la gorge, décidé à se tuer plutôt que de parler. Finalement relâché, il a réussi à gagner Londres, où de Gaulle l'a chargé d'unifier la Résistance. En décembre 41, il a sauté en France et exécuté sa mission avec succès. En juin dernier, il a été arrêté à Lyon, lors d'une réunion de résistants. Personne ne sait qui a trahi. Hoepner dirigeait lui-même la descente de police, et il a torturé Ferrer de ses propres mains. Il avait presque réussi à l'achever quand il s'est avisé de son énorme bourde. Il avait failli tuer l'homme le plus renseigné de tout le pays sur les activités de la Résistance ! Il l'a aussitôt mis dans un train à destination de Berlin, mais Ferrer est mort pendant le trajet.

— Hoepner est toujours à Clermont-Ferrand ?

— Oui.

— Comment dois-je m'y prendre pour le kidnapper ?

— Ça, Charlie, ce sera à vous d'en décider sur place, avec l'aide des résistants que vous contacterez.

— Et si je réussis ?

— Il y a plusieurs petits aérodromes dans les environs. Ils sont peu surveillés. Choisissez le plus adéquat et assommez les gardiens à l'heure prévue pour le rendez-vous. Nous serons là pour vous cueillir.

Houghton considéra Bernstein un moment.

— Haut les cœurs, dit-il enfin.

— C'est une rude tâche, Charlie, nous en sommes conscients. C'est pour ça qu'on vous la confie. Et ce n'est pas une simple formule.

— Merci, monsieur. (Houghton hésita.) N'empêche, je préférerais prévenir mes hommes. Ils ont le droit de savoir pour quoi ils risquent leur peau.

— Chaque chose en son temps, Charlie. Moins ils en sauront, moins ils auront de choses à raconter s'ils se font capturer. C'est leur intérêt, croyez-moi.

— Bien, monsieur, dit Houghton.

Il fallut moins d'une heure à Billy pour rapporter les dossiers de toutes les opérations clandestines effectuées en France. Six d'entre elles — outre Screaming Eagle — avaient échoué. Toutes les six étaient postérieures à Screaming Eagle. Toutes les six avaient eu lieu dans un rayon de cent kilomètres autour de Clermont-Ferrand.

Le temps que Houghton termine le dernier dossier, Billy était de retour avec plusieurs volumes. Ceux-ci renfermaient les comptes rendus des interrogatoires, ainsi que des analyses et des résumés rédigés par les officiers enquêteurs. C'était une lecture pénible. Témoignages décousus, explications détaillées, descriptions... Quarante ans après les faits, l'horreur était toujours intacte. Particulièrement épouvantable était le portrait de Kurt Hoepner, le bourreau de Clermont-Ferrand. L'homme que Houghton avait eu pour mission de kidnapper.

C'était un homme petit et rondelet, pas particulièrement représentatif de la race supérieure. Mais sa dévotion aux nazis, son zèle sadique et son inventivité compensaient ses insuffisances physiques. Ainsi, pour donner une leçon aux habitants de la région qu'il contrôlait, il avait un jour enfermé plusieurs centaines d'enfants dans leur école avant de faire sauter le bâtiment. Il s'acharnait particulièrement sur les juifs, dont un grand nombre s'étaient réfugiés à Vichy pour échapper aux persécutions. Une fois, il avait donné l'ordre d'entasser des centaines de juifs dans des wagons à bestiaux et de les expédier dans des camps de concentration, sans eau ni nourriture. La plupart étaient morts avant la fin du voyage, qui devait durer deux semaines.

Selon les chiffres réunis par les Français après la guerre, Hoepner était mêlé à 5 123 assassinats et était directement responsable de 9 571 déportations à Dachau et à Auschwitz. « Des remords ? avait-il répondu à l'un des enquêteurs. Pourquoi aurais-je des remords ? J'étais et je demeure un nazi convaincu. Je croyais à ce que je faisais. »

Trois heures durant, Houghton parcourut les rapports. Cela réveilla en lui la rage et le sentiment d'impuissance qu'il avait éprouvé à l'époque, en France, en entendant le récit des atrocités et des déportations. Le nombre des victimes aurait-il un tant soit peu diminué, s'il avait réussi à kidnapper Hoepner ? Cela aurait sans doute remonté le moral des Français, qui se seraient peut-être montrés moins coopératifs. Malheureusement, la mission s'était terminée — avant même d'avoir commencé — dans une ferme, à trente kilomètres au sud-est de Clermont-Ferrand.

Soudain, un paragraphe retint l'attention de Houghton. Il le relut plusieurs fois, jusqu'à le connaître par cœur : « Hoepner s'y entendait à merveille pour recruter des Français. Fin 1943, ils étaient plus de deux cents à travailler pour son compte. Ce réseau d'informateurs constituait un échantillonnage complet de la population — y compris les plus hautes classes sociales de la ville. La maîtresse de Hoepner — une Française nommée Simone Théron — commandait ses agents de renseignement. Son plus beau coup : parvenir à introduire un espion au sein de la Résistance. Cela lui permit de faire échouer plusieurs opérations des Alliés visant à établir des contacts avec les réseaux de Lyon et des environs. L'indicateur de Hoepner dans la Résistance était [redacted]. »

On avait rendu le nom illisible.

[illegible]

8

Après sa conversation avec Charles Houghton, André regagna directement son hôtel. Le Sheraton Carlton se trouvait sur la 16e Rue, à cinq cents mètres de la Maison-Blanche. André chercha un numéro de téléphone dans son carnet noir, petit mais épais, qui ne le quittait jamais — même pendant les vacances. Puis il demanda une communication avec préavis pour Moscou. Cela fait, il s'allongea sur son lit et s'endormit aussitôt. La sonnerie du téléphone le réveilla. Tout en décrochant, il consulta la pendulette de voyage posée sur la table de chevet. Deux heures de l'après-midi. A Moscou, il était donc vingt-deux heures.

— Vous avez M. Gondrachov en ligne. Parlez.

— Merci.

André cria dans le combiné :

— Gennady, mon vieux, comment ça va ?

— Vous n'avez pas besoin de hurler, André, répondit posément une voix à l'accent anglais irréprochable. En U.R.S.S., le téléphone marche très bien.

— C'est vous autres qui l'avez inventé, hein ? Épatant. Comment allez-vous, mon vieux ?

— J'allais très bien avant votre coup de fil. La prochaine fois que nous nous verrons, je vous expliquerai en détail ce que vous avez interrompu.

— Je parie que vous n'êtes pas chez vous.

— Comme vous me connaissez bien ! En fait, je ne suis même pas à Moscou.

— Où donc, alors ?

— Sur la mer Noire.

— En avril ?

— C'est la meilleure époque, mon vieux. Avant l'arrivée du prolétariat.

André éclata de rire. Il connaissait le cynisme de Gennady Gondrachov. Il n'avait aucune confiance en lui, mais il l'aimait bien quand même. La qualité qu'André appréciait le plus chez le Russe, c'était son esprit pratique. Gondrachov ne considérait pas les événements en termes de « bien » ou de « mal » ; seule lui importait leur efficacité pour atteindre un objectif précis. A l'Ouest, on l'aurait considéré comme un inadapté social. Les Russes, eux, n'avaient sans doute pas de mot pour cela. Le cerveau de Gondrachov était imperméable à de telles considérations. C'était un soldat prêt à obéir aux ordres, quels qu'ils fussent. Il avait compris depuis longtemps que, dans son pays, les privilèges étaient réservés à un très petit nombre. Et, pour avoir droit à ces privilèges, il fallait manifester une foi aveugle, exécuter les consignes sans faire de vagues. Un homme disposé à gravir laborieusement les échelons d'une société communiste récoltera autant de bénéfices que les riches des pays occidentaux. Gondrachov ne se souciait pas que ces avantages fussent réservés à une infime minorité. Il avait atteint ses objectifs sans jamais s'apercevoir que son pays était incapable d'assurer une vie agréable à plus d'une poignée de gens. Gondrachov ne croyait au système que dans la mesure où il pouvait s'en servir. Son engagement politique n'allait pas plus loin.

Un soir, à Paris, bien des années auparavant, alors qu'ils fêtaient ensemble le succès d'une entreprise commune, André lui avait dit :

— Reconnaissez, Gennady, que votre système ne vaut rien. Votre agriculture est catastrophique. Votre production industrielle est catastrophique. Votre économie est catastrophique. Votre *régime* lui-même est catastrophique. Vous êtes bien d'accord ?

La langue déliée par de nombreuses coupes de champagne, Gondrachov avait répondu :

— Vous ne comprenez pas, mon vieux. Le système, nous devons faire avec. Mon problème à moi, c'est de survivre à l'intérieur, et j'ai appris à me débrouiller très bien.

Ils venaient de monter ensemble une bonne opération journalistique. Sur le conseil d'André, Gondrachov avait arrangé pour l'U.S.B.C. une interview de Nikita Khrouchtchev, après la retraite forcée du leader soviétique. Il avait réussi à persuader les nouveaux dirigeants qu'il était de l'intérêt du pays de montrer au monde entier que l'ancien leader soviétique n'avait pas été éliminé et se portait comme un charme. Si on voulait faire un reportage en Union soviétique, il fallait commencer par trouver un combinard au sein même du système. Or il n'y avait pas de meilleur combinard que Gondrachov, ce colonel du K.G.B. qui se faisait passer pour un journaliste indépendant et louait ses services aux médias occidentaux.

— Que puis-je pour vous, mon vieux ? dit Gondrachov.

— Qu'est-ce qui vous fait croire que j'ai quelque chose à vous demander ? Je venais simplement prendre de vos nouvelles.

— Je vais très bien. Sur ce, rappelez-moi quand vous aurez envie de bavarder.

— Il y a bien *une* chose...

Gondrachov se mit à rire. Il avait un rire aussi surprenant que sa voix : doux et mesuré, mais harmonieux.

— Je crois savoir que le K.G.B. a en sa possession un renseignement qui m'intéresserait beaucoup, dit André.

Un silence, puis :

— J'ai toujours pensé que vous aviez un sens de l'humour très développé.

— Ne vous méprenez pas, reprit vivement André. Ça a trait à la dernière guerre. Quand les Russes ont pris Berlin, ils ont raflé les archives de la Gestapo...

— Ou ce qui en restait... A supposer que vous ayez raison.

— Pourriez-vous chercher s'il y a dans ces archives un dossier concernant les opérations de la Gestapo contre la Résistance française ?

— C'est un gros travail, mon vieux.

— Vous avez des ordinateurs.

— Exact. C'est nous qui les avons inventés. J'avais oublié.

— Autre chose : je voudrais pouvoir consulter les dossiers.

Gondrachov demeura un moment silencieux avant de répondre :

— Ce n'est pas inenvisageable, mon vieux. Mais je pense

que vous auriez de meilleures chances si vous vous montriez un peu plus explicite.

André hésita. Il ne voulait pas trop dévoiler ses batteries. Gondrachov et le K.G.B. ne devaient connaître que le strict nécessaire. Pas question de mentionner le nom de Camille Laurent. André savait que le K.G.B. analyserait ses requêtes à la loupe pour tâcher de découvrir ce qu'il cherchait. Mais il devait courir le risque.

— Voilà : je voudrais jeter un coup d'œil sur les rapports rédigés par Kurt Hoepner...

— Le bourreau de Clermont-Ferrand.

— Vous le connaissez ?

— Uniquement de réputation.

— Les rapports de Hoepner au quartier général de la Gestapo.

— Il y a une chance sur cent pour qu'un tel dossier existe, vous savez.

— Essayez toujours. Je vous le revaudrai, Gennady.

— Vous ne me devrez rien du tout, mon vieux. Pour moi, ce n'est qu'un coup de fil à donner. Mais à supposer que je déniche quelque chose, êtes-vous prêt à venir consulter les archives à Moscou ?

— Certainement.

— Quand ?

— Le plus tôt possible.

— Demain ? La semaine prochaine ?

— Mettons jeudi. Je suis actuellement à Washington ; je rentre à Paris demain. Laissez-moi une journée de répit. Pensez-vous avoir la réponse d'ici là ?

— Si les personnes concernées donnent le feu vert, pas de problème. Mais comment vous préviendrai-je ? Dois-je vous appeler à Paris ?

Un signal d'alarme retentit dans le cerveau d'André. Inutile d'éveiller davantage la curiosité de Gondrachov.

— Pourquoi pas ? dit-il. Quoique... par principe, je n'aime pas que les autorités locales en sachent trop sur mes petites affaires.

— Votre téléphone serait-il branché sur une table d'écoute, mon vieux ?

— On ne sait jamais, mon vieux.

— Choquant ! (Entendant André glousser, le Russe l'imita.) Écoutez, voilà ce que nous allons faire : si je trouve quelque chose, je vous fais parvenir un visa à votre domicile et je vous attendrai jeudi, sauf contre-ordre de votre part.

— Parfait.

— Viendrez-vous par Air France ?

— Prendriez-vous Aeroflot si vous aviez le choix ?

— Bon. Si tout se passe bien, je vous attendrai jeudi à l'arrivée du vol d'Air France en provenance de Paris.

— Au poil, Gennady. (André eut un petit rire.) Désolé de vous avoir interrompu dans votre travail.

— Pas de mal, dit Gondrachov. Il en est au point où je l'ai laissé. Je vais m'y remettre dans un instant.

Allongée sur le lit, l'actrice que Gondrachov avait ramenée de Moscou lui tendit les bras. Gondrachov raccrocha.

— Dans deux minutes, promis, dit-il en souriant.

Il composa un numéro à Moscou et attendit. Une voix lui répondit.

— Gondrachov, dit-il. La deuxième phase est exécutée.

— Excellent. Dans ce cas, vous rentrez à Moscou demain.

— Je n'en vois pas la nécessité, camarade président. Toutes les dispositions sont prises.

La voix se fit soudain impatiente, autoritaire :

— Vous mettez trop de temps.

— Il faut ce qu'il faut, répliqua Gondrachov avec calme.

— Notre temps est limité, camarade. C'est vous qui avez recommandé cette méthode détournée. J'ai accepté, à cause de votre expérience et de vos antécédents. Je n'ai pas tenu compte des protestations de certaines personnalités plus haut placées que vous. Si votre plan ne marche pas, nous en serons pour nos frais.

Gondrachov tendit le bras en arrière et finit par trouver, en tâtonnant, la poitrine de l'actrice.

— Il marchera. Je connais notre homme. Nous formons une excellente équipe, mais il ne comprend pas notre système et désapprouve totalement nos objectifs progressistes. Si jamais il se doute que ce projet a été entrepris sur notre initiative, il l'abandonnera aussitôt. C'est pour cela que j'ai choisi cette méthode détournée. Mais la phase la plus délicate est maintenant terminée, et nous avons seulement quelques jours de retard. Je vous promets qu'il sera à Moscou après-demain.

— Ce sera tant mieux pour vous.

« Et tant pis pour moi s'il n'y est pas », pensa Gondrachov. L'actrice se glissa sous son bras et posa la tête sur les genoux du Russe, qui était entièrement nu.

— J'ai une suggestion à vous faire, camarade président, dit-il. Quand cette affaire sera réglée, venez donc vous reposer sur les bords de la mer Noire.

9

Conduit par un chauffeur de la C.I.A., Charles Houghton roulait sur une route secondaire, à une soixantaine de kilomètres de Washington. La Virginie n'avait jamais paru aussi belle. Dans le soleil de cette fin d'après-midi, les jardins resplendissaient : azalées rouges et roses, cornouillers blancs et rhododendrons pourpres, roses et blancs. Mais la beauté du paysage ne réjouissait pas Houghton. Au contraire, elle ne faisait qu'assombrir son humeur. Depuis 1947, il voyait chaque printemps les mêmes bourgeons. Le printemps, pour lui, n'était pas tant un symbole de renouveau que le rappel d'une douloureuse réalité : il serait toujours confiné dans un bureau. Pas d'autre perspective.

Les effarants événements de la veille — à commencer par les révélations d'André Kohl — avaient au moins un avantage. Pour une fois, Houghton était obligé de quitter son bureau. Pour rien au monde il n'aurait confié cette tâche à quelqu'un d'autre.

Depuis vingt-quatre heures qu'il avait fini de lire le compte rendu de l'interrogatoire de Kurt Hoepner, il avait appris tout ce qu'il voulait savoir sur l'officier enquêteur. Ainsi, il avait découvert que l'homme vivait encore. Il s'appelait Virgil Craig et habitait dans la campagne virginienne. Diplômé d'Amherst, il avait enseigné l'histoire allemande à Rutgers. Il s'était engagé dans l'armée dès la déclaration de guerre, à trente ans passés. Sa formation militaire terminée, dans une école pour officiers, il avait été affecté puis recruté dans l'O.S.S. Après la guerre, il était resté en Europe. Quand l'O.S.S. fut dissous, il était entré à la C.I.A. Comme il connaissait l'Allemagne et parlait couramment la langue, il était resté en poste dans ce pays jusqu'à fin 1959. A cette date, il s'était installé en Amérique latine, pour devenir — officiellement — cadre dans une société d'exploitation latino-américaine. Il avait quitté l'Amérique latine en 1978, l'année de sa retraite. Il n'était pas marié et n'avait aucune famille.

Bien qu'ayant travaillé pendant vingt-cinq ans dans la même branche de la C.I.A., Houghton et Craig ne s'étaient jamais rencontrés. Cela n'avait rien de surprenant. En tant que fonctionnaire chargé des opérations, Houghton avait affaire à de nombreux agents dont il connaissait uniquement les antécédents et les états de service. Entre deux missions, à Washington, Craig travaillait sans doute — à titre de « couverture » — pour la Défense ou pour le Département d'État. Il n'était pas censé venir saluer en passant ses collègues du renseignement.

Si les deux hommes avaient autrefois travaillé ensemble, Houghton n'en gardait aucun souvenir. Et quand il avait téléphoné à Craig pour lui demander un rendez-vous dans l'après-midi, celui-ci n'avait pas réagi. Après un très long silence, il s'était contenté d'indiquer à Houghton comment venir chez lui.

Il habitait une vieille maison coloniale en mauvais état, à cinq cents mètres de la route. La peinture blanche avait jauni, le porche s'affaissait, les colonnes étaient fissurées et les volets rouillés. Ici, il n'y avait ni azalées, ni cornouillers, ni rhododendrons. Juste une pelouse mal entretenue. Qu'est-ce qui pouvait pousser un homme à se terrer ainsi après avoir espionné pendant trente ans ? se demanda Houghton.

Il laissa retomber le heurtoir terni. Aucune réaction. Silence total. Enfin, au bout d'une minute, quelqu'un lui ouvrit. Houghton n'aurait su dire si Craig l'avait attendu derrière la porte ou s'il s'était approché sur la pointe des pieds. Dès le premier coup d'œil, Houghton eut une petite idée du genre d'homme qu'il avait devant lui. Manifestement, Craig n'avait pas pris d'exercice depuis des années. Son visage flasque semblait tanné par le grand air, mais ses mains — grises comme de la cendre — prouvaient que son teint n'était pas dû au soleil. Il avait des yeux bleus larmoyants, injectés de sang. Il serra la main de Houghton, qui sentit un contact mou et moite. De toute évidence, Craig ne vivait pas seul. Sa bouteille lui tenait compagnie.

Il conduisit son visiteur dans le cabinet de travail. La pièce, saturée de vapeurs d'alcool et de fumée de cigarette, avait grand besoin d'être aérée. Craig proposa du thé à Houghton, qui refusa.

— Un whisky, alors ?

Houghton déclina également cette offre. Craig versa du scotch dans une tasse.

— Juste un petit coup pour me requinquer, dit-il.

Il s'installa dans un fauteuil à oreilles et s'efforça de regarder Houghton droit dans les yeux.

— Je n'arrive pas à imaginer le but de votre visite, dit-il, mal à l'aise.

— Voulez-vous que je me présente ?

— Non, non... Je sais parfaitement qui vous êtes. De quoi s'agit-il ?

— Vous avez interrogé Kurt Hoepner en 1945.

Houghton nota un changement presque imperceptible dans l'attitude de son interlocuteur. Craig se raidit contre le dossier de son siège, le regard soudain alerte, les traits figés.

— Hoepner ? Seigneur, vous n'allez pas me demander de me rappeler des événements datant de quarante ans ?

— Je crains que si. (Houghton sortit de sa poche un papier qu'il tendit à Craig.) Voici une photocopie de la dernière page du compte rendu de votre interrogatoire. Comme vous pouvez le constater, un nom a été barré. Je voudrais savoir quel est ce nom.

Craig examina longuement la feuille. Beaucoup plus longuement que nécessaire. A deux reprises, il porta la tasse à ses lèvres et but une gorgée de whisky, sans détacher son regard de la page. Ses mains tremblaient, mais cela était peut-être simplement dû à l'âge ou à l'alcool. Enfin, il leva la tête.

— Je ne m'en souviens pas. Impossible de m'en souvenir.

— Si je vous le disais, cela vous aiderait-il ?

— Essayez toujours.

— Camille Laurent.

Craig fronça les sourcils.

— Le général ? Qu'est-ce qui vous fait croire qu'il ait pu être un collaborateur ?

— Je ne répondrai pas à cette question pour l'instant. Savez-vous pourquoi on a noirci ce document ?

— Non.

— Ce n'est pas vous qui l'avez noirci ?

— Non.

— Savez-vous qui, alors ?

— Je n'en ai pas la moindre idée.

Jusqu'à présent, Houghton avait réussi — à sa grande satisfaction — à garder son sang-froid malgré les accablantes révélations d'André Kohl. Il était résolu à traiter cette affaire comme s'il s'agissait d'un de ces curieux tours du destin auxquels il se trouvait confronté presque quotidiennement. Près de quarante années d'expérience l'avaient armé contre les surprises et leurs conséquences. Des échecs, on en subissait tout le temps ; on les acceptait tant que les succès l'emportaient. L'essentiel, c'était de garder la tête froide. Il savait tout cela mieux que quiconque. Grâce à son imperturbable persévérance, il était venu à bout des simulateurs les plus coriaces. Il avait repéré et exploité leurs points faibles, éventé leurs mensonges, obtenu les renseignements qu'il désirait. Mais il s'aperçut avec ahurissement que, face à Virgil Craig, il se sentait impuissant. Pire, il était sur le point de perdre son sang-froid.

— Vous mentez ! s'exclama-t-il. Pourquoi ?

C'était la dernière chose à dire.

— Je ne comprends pas, dit Craig.

Incapable de s'arrêter, Houghton poursuivit :

— A d'autres, Craig ! Personne n'est mieux placé que vous pour connaître le contenu de ce rapport. J'exige que vous me donniez le nom de l'espion à la solde de Hoepner !

Craig but une gorgée de whisky. Sa main ne tremblait plus. Ses yeux larmoyants étaient rivés sur le visage de Houghton. Avant de parler — d'une voix calme, glaciale — il eut un petit sourire qui révéla des dents irrégulières et jaunies.

— Vous allez un peu loin, monsieur Houghton. Je n'appartiens plus à la C.I.A.

Ses paroles eurent un effet dévastateur. Ce fut comme s'il avait brutalement poussé Houghton après lui avoir retiré ses béquilles. Houghton eut l'impression physique d'avoir été jeté à terre. Lui, le professionnel le plus compétent des services secrets américains, lui qui disposait d'un arsenal de forces dépassant l'imagination d'un Orwell, il se trouvait — dans un moment crucial — réduit à l'impuissance. Il ne pouvait *pas* contraindre Craig à lui fournir le renseignement qu'il désirait. Il n'avait aucun moyen de pression sur lui. Cet homme était pour lui hors d'atteinte, tout comme le renseignement que — de toute évidence — il possédait. Le dépit balaya le peu de sang-froid qui restait encore à Houghton. Horrifié, il s'entendit implorer :

— Je vous en prie ! C'est une question très importante pour moi. Voyez l'état de mes jambes... Ça m'est arrivé lors d'un parachutage clandestin en France, en automne 1943. Quelqu'un nous a trahis, sans doute l'homme que cite Hoepner dans son rapport. Je voudrais savoir qui c'était.

— Pourquoi si longtemps après ? demanda Craig.

— Je ne peux pas vous répondre.

— Et moi, je ne pourrais pas vous dire le nom de cet homme — même si je le savais.

— Pourquoi donc ?

— Parce que ce n'est pas l'intérêt du pays. Cette période a laissé des plaies terribles. Beaucoup d'entre elles ne sont pas encore cicatrisées.

Houghton se demanda ce qu'il voulait dire. Il scruta son visage, à la recherche d'un indice quelconque. Il vit un homme qui portait largement son âge. Un homme qui, depuis six ou sept ans qu'il était à la retraite, avait dû passer la majeure partie de son temps à ressasser le passé, pour fuir la perspective de la vieillesse. Un homme mécontent de ne plus compter, opposé à toute politique n'allant pas dans le sens qu'il avait contribué à donner à l'Histoire. Sa ligne politique, c'était la guerre froide. A tout prix. Pour Craig, l'intérêt de la nation consistait, non seulement à freiner l'expansion de l'Union soviétique, mais à reprendre l'avantage sur elle. Quel rapport pouvait-il bien y avoir entre la guerre froide et une affaire de trahison dans un réseau de résistants pendant la deuxième guerre mondiale ? En voyant l'expression butée de Craig, ses mâchoires serrées, Houghton comprit qu'il ne devait pas compter sur son hôte pour obtenir la réponse à cette question.

Les deux hommes se mesurèrent du regard. Puis Houghton se leva et, appuyé sur ses béquilles, se dirigea rapidement vers la porte.

10

André regagna son appartement parisien le mercredi à une heure du matin, après son quatrième voyage supersonique en l'espace de dix jours. Exténué par les décalages horaires successifs, il ne savait plus très bien où il se trouvait. Pourtant, malgré la fatigue, il n'avait aucune envie de dormir. A Washington — où il avait passé la nuit précédente — c'était à peine l'heure du dîner. En outre, il était ivre d'excitation. Il retrouvait cette sensation familière, à nulle autre comparable. Varengeville ne comptait plus. Il était de nouveau emporté par le tourbillon.

Il écouta les messages laissés sur son répondeur automatique depuis deux semaines. Il avait manqué quelques bons amis : Art Buchwald, William Styron, Yves Montand, son agent littéraire, Sterling Lord. Des étudiants français qui préparaient une thèse sur la politique américaine lui demandaient s'il pouvait les conseiller. Un scénariste polonais éternellement fauché voulait encore lui emprunter de l'argent. André avait également reçu un coup de fil de Bernie Frizell, l'ancien correspondant de la N.B.C., qui était maintenant à la retraite et vivait à Paris. Celui-ci avait repris la tradition des parties de poker qui avaient lieu autrefois chez le défunt romancier James Jones, l'ancien voisin d'André dans l'île Saint-Louis.

Le dernier message émanait de Meredith Houghton : « Je vous appelle sur les instances de mon père, à qui j'ai toujours obéi. Je ne vous en voudrai pas d'ignorer mon coup de fil, car vous devez en recevoir des centaines du même genre par an. Mais si vous avez un moment à accorder à une marchande de tableaux débutante et un peu paumée, je vous en serai très reconnaissante. Je suis à l'Hôtel de l'Avenir. Numéro de téléphone : 548-84-54. »

Si jamais il avait des nouvelles de Moscou, il disposerait d'une soirée libre avant de reprendre l'avion. A Paris, personne ne savait qu'il était de retour. C'était tout aussi bien ; cela lui épargnait d'interminables explications. Il décida d'inviter Mlle Houghton à dîner. Il apprendrait peut-être quelque chose sur son père.

Il l'appela le lendemain matin à neuf heures et lui demanda si elle était libre le soir. Elle répondit par l'affirmative.

— Dans ce cas, dit-il, venez chez moi vers huit heures.

Bref silence à l'autre bout du fil. Puis :

— Dois-je dîner avant ?

— Quoi ? s'écria-t-il, abasourdi.

La jeune fille éclata de rire.

— Pardonnez-moi. Je n'ai pas pu résister. A ce soir, avec grand plaisir.

André passa la journée à lire et à écouter de la musique. Du Bach, du Vivaldi et du Telemann. Ensuite du Brahms et du Beethoven. Enfin du Wagner. Il aimait Wagner mais il l'écoutait toujours avec un peu de scrupules, à cause de l'antisémitisme virulent du compositeur. Une demi-heure avant l'arrivée de Meredith Houghton, il mit un disque de Rachmaninov. A l'inverse de Wagner, Rachmaninov évoquait pour lui des souvenirs extrêmement agréables. Dans son enfance, André avait assisté avec ses parents à l'un de ses concerts. C'était un homme au crâne rasé, qui ressemblait à un Cosaque. A le voir, on avait peine à croire qu'il pût être l'auteur d'une musique si belle, si pure, si romantique. Tout en écoutant le disque, André éclaira ses tableaux à l'intention de Mlle Houghton. Il s'aperçut alors que, toute la journée, il avait été troublé par la perspective de ce rendez-vous. Cela faisait des années qu'une femme ne l'avait pas intrigué. La dernière fois, il s'en souvenait, c'était en 1970, quelques mois après le retour de Katie et des enfants en Californie. Des amis français lui avaient conseillé d'entrer en contact avec une certaine Mme Durand, une divorcée proche de la quarantaine. Ils se découvriraient peut-être des points communs. André lui avait donc téléphoné. Elle avait accepté son invitation. André devait passer la prendre chez elle et l'emmener dîner. A son arrivée, Mme Durand lui avait offert du champagne. Ils avaient bu une première coupe et, tandis qu'ils se resservaient, elle avait dit à André : « Que diriez-vous de faire l'amour avant d'aller dîner ? Comme ça, vous pourrez profiter de la soirée sans arrière-pensée. » Il avait accepté, naturellement. La première réaction de surprise passée, il avait trouvé que cette suggestion — parfaitement civilisée — illustrait de façon exquise la différence entre les Européennes et les Américaines. Bien entendu, toutes les Européennes ne lui auraient pas fait cette proposition. Mais elles étaient plus honnêtes vis-à-vis des questions sexuelles. Elles ne cachaient pas leur grand intérêt pour ces choses-là. A l'inverse, beaucoup d'Américaines avaient tendance à se servir du sexe par calcul — du moins, c'était le souvenir qu'en gardait André. La réflexion que lui avait faite Mlle Houghton ressemblait à une proposition, même si ce n'était qu'une plaisanterie. Il n'était peut-être plus dans le coup, mais cette remarque l'avait étonné dans la bouche d'une Américaine.

Les premières minutes de leur rencontre ne firent que l'intriguer davantage. En tout cas, Meredith Houghton avait bien le type américain. Soignée, presque aussi grande qu'André, elle était très peu maquillée. Ses cheveux longs étaient retenus sur la nuque par un ruban. André lui trouva un visage classique, comme celui de Grace Kelly. Mais il n'eut guère le temps d'approfondir son examen : elle le regardait d'un air si franc, si direct, avec une telle sérénité qu'il en fut dérouté. D'un pas majestueux, elle passa devant lui et entra dans le salon. Elle s'approcha des portes-fenêtres donnant sur l'arrière de Notre-Dame, de l'autre côté de la Seine. Puis, se retournant, elle dit en souriant :

— Vous êtes très bien situé.

— J'ai eu beaucoup de chance de trouver cet appartement. Mes amis français en sont verts de jalousie...

— Et vos amis américains fous de rage, je parie.

— Pourquoi dites-vous ça ?

— Dès qu'ils entrent ici, ils doivent comprendre tout de suite — à leur grande consternation — que vous avez eu raison et qu'ils ont eu tort. Eux, ils sont restés en Amérique pour grimper les échelons. Vous, vous êtes ici, à l'abri des manœuvres arrivistes, et vous avez tout ce qu'ils désirent.

— Les manœuvres arrivistes, ce n'est pas mon fort.

Elle se tourna alors vers les tableaux et les contempla en silence. Même quand elle ne parlait pas, elle dominait la pièce de sa présence. Ils n'étaient que deux, mais ç'eût été la même chose s'ils avaient été plus nombreux. A quoi cela tenait-il ? se demanda André. A sa confiance en soi. Meredith Houghton était une femme bien dans sa peau.

Soudain, elle pivota vers André, le sourire aux lèvres.

— Le choix de ces toiles témoigne d'une précieuse qualité.

— Laquelle ?

— Vous vous fiez à votre jugement.

— Comment cela ?

— La plupart des collectionneurs s'intéressent avant tout à la valeur des tableaux. Ils s'en tiennent donc aux artistes qui ont une réputation bien établie. Vos toiles, elles, n'ont aucune valeur marchande. Leurs auteurs sont inconnus et ont toutes les chances de le rester, parce qu'ils vivent dans les pays de l'Est. Donc, si vous avez acheté ces œuvres, c'est uniquement parce que vous les aimiez.

— Et aussi parce qu'elles étaient bon marché. Aucun de ces tableaux ne m'a coûté plus de trois cents dollars. J'ai dû les payer en moyenne cent dollars pièce.

— Comment avez-vous découvert ces peintres ?

— Chaque fois que je vais dans un pays que je ne connais pas, je m'intéresse à deux choses : les films et les tableaux. Ça me renseigne sur la mentalité des gens.

— Très judicieux.

Lorsqu'ils eurent fait le tour du salon, André indiqua la porte de sa chambre :

— Il y en a d'autres par ici.

La jeune femme franchit le seuil. En voyant dans quelle pièce elle se trouvait, elle se tourna vers André avec un petit rire malicieux. Rougissant, André protesta vivement :

— Non, non, je vous emmène dîner.

Elle rit de son embarras et lui étreignit le bras. Il se mit à rire lui aussi, mais il était encore électrisé par le contact de sa main.

Elle regarda les tableaux, puis le lit.

— Depuis combien de temps êtes-vous divorcé ?

Abasourdi par la question, il répondit sans même réfléchir :

— Douze ans.

Il y eut un silence, puis il demanda :

— Comment savez-vous que je suis divorcé ?

— J'ai vu les photos de vos enfants sur le piano. Comme il n'y a apparemment pas de Mme Kohl ici, j'ai procédé par déduction.

— Et pourquoi m'avez-vous posé la question ?

— Parce que vous continuez à dormir du même côté du lit.

Il put constater qu'il y avait effectivement un creux du côté gauche. La jeune femme passa devant lui pour regagner le salon. Il l'observa un moment. Puis il la rejoignit et servit le champagne.

— Êtes-vous toujours aussi directe ? dit-il en lui tendant une coupe.

— Vous ne trouvez pas ça préférable ? (Manifestement, elle attendait une réponse affirmative.) Les hommes et les femmes trouvent normal de baiser dès leur première rencontre, mais il ne leur viendrait pas à l'idée de se parler à cœur ouvert. C'est pourtant tout aussi amusant et beaucoup plus gratifiant.

— À la vôtre ! dit André, faute de mieux.

— J'aime énormément vos toiles. Elles expriment beaucoup de choses.

— C'est vrai. On sent que ces peintres ont quelque chose à dire.

— Je ne trouve rien d'équivalent à Paris.

— Inutile de chercher. La France n'est plus le grand foyer culturel qu'elle était autrefois. Les Français ne s'en sont pas encore rendus compte, mais c'est ainsi. Tous les artistes français un tant soit peu importants vont aux États-Unis. Là-bas, l'environnement est plus propice à la créativité.

— Mais pourquoi ?

— C'est une question de puissance. La culture — tout comme la langue — est indissociable de la puissance. Jadis, le français était la langue diplomatique parce que la France était un pays influent. Aujourd'hui, c'est l'anglais la langue internationale, parce que l'Amérique a pris le leadership. À l'époque où la France était une grande nation, sa culture rayonnait dans le monde entier. De nos jours, l'Amérique a pris le relais. Les pays de moindre influence sont les victimes — sur le plan culturel — des grandes puissances. Ils perdent leurs artistes...

— Et ils sont envahis par les blue-jeans et les fast food.

— Les Français voient cela d'un très mauvais œil. En fait, il ne s'agit pas vraiment d'une invasion. C'est très limité. Voyez-vous, les Français ne se rendent pas compte qu'ils ont perdu de leur influence. Si leur culture était encore florissante, ils ne subiraient pas ces incursions étrangères dans leur mode de vie.

— Pourtant, le mythe de la culture française se porte bien. Moi-même, je suis venue à Paris pour trouver des artistes.

— C'est parce que ce pays a une histoire impressionnante. La France vit sur sa réputation passée. (Il leva sa coupe en l'honneur de son invitée.) Et, heureusement pour nous, elle réussit encore très bien certaines choses... Permettez-moi de vous emmener dîner.

Il l'emmena au Chiberta, un coûteux restaurant situé rue Arsène-Houssaye, près des Champs-Élysées. Il avait choisi le Chiberta à cause de sa nourriture recherchée, heureux mélange de gastronomie classique et de nouvelle cuisine. A cause, surtout, du décor original : style art déco raffiné, avec éclairage subtil et ambiance feutrée. Les nappes et les serviettes étaient roses, les verres en cristal brillaient, des plantes vertes embellissaient la salle. Sitôt entrée, Meredith se tourna vers André et, de nouveau, lui serra le bras.

— Merci, dit-elle.

Il avait manifestement deviné les goûts de la jeune femme. Elle lui en donnait acte. Cette fois encore, le contact de sa main électrisa André. Cela faisait bien longtemps qu'un geste aussi simple — et dépourvu de toute arrière-pensée, il en était persuadé — ne l'avait pas troublé à ce point.

— J'avoue n'avoir jamais entendu parler de l'Hôtel de l'Avenir, dit-il lorsqu'ils furent attablés. Et pourtant, je croyais connaître tous les hôtels de Paris.

— Ceux d'une certaine catégorie, peut-être. L'Hôtel de l'Avenir n'en fait pas partie.

— Il est convenable, au moins ?

— Tout à fait.

— Comment l'avez-vous découvert ?

— En faisant du jogging. Un jour, je suis passée devant en allant aux jardins du Luxembourg. C'est à deux pas des jardins, ce que je trouve très pratique.

— Ainsi, vous faites du jogging ?

— Mais oui.

— Autant mettre les choses au point tout de suite. Je n'ai rien contre le footing, et ça ne me dérange pas que vous pratiquiez ce sport. Mais n'essayez pas de me convertir, d'accord ?

— Vous êtes allergique à la course à pied ?

— Je suis allergique à toutes les formes d'exercice physique. A part le golf.

— Vous qui vivez en France, comment pouvez-vous garder la forme sans prendre d'exercice ?

— Je ne suis pas venu en France pour garder la forme. D'ailleurs, n'avez-vous jamais remarqué que les Français sont plus minces que les Américains ? La première chose qui frappe les Français, quand ils vont aux États-Unis, c'est que les Américains sont gros. Et ça, c'est parce que les Américains mangent n'importe quoi. Jusqu'à ces dernières années, les Français ignoraient l'existence des fast food. Ils ont une alimentation riche mais équilibrée, pas trop copieuse. Et ils ne boivent pas beaucoup avant le dîner, contrairement aux Américains.

Il commanda deux kir royal. Ils trinquèrent et burent une gorgée.

— Et maintenant, dit Meredith, on se raconte notre vie ?

— Je croyais que c'était déjà fait.

Ils éclatèrent de rire.

— Vous ne ressemblez vraiment pas à votre père, dit André lorsqu'ils eurent repris leur sérieux.

— Autrement dit, je suis très ouverte et lui tout le contraire. C'est bien cela ?

— Oui.

— Il a ses raisons. Et pas seulement celles qui crèvent les yeux.

— J'aimerais que vous me parliez de lui.

— D'accord.

Elle commença par lui raconter ce qu'il savait déjà. Il la laissa néanmoins parler, car il voulait voir Houghton tel qu'elle le voyait. En outre, il risquait d'apprendre des choses qu'il ignorait. Ce fut le cas. A partir d'un simple détail, elle lui fit part d'un épisode qui se révéla très important pour comprendre non seulement Houghton mais aussi sa fille. A l'époque où il était à Yale, il avait eu une idylle avec une étudiante de l'université Smith. Elle s'appelait Amy Meredith. Elle appartenait à une vieille famille de planteurs de tabac dont les origines remontaient au XVIIe siècle. Charles paraissait alors destiné à jouer un rôle de premier plan dans la vie. Amy, elle, semblait destinée à épouser un chef. Quand il était parti à la guerre, il avait insisté pour ne pas se fiancer officiellement, au cas où il lui arriverait quelque chose. Lorsqu'il avait été porté disparu, Amy avait continué d'espérer malgré tout. Mieux encore, elle avait insisté pour l'épouser quand il était rentré paralysé. Mais Charles avait retardé le mariage, pensant que des soins intensifs lui rendraient l'usage de ses jambes. La thérapeutique ayant échoué, il avait espéré qu'Amy se découragerait. En 1946, ils s'étaient mariés. Meredith était née l'année suivante. Neuf ans plus tard, Amy avait dû finalement s'avouer vaincue. Elle ne se sentait pas capable de passer le restant de ses jours auprès d'un homme physiquement diminué.

— Je vivais avec maman pendant l'année scolaire, expliqua Meredith. Elle s'est remariée presque tout de suite avec un agent de change de Wall Street, un homme très gentil. C'était son amoureux à l'époque où elle a rencontré papa. Il était marié et père de famille, mais maman n'a eu qu'à remuer le petit doigt pour qu'il accoure. Il a été très bon avec moi. Maman, elle, a fait de son mieux, mais je lui en ai toujours voulu d'avoir laissé tomber papa. Je passais toutes mes vacances d'été avec lui, pour tâcher de compenser.

— C'est pour ça que vous ne vous êtes jamais mariée ?

Meredith pencha la tête de côté, l'air interrogateur.

— Qu'est-ce qui vous fait croire que je n'ai jamais été mariée ?

— Vous vous appelez Houghton...

— Je pourrais être divorcée et avoir repris mon nom de jeune fille.

— C'est juste. Mais on voit que vous n'avez jamais porté d'alliance. Votre annulaire est parfaitement lisse. (Il lui prit la main gauche et en examina la paume.) Et vous n'avez pas les mains calleuses.

Elle sourit.

— Vous avez pris un risque, non ?

— Un petit. Vous n'avez pas répondu à ma question.

— Au fond, vous voulez savoir si je suis disposée à me laisser séduire par un homme. C'est ça ?

— En gros.

— Si je pensais vraiment connaître la réponse, je vous le dirais. Ce que je sais, c'est que le célibat m'a fort bien réussi jusqu'à présent. Mon indépendance me plaît. J'aimerais avoir un enfant, bien sûr, mais si cela ne doit pas se faire, j'estimerai avoir rendu service au monde. Ce qui se passe sur cette planète ne me réjouit pas tellement. Je ne suis pas sûre de vouloir soumettre mon enfant à cette vie-là. D'autre part, je n'ai pas encore rencontré l'homme avec qui j'aurais envie d'avoir un bébé. Vous me suivez à peu près ?

— C'est parfaitement clair. Une dernière question ?

— Je vous écoute.

— Comment en êtes-vous arrivée à ouvrir une galerie d'art ?

— L'art est ma vie. A l'université de Wellesley, je me suis spécialisée dans l'histoire de l'art. J'ai travaillé à la National Gallery de Washington, puis au Musée d'art moderne de New York. Chaque été, j'emmène papa faire un voyage de prospection artistique. (Elle s'interrompit un instant, l'air songeur.) J'avoue qu'il ne m'était jamais venu à l'idée d'aller en Europe de l'Est. Vous m'avez ouvert de nouveaux horizons.

André lui tenait toujours la main. Elle ne la retira qu'au moment où le serveur apporta les plats. Elle avait demandé à André de commander pour elle. Émerveillée, elle dégusta le saumon mariné, la charlotte d'aubergines aux noisettes d'agneau, un château-margaux 1977 et une île flottante. André, qui ne prenait jamais de dessert, refusa de goûter celui de la jeune femme.

— Vous ne savez pas ce que vous ratez, lui dit-elle.

Lorsqu'elle eut terminé, ils prirent le café.

— Vous n'avez pas fini de me raconter votre vie, dit André.

— Racontez-moi d'abord un peu la vôtre.

— D'habitude, c'est moi qui pose les questions. Je ne saurais pas par où commencer.

— Alors laissez-moi vous interroger.

— Allez-y.

— Vous avez un nom allemand et un prénom français. Pourquoi ?

— Mère française. Père allemand.

— Immigrants tous les deux ?

— Exactement.

— Voilà qui explique votre français. Parlez-vous aussi l'allemand ?

— Mon père et ma mère faisaient une sorte de concours. Chacun de leur côté, ils m'apprenaient leur langue maternelle. C'était à celui des deux qui obtiendrait les meilleurs résultats.

— Traumatisant, non ?

— Seulement quand je me suis aperçu que les autres enfants n'étaient pas élevés de cette façon. (Il expliqua à Meredith qu'il étudiait à l'époque avec un précepteur, afin d'avoir le temps de s'exercer au piano.) C'est quand j'ai commencé à aller au lycée, à l'âge de dix ans, que je me suis vraiment mis à parler anglais. (Il rit.) Pour mes camarades, j'étais un véritable phénomène. Pensez : un petit Américain qui baragouinait l'anglais avec un accent franco-allemand !

— Qu'est-ce qui a finalement décidé vos parents à vous envoyer au lycée ?

— Ils étaient très ennuyés. J'étais devenu complètement introverti. Je refusais de sortir, de jouer avec d'autres gosses. Pour moi, c'étaient des distractions inconnues. Je n'osais pas essayer. Rien que d'y penser, ça me rendait malade de peur. Alors, je faisais mes gammes. Un jour, mes parents ont décrété une trêve d'un an. Plus de piano. Plus de précepteur. Je devais aller à l'école comme les autres enfants. Je devais apprendre à me faire des amis, à fréquenter les filles, à faire du sport, à surmonter ma crainte de me blesser les mains. Au début, ce fut terrifiant ; ensuite, merveilleux. A la fin de l'année scolaire, je n'ai pas pu me résoudre à abandonner l'école pour recommencer à m'exercer quatre heures par jour.

— Regrettez-vous parfois d'avoir abandonné la musique ?

Il la dévisagea, sourcils froncés.

— Qu'est-ce que j'ai dit ? s'enquit-elle.

— Vous avez posé la question cruciale.

En l'espace d'une seconde, il décida de lui dire ce qu'il n'avait confié à personne. Il n'aurait su dire pourquoi. Il était d'un naturel réservé, surtout en ce qui concernait sa vie privée. Ce trait de caractère s'était renforcé avec le temps, à cause de la discrétion qu'exigeait sa profession. Et pourtant, voilà qu'il éprouvait le besoin de confier à cette quasi-inconnue son secret le plus intime. Il expliqua donc à Meredith qu'il avait pris une année sabbatique pour renouer avec son passé, dans l'espoir de découvrir à quoi il voulait consacrer le temps qu'il lui restait à vivre. Il se sentait mal à l'aise en prononçant ces mots qui marquaient leur différence d'âge. Mais il ne voyait pas d'autre moyen de répondre honnêtement à la question. Au fur et à mesure qu'il avançait dans ses explications, il avait l'impression de se rapprocher un peu plus de cette vérité qu'il recherchait.

— Le gros impondérable, c'est la notion de succès. Si le succès se mesure à la notoriété, vous êtes contraint de devenir une personnalité publique. Et, du même coup, vous vous éloignez d'autant de votre moi profond. Un jour, à votre réveil, vous prenez conscience d'avoir perdu l'aspect intime de la vie, et vous comprenez enfin le prix que vous avez payé pour réussir. C'est peut-être un peu injuste, mais, ces dernières années, j'en suis arrivé à considérer l'aspect public de mon existence comme le côté américain, et l'aspect personnel — celui que j'ai perdu — comme le côté européen.

— Ce n'est pas la banale crise métaphysique de l'homme qui arrive à l'âge mûr ?

— De mon point de vue, ce genre de crise arrive aux gens qui n'ont pas atteint le but qu'ils s'étaient fixé dans la vie. Ce n'est pas du tout mon cas. J'ai réussi au-delà de mes espérances les plus folles. Mieux : je n'aurais jamais imaginé avoir un tel succès.

— Mais vous attendiez bien quelque chose...

Il réfléchit quelques instants.

— Tout ce que je désirais, au fond, c'était l'estime de mes pairs.

Elle se pencha vers lui.

— Justement : c'est la raison pour laquelle vous êtes devenu un homme public. Le piège est là.

— Comment ça ?

— Si vos pairs vous estiment, c'est à cause de votre réussite et de votre notoriété. Vous êtes bien d'accord ?

André acquiesça.

— Je n'avais jamais envisagé le problème sous cet angle. Il me faudrait peut-être des pairs différents...

Il régla l'addition. Une fois dehors, ils parcoururent les quelques mètres séparant le restaurant des Champs-Élysées. Puis, tournant le dos à l'Arc de Triomphe, ils se dirigèrent vers la place de la Concorde.

— Vous permettez ? dit soudain Meredith en glissant son bras sous celui d'André.

Deux minutes plus tard, ils arrivaient à la hauteur du cinéma où on projetait *Emmanuelle*.

— Mon bureau est là-haut, dit-il en indiquant le quatrième étage.

— C'est là que vous faites vos reportages ?

— Ce n'est pas aussi simple que ça. Mais, en gros, la réponse est oui.

— Expliquez-moi.

— La plupart de nos émissions sont enregistrées. On les envoie à Londres par ligne terrestre, puis à New York par satellite. Actuellement, nous nous préparons à émettre directement.

Ils se remirent en marche. Au bout de quelques pas, elle reprit :

— Vous êtes très différent de ce que vous êtes à la télévision.

— Comment suis-je, à la télévision ?

— Péremptoire. Agressif, même. (Elle lui sourit.) Je ne pense pas que cet homme-là m'aurait plu.

Cette réflexion l'enchanta. Elle avait vu — au-delà de l'image publique — l'homme qu'il pensait être en réalité. Avait-elle également senti la gêne qu'il éprouvait dans ce genre de situation ? Elle venait de lui dire qu'il lui plaisait. Il ne sut que répondre.

— Avec tout ça, vous ne savez toujours pas où chercher de jeunes artistes, dit-il pour cacher sa confusion.

— Chaque chose en son temps. Nous en parlerons demain, si vous avez quelques minutes à m'accorder.

Il put lire dans son regard qu'elle espérait obtenir davantage. Toute la soirée, André avait eu l'impression de contourner un terrain miné. Depuis son divorce, il était sorti bien souvent avec des femmes plus jeunes que lui. Mais Meredith était trop jeune, trop intelligente, trop belle. Il avait tenté de se persuader qu'elle était intouchable, qu'elle pourrait — à la rigueur — devenir une amie, mais rien de plus. En voyant la douceur de son expression, l'intensité de son regard, il comprit qu'il se trompait. Le message était limpide. Elle n'était pas intouchable du tout.

Quelques minutes plus tard, il la mit dans un taxi. Avant de le quitter, elle l'embrassa. Moitié sur la joue, moitié sur la bouche. Resté seul, André se demanda ce que signifiait un tel baiser. Tout en rentrant chez lui, il ne cessa de penser à la jeune femme. Il pensait encore à elle quand il se coucha du côté gauche du lit, dans le creux. Il se déplaça vers le milieu, mais c'était inconfortable. Il retourna bientôt à sa place habituelle.

Il ne put dormir pour autant. Il savait pourquoi : depuis son divorce, il s'était promis de ne plus jamais tomber amoureux. Il aimait la compagnie des femmes, mais c'était une femme qui lui avait causé le plus grand chagrin de sa vie. Jusqu'à présent, il s'était parfaitement contenté de ces brèves liaisons qui lui ménageaient des moments d'intimité et qui lui procuraient des satisfactions sexuelles suffisantes. En l'espace d'une seule soirée, Meredith avait détruit le fragile équilibre qu'il avait fini — non sans mal — par atteindre. André n'était pas sûr du tout que ce fût une bonne chose. Mais il n'y pouvait rien changer.

A six heures du matin, on sonna à sa porte. Complètement endormi, il alla ouvrir. C'était le concierge, outré d'avoir été dérangé de si bonne heure. Sans un mot, il fourra une enveloppe dans les mains d'André et tourna les talons. André ouvrit l'enveloppe. Elle contenait son visa pour Moscou.

L'avion d'Air France à destination de Moscou partait de Roissy à huit heures cinquante-cinq. Après s'être présenté à l'enregistrement, André téléphona à Meredith.

— Je ne pourrai pas vous voir aujourd'hui. Je pars pour Moscou.

— Oh !

— Ça a l'air de vous surprendre.

— Vraiment ? Chaque fois que je fais la connaissance d'un homme sympathique, il part pour Moscou le lendemain de notre rencontre. Je ne comprends pas pourquoi.

— Je serai de retour dans quelques jours. Serez-vous encore à Paris ?

Il y eut une pause. Enfin, elle répondit :

— Je ne manquerai pas d'y être.

Avant d'embarquer, André appela son fleuriste pour faire expédier une douzaine de roses à l'Hôtel de l'Avenir.

11

Depuis les années soixante, André était allé à Moscou une douzaine de fois. Cela le déprimait toujours autant. A cause, bien sûr, du comportement des Soviétiques. A cause, aussi, de ses propres préjugés — et il en avait honte. En tant que journaliste, il aurait dû être capable de dépasser l'image caricaturale que les Américains se faisaient des Russes. Mais chaque fois qu'il débarquait à Moscou, sa première impression semblait confirmer cette caricature. Le jeune soldat examinait son passeport si minutieusement qu'André se demandait s'il le récupérerait un jour. Il scrutait la photo d'identité, puis dévisageait André. Il répétait ce manège un nombre incalculable de fois, avec l'air de dire : « Ce n'est pas vous, j'en suis sûr. Je vais vous coincer. » Après avoir enfin franchi ce premier obstacle, André devait passer le cap de la douane. Sous le regard soupçonneux des employés muets, il se sentait déjà en faute alors qu'il venait à peine d'arriver. Les inspecteurs de la douane s'intéressaient particulièrement aux livres que les étrangers introduisaient en Russie. A partir de son cinquième ou sixième voyage, André avait cessé d'emporter des livres auxquels il tenait. En effet, ceux-ci risquaient de ne jamais sortir de l'aéroport — ou alors sans leur propriétaire.

Cependant, il y avait eu certaines améliorations depuis ses premiers voyages. On avait construit, à l'occasion des Jeux olympiques de 1980, un nouvel aéroport international à côté de l'ancien. Moderne, élégant et spacieux, il était aussi impressionnant que les plus grands aéroports européens.

Chose étonnante entre toutes, il comportait même une salle d'attente de première classe. Seul ennui : l'organisation laissait autant à désirer qu'avant. Les architectes avaient bien prévu huit portes d'accès pour les passagers, mais seulement une ou deux étaient ouvertes au public.

Cette fois, pourtant, André échappa aux tracasseries habituelles.

Gondrachov l'attendait à sa descente d'avion. Ce simple fait témoignait de son rang. Seules les plus hautes personnalités étaient autorisées à accueillir des passagers avant le passage à la douane.

— Avez-vous des bagages ? s'enquit le Russe.

— Cette valise, c'est tout.

— Bon.

Gondrachov prit la petite valise d'André et, d'un pas vif, guida le journaliste le long d'un couloir.

— J'espère que vous lisez l'allemand, dit-il.

— Sans problème.

— Un gros dossier sur Hoepner vous attend.

— Formidable !

« Le coup du siècle, se dit-il. Le coup du siècle... »

— C'est de l'histoire ancienne, tout ça, dit Gondrachov. Qu'est-ce qui vous fascine là-dedans ?

— Vous n'en avez aucune idée ?

— Pas la moindre.

André décida d'adopter la tactique qu'il avait mise au point durant son voyage.

— Allons, dit-il, vous n'êtes pas précisément des imbéciles.

— Hoepner ne présente pas grand intérêt pour nous.

— Parce qu'il travaillait en France et non sur le front de l'Est.

— Mais ça remonte à quarante ans ! En quoi cela peut-il intéresser un journaliste d'aujourd'hui ?

— Hoepner se porte à merveille et il vit en Bolivie.

— Ah, ah ! Et il va se faire pincer !

— Qui sait ?

André s'était couvert sans avoir besoin de mentir. Cela l'aurait ennuyé de mentir ouvertement à Gondrachov. Pourtant, il savait que Gondrachov lui mentait lorsque cela servait ses intérêts. Pour Gondrachov, la fin justifiait les moyens. André — naïvement, peut-être — n'arrivait toujours pas à accepter cette idée.

Ils étaient sortis de l'aéroport.

— Hé ! s'exclama André. On a supprimé le contrôle douanier ?

Avec un sourire, Gondrachov lui fit signe de le suivre. Ils passèrent devant une demi-douzaine de taxis décrépits et s'arrêtèrent devant une Mercedes 450 SEL noire. André remarqua qu'elle était garée dans une zone de stationnement interdit, alors que le parking était presque désert. L'intérieur de la voiture avait l'aspect et l'odeur du neuf. André jeta un coup d'œil sur le compteur. Moins de cinq cents kilomètres.

Gondrachov installa sa grande carcasse au volant et regarda André à travers ses lunettes aux verres épais.

— Pas mal, hein ? dit-il. Je l'ai rachetée à un diplomate ouest-allemand.

— Gennady, il faudra qu'un jour je fasse un reportage sur vous.

— Surtout pas ! Ce serait ma perte.

— Vous n'auriez qu'à passer à l'Ouest.

— Pas question. Je vis bien mieux ici.

— Allons donc !

— Vous verrez.

Gondrachov sortit rapidement de l'aéroport et s'engagea sur une route presque déserte. Il écrasa le champignon. Des bois de bouleaux défilaient à toute allure de chaque côté. André se pencha légèrement sur sa gauche pour regarder le compteur de vitesse. L'aiguille oscillait sur 160.

— Trop vite ? s'enquit Gondrachov.

— Tant que vous regardez la route, ça ne me dérange pas. Où allons-nous, au fait ? Ce n'est pas la direction de Moscou.

— Vous êtes un type intelligent, mon vieux. En réfléchissant bien, je suis sûr que vous arriverez à deviner.

André eut un large sourire.

— Enfin ! La fameuse datcha !

Il avait beau connaître Gondrachov depuis longtemps, il n'était jamais allé dans la maison de campagne du Russe. Il en avait seulement entendu parler. Il en avait même lu une description dans un rapport que lui avait montré l'ambassadeur américain à Moscou, à l'époque où Gondrachov avait proposé à l'U.S.B.C. de servir d'intermédiaire pour interviewer Khrouchtchev. André et Mike Paul avaient évoqué — sans illusions — l'idée de cette interview au cours d'une conversation. André, qui était encore en poste à Washington, avait été chargé de l'opération, car il était le correspondant le plus qualifié et le plus connu de la chaîne. Durant l'été 1966, il était allé à Moscou sous prétexte de négocier avec les autorités soviétiques un important reportage à l'occasion du cinquantième anniversaire de la révolution d'Octobre, qui devait être célébré l'année suivante. Il avait traité avec l'agence Novosti, une officine du K.G.B. dont les employés assistaient les journalistes étrangers. Mais ni le personnel de Novosti ni Leonid Zamyatine — le responsable des relations avec la presse au ministère des Affaires étrangères — ne voulurent entendre parler d'une interview avec le secrétaire général déchu. Un jour, sans prévenir, Gennady Gondrachov était allé voir André à son hôtel. Il s'était présenté, puis avait montré à André le press-book de ses articles parus dans les journaux occidentaux.

— Il paraît que vous désirez interviewer Krouchtchev... Je peux m'en charger. C'est un ami à moi ; il acceptera de me recevoir.

Il avait exigé une somme exorbitante pour l'époque : cinquante mille dollars, à déposer sur un compte numéroté en Suisse. Plus un certain nombre de gadgets électroniques, coûteux et sophistiqués. Devant de telles exigences, André avait voulu en savoir un peu plus sur Gondrachov. Le résultat de son enquête l'avait à la fois dérouté et rassuré. Etudiant gauchiste, Gondrachov avait manifesté à l'université de Moscou pour obtenir des réformes démocratiques. Arrêté et jugé, on l'avait envoyé dans un camp de travail en Sibérie. Là, pour des motifs inconnus, il était devenu mouchard. Il avait aidé les autorités à identifier les fauteurs de troubles dans le camp. Cela lui avait valu un régime de faveur : nourriture spéciale, cabane particulière, virées occasionnelles jusqu'à la ville la plus proche... et libération anticipée. Le K.G.B. l'avait aussitôt recruté. Après une période de formation, on l'avait affecté à Novosti. Mais Gondrachov possédait apparemment trop de talents pour demeurer à ce poste. Très vite, il se mit à voyager à l'étranger, offrant ses services aux agences de presse anglaises et françaises. Il attira l'attention d'un journal londonien, qui publia de temps à autre ses bulletins. Ceux-ci, d'une scrupuleuse exactitude, avaient toujours au moins un jour d'avance sur les communiqués officiels. Gondrachov habitait à Moscou un appartement luxueux — selon les critères russes — où il collectionnait les tableaux de ses amis artistes non censurés par l'État. Il recevait souvent chez lui les correspondants occidentaux, qui sautaient sur l'occasion de bavarder avec les plus hauts responsables politiques, les officiels du Parti et les vedettes de cinéma qui assistaient régulièrement à ses réceptions. Le côté déroutant du personnage, c'était que nul ne connaissait son rôle exact ni l'origine de son aisance financière. Le côté rassurant, c'était qu'il continuait à mener ce train de vie et à fournir des informations valables. Cela prouvait qu'on pouvait se fier à ses promesses. Sur le conseil d'André, l'U.S.B.C. avait versé une avance de vingt-cinq mille dollars pour l'interview de Khrouchtchev. André avait remis une liste de questions à Gondrachov. L'homme se volatilisa, pour réapparaître une semaine plus tard, muni d'une vidéo-cassette de son entretien avec le leader russe déchu. On ne voyait que Krouchtchev sur le film mais on entendait la voix de Gondrachov, aisément identifiable. Une semaine plus tard, Gondrachov touchait le solde des cinquante mille dollars et recevait à son domicile moscovite l'appareillage électronique demandé.

Il ne s'arrêta pas en si bon chemin. Comprit-il que les cinq heures d'enregistrement qu'il venait de réaliser représentaient un filon à exploiter ? Avait-il eu depuis le début l'intention d'aller plus loin ? Toujours est-il qu'il interviewa de nouveau Kroutchtchev. Pendant vingt et une heures, cette fois. Ces vingt-six heures d'enregistrement devinrent *les Mémoires de Khrouchtchev*, que Gondrachov vendit au magazine *Time* pour trois cent mille dollars. Le marché fut conclu dans une chambre de l'Hôtel d'Angleterre, à Copenhague. Par la suite, aussi bien Gondrachov que la direction de *Time* prétendirent que le Russe n'avait rien à voir dans cette affaire.

André jeta un regard en coin à son énigmatique ami. Gondrachov avait un visage impénétrable : yeux en amande, épaisses lunettes à monture métallique, pommettes hautes, moustache fournie mais disciplinée. Il arborait en permanence un petit sourire, comme s'il s'amusait d'une bonne plaisanterie connue de lui seul. Par tempérament, les Russes avaient le goût du mystère. Ce peuple — le plus xénophobe du monde — ne pouvait pas plus se passer de comploter que de respirer. Il avait été malmené au fil des siècles par des étrangers. Des siècles d'autoritarisme et de pratique religieuse l'avaient accoutumé à des structures dictatoriales, dont le système actuel n'était jamais que la variante la plus récente. Aux correspondants de l'U.S.B.C. qui se succédaient à Moscou, André expliquait, lorsqu'ils passaient par Paris pour prendre leur nouveau poste : « Ils ont un système effroyable, mais vous feriez une lourde erreur en voulant expliquer ce pays à partir de nos schémas et de nos valeurs. Les Russes sont différents de nous. Ils se contentent de relativement peu. L'instinct de groupe l'emporte sur l'individualisme. Ils vénèrent la science et rabaissent la religion, mais, au fond, ils ont besoin de certitudes. L'indépendance d'esprit les met mal à l'aise. Il leur arrive de manifester leur désaccord sur des problèmes locaux, mais, dès que les intérêts de la Russie sont en jeu, ils suivent leur chef comme un seul homme. »

Combien de fois André avait-il recommandé aux correspondants à Moscou de ne pas trop parler des dissidents ! Bien sûr, le sort des dissidents était douloureux, révoltant. Mais, à force de le monter en épingle, le public américain finissait par s'imaginer que l'Union soviétique était peuplée uniquement de dissidents. En réalité, ceux-ci ne représentaient qu'une infime minorité. Dans son ensemble, la population russe acceptait son destin avec résignation. Mais André comprenait le point de vue des correspondants. D'abord, les dissidents faisaient de la bonne copie. Surtout, ils exprimaient la rage que les journalistes eux-mêmes éprouvaient à l'égard du régime. Tony Cook, célibataire à l'époque, avait passé sa première nuit de la Saint-Sylvestre à Moscou, dans l'appartement qui servait également de bureau à l'U.S.B.C. Ce soir-là, à onze heures et demie, il avait débouché une bouteille de champagne russe. A minuit une, il avait levé sa troisième coupe vers le plafond — qu'il savait truffé de micros — en hurlant :

— Bonne année, bande de salopards ! Je vous plains. Moi, au moins, je bois du champagne bien au chaud pendant que vous m'espionnez dans votre cave humide. Foutue manière de fêter le Nouvel An... Bonne année, misérables salopards !

Cinq minutes plus tard, le téléphone avait sonné. Cook avait décroché :

— Allô ?

Pour toute réponse, il avait entendu sauter un bouchon de champagne.

Au bout d'une demi-heure de trajet, Gondrachov ralentit et bifurqua sur une route secondaire. Environ trois kilomètres plus loin, il tourna dans un chemin non goudronné, au bout duquel se trouvait la datcha. Il faisait presque nuit. André put néanmoins distinguer la Porsche que Gondrachov conduisait la dernière fois qu'ils s'étaient rencontrés à Moscou. Une Land Rover était garée à côté de la Porsche, dans une allée de gravier. La datcha ressemblait à un pavillon de chasse du Canada ou du Minnesota. En tout cas, c'était le genre de résidence secondaire que n'importe qui aurait été heureux de posséder. C'était une vaste maison en rondins à un étage. Gondrachov tendit la main par-dessus le pare-soleil de la Mercedes et pressa un bouton qui eut pour effet d'ouvrir la porte d'un garage. La datcha et ses environs immédiats furent soudain illuminés.

— Venez, dit le Russe.

Il s'engagea dans un sentier sinuant à travers un jardin en pente. Les plates-bandes portaient encore la trace des derniers assauts de l'hiver. Ils passèrent devant un belvédère, longèrent une piscine vide et aboutirent à un court de tennis. Gondrachov regarda André, attendant ses commentaires.

— Je ne savais pas que vous jouiez, dit André.

Il éclata de rire, puis reprit :

— Bon, d'accord, je suis impressionné. Je le serais encore plus si vous m'expliquiez comment vous avez obtenu tout ça.

— Pour reprendre l'expression de mon ami André Kohl : « Motus et bouche cousue. »

Ils rebroussèrent chemin. Arrivé au bout du sentier, Gondrachov dit à André :

— Prenez votre valise. Vous couchez ici cette nuit.

A défaut d'être élégante, la maison était spacieuse et meublée à l'ancienne. Au centre du salon trônait une cheminée en pierre. Le feu qui brûlait dans l'âtre semblait indiquer une présence. Pourtant, personne ne les avait accueillis.

Gondrachov conduisit André à une grande chambre

d'amis, à l'étage, puis se retira. André passa dans la salle de bains et sortit de sa valise un chandail qu'il enfila sous sa veste. Après quoi, il se contempla dans un antique miroir accroché au-dessus d'une commode tout aussi ancienne. Il allait se détourner quand il aperçut, dans la glace, un dossier posé sur une table, contre le mur opposé. André s'en approcha en trois enjambées. Le dossier était bourré de papiers. En l'ouvrant, il vit un document rédigé en allemand. Et signé Kurt Hoepner. Vivement, André parcourut les autres papiers. C'étaient des rapports, des lettres et des télégrammes — tous écrits par Hoepner. Aucun doute : André tenait entre les mains le dossier de la Gestapo sur le bourreau de Clermont-Ferrand.

— A table ! cria Gondrachov dans l'escalier.

— Espèce de sadique, lui dit André en le rejoignant au salon.

— Allons, dit Gondrachov en riant. Vous aurez tout le temps demain.

— Si vous croyez que je vais attendre jusqu'à demain...

Il s'interrompit net, conscient d'avoir commis une erreur.

La salle à manger était une petite pièce contiguë au salon. La table — prévue pour huit personnes — était couverte de victuailles. Harengs, tomates, concombres au persil, sauce aux oignons, radis, salade de fruits et de légumes, langue de bœuf, champignons macérés dans du vinaigre... et bien d'autres choses encore.

— Seigneur, tout ça pour nous ?

— Il y a à la cuisine une famille qui terminera les restes.

— Votre famille ?

— Non, mon vieux. Ma femme est à Moscou. Quant à mes enfants, ils sont grands maintenant. Ils n'habitent plus avec nous. La famille dont je vous parle s'occupe de l'entretien de la datcha.

— Des domestiques, quoi ? l'asticota André.

— Des gardiens, mon vieux.

— Gennady, savez-vous quelle est la différence entre le capitalisme et le communisme ?

— Dites.

— Dans un régime capitaliste, une moitié des gens opprime l'autre moitié. Dans un régime communiste, c'est exactement l'inverse.

Gondrachov eut un petit sourire. Puis il servit le cognac.

— Aux opprimés de tous les pays ! dit-il en levant son verre.

Ils trinquèrent et burent.

— Encore deux verres, reprit Gondrachov, et je parie que vous me direz ce que vous cherchez dans ces papiers.

— Vos gars ne le savent donc pas ?

— Ils ont autre chose à faire que d'éplucher les divagations d'un sadique de bas étage, disparu dans les trappes de l'Histoire... Mangeons un peu, afin de porter un autre toast. C'est uniquement pour ça que nous mangeons, nous autres Russes.

André reconnut en lui-même avoir commis une erreur en trahissant son impatience. Il avait laissé entendre que les documents contenaient — outre des renseignements historiques — quelque chose d'explosif. Mais Gondrachov n'avait pas réagi. André se montrait peut-être trop méfiant, trop imaginatif. Après tout, il était venu spécialement de Paris pour lire ce dossier. N'importe quel abruti se serait douté qu'il s'agissait d'une question importante. Mais importante pour qui ? Ce qui présentait de l'intérêt pour une chaîne de télévision américaine ne passionnait pas forcément les Russes. « Du calme, se dit-il. Mais sois prudent. »

Gondrachov insista pour lui faire goûter de chaque plat. Toutes les cinq minutes, il proposait un nouveau toast : « A la paix... A la mémoire de John et de Robert Kennedy... A votre interview exclusive du Premier secrétaire. » Qu'entendait-il par là ? se demanda André. Fallait-il comprendre que le camarade en question allait bientôt subir le même sort que Nikita Khrouchtchev ? André s'était arrêté de boire après le second toast. Maintenant il se contentait de porter son verre à ses lèvres et de le reposer.

— Allons, mon vieux, ce n'est pas poli, déclara le Russe.

— Désolé, mais je ne peux pas boire trop de cognac.

— Depuis quand ?

— C'est vrai, je vous assure.

— Je n'ai pas l'intention de vous tirer les vers du nez. Je plaisantais. Voyons, détendez-vous !

— Je suis très détendu.

En réalité, il ne l'était pas du tout. L'un des plus grands sujets de reportage de sa carrière l'attendait peut-être là-haut. Cette perspective lui nouait les entrailles. Il n'avait qu'une hâte : voir le dîner se terminer pour pouvoir s'attaquer au dossier. A Moscou, il était vingt-deux heures. Mais à Paris, où André avait commencé la journée, il était seulement vingt heures. Il pourrait tenir le coup encore quatre heures. Si seulement Gondrachov se décidait à lever la séance !

Après les salades, ils eurent droit à du poulet. Ensuite le dessert : crêpes à la crème. A présent, ils prenaient le café au coin du feu. Ils étaient servis par une femme d'une trentaine d'années, fortement charpentée — comme toutes les Russes — mais néanmoins séduisante. André se demanda si la « famille » dont avait parlé Gondrachov comprenait un mari, et, le cas échéant, si celui-ci était sur les lieux. Lorsqu'il surprit le regard que Gennady lançait à la femme, il pensa connaître la réponse. Prétextant la fatigue du voyage, il demanda bientôt à se retirer. Gondrachov ne protesta pas. André eut alors la certitude que son ami occuperait agréablement le restant de la soirée.

Enfin seul dans sa chambre, il se plongea dans la lecture du dossier. Hoepner n'avait rien d'un styliste. A en juger d'après sa façon d'écrire, il n'avait pas dû terminer ses études secondaires. Dans ses rapports, il se mettait en valeur sans vergogne. Pas un seul échec. Uniquement des succès. Tant de juifs pris dans une rafle. Tant de résistants arrêtés. On tend une embuscade à des soldats allemands ? Trente Français sont exécutés en représailles. Des suspects refusent de parler ? Il laisse ouverte la porte de leur prison et les fauche d'une rafale de mitraillette à l'instant où ils tentent de s'évader. Il raconte ses exploits avec une certaine habileté. Les tâches auxquelles il s'attaque ne sont jamais mineures ; les victoires qu'il remporte paraissent donc immenses. C'est la Résistance qui lui pose le problème le plus sérieux. Il souligne ce point à plusieurs reprises tout en laissant entendre qu'il a une solution en vue. Mais il ne souhaite pas en parler tant qu'elle n'est pas au point.

Enfin, Kurt Hoepner s'explique :

Services de la Sûreté Clermont-Ferrand, 10/10/43.
Einsatzkommando — Clermont-Ferrand
Tgb N° 563/89.
Destinataire : Le chef des Services de la Sûreté-Paris
Objet : Infiltration de la Résistance dans le secteur de Clermont-Ferrand

Référence : néant.

Le réseau le plus actif de ce secteur a été infiltré avec succès. Un militaire dévoué à notre cause, Camille Laurent — nom de code : « Félix » — occupe une place importante dans la hiérarchie. Grâce à des renseignements fournis par « Félix », nous avons pu faire échouer une opération des services secrets américains. D'autres succès sont à attendre, car notre informateur n'a éveillé aucun soupçon.

Respectueusement,
Hoepner
Obersturmführer - SS

— Bon Dieu de bon Dieu..., murmura André.

Gondrachov l'observait à travers le miroir sans tain devant lequel André s'était coiffé quelques heures plus tôt. Grâces à ses écouteurs, il perçut distinctement l'exclamation étouffée de l'Américain. Il sourit et resta à son poste d'observation jusqu'au moment où André se leva et commença à se déshabiller. Il descendit alors dans le petit bureau contigu au salon et décrocha le téléphone. Il composa un numéro à Moscou.

— La troisième phase est exécutée, dit-il.

Silence prolongé. Puis :

— Très bien, dit son interlocuteur. Mais attention... S'il ne passe pas à la quatrième phase, tout cela n'aura servi à rien.

12

Cela s'était passé des années auparavant. André venait d'être engagé au *Saturday Evening Post.* Un jour, Phil Lewis, le rédacteur en chef du bureau de la côte ouest, voulut contacter de toute urgence l'un de ses informateurs à propos d'une enquête que le journal s'apprêtait à publier. Les avocats du magazine jugeaient très graves certaines déclarations de l'informateur. Ils réclamaient l'annulation du reportage, à moins d'obtenir des précisions supplémentaires pour étayer les affirmations litigieuses. Lewis — homme généralement placide — s'arracha les cheveux. Il avait travaillé dur sur ce reportage et ne voulait pas le sacrifier. Malheureusement, l'informateur — Stephen Kagen, le directeur d'une société cinématographique — était impossible à joindre. Sa secrétaire elle-même ignorait où il se trouvait. Il avait décidé de partir sans laisser d'adresse, afin de « déconnecter » complètement. Lewis mit toute sa rédaction sur le coup — sauf André, qui était en mission. Personne ne put retrouver la trace de Kagen.

A son retour, à quatre heures, André trouva ses confrères plongés dans un morne désespoir.

— Qui est mort ? s'enquit-il.

Il écouta Lewis lui expliquer la situation. Puis, comme il se sentait en forme, il proposa :

— Vous voulez que j'essaie ?

— Ça serait chic de votre part, dit Lewis.

André téléphona à la secrétaire de Kagen.

— Quand avez-vous vu votre patron pour la dernière fois ? demanda-t-il.

— Il y a cinq jours.
— Où ça ?
— A New York.
— Quels étaient ses projets ?
— M. et Mme Kagen comptaient aller à Los Angeles en voiture, pour se promener. Ils voulaient avoir une semaine de tranquillité.
— Ils partaient le jour même ?
— Le lendemain matin.
— Merci.

Il appela ensuite l'Automobile-Club de Californie du Sud, où on lui confirma ce qu'il soupçonnait déjà. A cette époque de l'année — début mars — on ne pouvait guère prendre que l'itinéraire sud pour traverser le pays. Quatre jours de conduite, à raison d'environ huit cents kilomètre par jour. L'objectif d'un automobiliste faisant un voyage d'agrément avec sa femme se situait donc, grosso modo, à trois mille deux cents kilomètres. Qu'y avait-il comme grande ville à trois mille deux cents kilomètres de New York ? Une carte routière, lui fournit rapidement la réponse : Houston. André téléphona alors au *Shamrock Hilton* de Houston, l'hôtel où un homme comme Kagen avait le plus de chances de descendre.

— Stephen Kagen, je vous prie, dit-il à la standardiste.

Il y eut une courte pause, durant laquelle tous les rédacteurs présents retinrent leur souffle. Quelques instants plus tard, la voix d'André retentit dans le bureau :

— Monsieur Kagen ? Je vous passe Phil Lewis, du *Saturday Evening Post.* Il voudrait vous parler.

Ce genre de succès journalistique, aussi modeste fût-il, procurait à André un plaisir tout particulier. Mais le plus grand triomphe de sa carrière était incontestablement celui qu'il venait de remporter. Il avait eu accès aux archives du K.G.B. ! Cet exploit, même la C.I.A. n'aurait pas osé le tenter. André n'en tirait pourtant aucune espèce de plaisir. Il était allongé sur le lit de la chambre d'amis, dans la datcha de Gondrachov. Depuis maintenant six heures, il savait que, selon toute vraisemblance, Camille Laurent avait travaillé pour la Gestapo pendant la guerre. Compte tenu des décalages horaires, André aurait théoriquement dû dormir encore au moins deux heures, mais une épouvantable migraine l'avait réveillé. Dans son cas, les maux de tête étaient toujours liés à l'anxiété. C'était certainement cette anxiété qui annihilait son sentiment de triomphe.

Jusqu'à présent, dans son métier de journaliste, il s'était borné à relater — et, bien souvent, à interpréter — des évènements. Il n'avait encore jamais créé lui-même l'événement, comme ce serait le cas s'il exposait l'affaire à la télévision. Les révélations d'André risquaient d'empêcher Camille Laurent de franchir le cap du premier tour des élections, deux semaines plus tard. Dans ces conditions, les socialistes étaient assurés de gagner. Tout cela à cause d'un journaliste américain. Pour un reporter, c'était inhabituel de provoquer un événement. Selon l'éthique de la profession, c'était même à éviter. En l'occurrence, l'affaire aurait d'autant plus de retentissement que l'instigateur en était un journaliste *américain.* C'était pourquoi André voulait être *totalement* sûr de son fait avant de se lancer.

— Avez-vous trouvé ce que vous cherchiez ? s'enquit Gondrachov lorsque André descendit le rejoindre.

Assis à la table de la salle à manger, le Russe lisait en fumant la pipe. Il avait une tasse de café devant lui. L'arôme du café se mêlait à l'odeur de tabac.

— De quoi le faire condamner cent fois si jamais il retourne en France. Je suis surpris que les Français ne vous aient jamais réclamé ce dossier.

— Ils ont suffisamment de preuves, non ?

— Peut-être, mais Kurt Hoepner a rédigé ces rapports lui-même. Ce sont des aveux signés.

— C'est vrai, je n'y avais pas pensé... En tout cas, si les Français désiraient ces documents, ils obtiendraient certainement satisfaction. Nous nous sommes battus ensemble contre les nazis, après tout.

Gennady s'interrompit un instant, puis s'enquit :

— Que comptez-vous faire, à présent ?

— Ça va dépendre de votre gouvernement. La question est de savoir s'il acceptera de me rendre un autre service.

— Vous n'avez qu'à demander, mon vieux.

André ne put s'empêcher de rire.

— Je voudrais une interview exclusive du premier secrétaire.

— Quand il sera à la retraite, pas avant. Sérieusement, que voulez-vous ?

André s'efforça de prendre un ton détaché :

— A votre avis, pourrais-je emporter en France les documents originaux ?

Gondrachov émit un petit sifflement.

— Ça, c'est une autre histoire. Pour quoi faire ?

— Les faux carnets de Hitler ont rendu les gens méfiants, surtout quand il s'agit de documents allemands. Je voudrais effectuer un reportage à partir des rapports de Hoepner. Mais, pour ça, je dois être en mesure de garantir leur authenticité.

— Par quel moyen ?

— Il y a des experts pour ce boulot. Ils examinent le papier, les caractères...

— On pourrait s'en occuper nous-mêmes.

— Les choses étant ce qu'elles sont, Gennady, je crains fort que mes patrons ne marchent pas. Ils préféreront s'adresser à des experts plus objectifs à leurs yeux.

Gondrachov secoua la tête, l'air attristé.

— Qu'y a-t-il ? demanda André.

— Il ne faut pas perdre de vue le contexte actuel, mon vieux. Il y a six ou huit ans, les autorités auraient peut-être examiné favorablement votre requête. Mais, aujourd'hui, les partisans de la guerre froide sont revenus au pouvoir dans votre pays. Ils nous menacent d'une guerre nucléaire. Dans ces conditions, les Soviétiques ne sont pas d'humeur à rendre service aux Occidentaux.

— Je ne vous demande pas des documents ultra-secrets. Il s'agit simplement de vieux rapports datant de quarante ans et rédigés par un homme que vous qualifiez vous-même de « sadique de bas étage ».

— Justement. Pourquoi perdre notre temps à ça ? Pour vous satisfaire ? Je crains que ça ne suffise pas.

— Vous me *devez* ce service, Gennady.

André avait parlé trop vite. Les mots lui avaient échappé. Par leur spontanéité, ils trahissaient sa vive curiosité. Son anxiété, même. S'il ne se méfiait pas, il risquait d'éveiller les soupçons. Oui, mais il lui fallait absolument les documents. Il sentit le regard du Russe braqué sur lui. Il devinait son tortueux cerveau en action. Gondrachov disséquait méticuleusement la loyauté d'André, ses sentiments — tout ce qui faisait partie des rapports humains — pour mettre à nu son désir.

— Que cherchez-vous, au juste, cher ami ? dit-il. Je ne

suis pas sûr de vous devoir quoi que ce soit. Après tout, vous en avez eu pour votre argent. Mais à supposer que je vous doive un service... Ce n'est pas votre genre de vous donner tant de mal pour des prunes. Me cacheriez-vous quelque chose ?

André scruta le visage du Russe. Malgré leurs rapports agréables, il savait que leur amitié était de pure convenance, mutuellement intéressée. Il était persuadé que Gondrachov avait étudié son caractère pour mieux flatter ses goûts. Cela prouvait que Gondrachov le plaçait avantageusement haut dans son échelle de valeurs. André se remémora les rumeurs qui circulaient au sujet du Russe : son rôle de mouchard dans les camps sibériens, ses liens avec le K.G.B. On ne pouvait révéler un secret à un tel homme — et encore moins lui faire confiance. Néanmoins, André répugnait à mentir.

— J'ai une raison personnelle, Gennady. Cela vous suffit-il ?

Ce n'était pas un mensonge. Si Camille Laurent avait travaillé pour la Gestapo pendant la guerre, c'était lui qui avait fait échouer l'opération Screaming Eagle. Il était donc directement responsable de l'infirmité de Charles Houghton. Dans ces conditions, André avait effectivement une raison personnelle — outre les autres — de vouloir prouver de façon formelle la culpabilité de Laurent. Cela lui permettrait de fournir le renseignement au père de Meredith Houghton.

A la pensée de Meredith, André eut un coup au cœur. Il comprit alors qu'il ne désirait plus qu'une chose : rentrer à Paris le plus tôt possible. Grâce au dossier, il avait appris ce qu'il voulait savoir. Mais il ne pouvait pas toucher à l'affaire tant qu'on n'avait pas authentifié le document.

Des années auparavant, juste avant de prendre son nouveau poste à Paris, André était allé demander quelques conseils à Chip Bohlen, le doyen des diplomates, qui était un de ses vieux amis. Ancien ambassadeur des États-Unis à Moscou, Bohlen s'était distingué dans cette fonction. Il s'était montré particulièrement habile dans les négociations avec les Russes. Quand André lui avait demandé sa méthode, il avait expliqué comment les fourreurs étrangers s'y prenaient avec les Russes, qui étaient de redoutables commerçants. Il ne suffisait pas de faire une offre « définitive ». Il fallait plier bagages et partir. Si les Russes voulaient vraiment faire affaire, ils rattrapaient les fourreurs à la frontière pour signer le contrat.

Trois ans plus tard, en 1971, André avait eu l'occasion d'essayer la tactique des marchands de fourrure. Il était allé à Moscou pour réaliser un reportage sur la jeunesse soviétique. Après avoir obtenu des garanties d'objectivité, les Russes avaient accepté de coopérer. Mais, au bout de quelques jours, André s'était aperçu qu'on lui mettait délibérément des bâtons dans les roues. On ne permettait pas à son équipe technique de filmer les jeunes gens d'assez près. Il avait alors ordonné de remballer le matériel et se de se préparer à partir. Quelques heures plus tard, les restrictions étaient levées.

Le moment était venu d'utiliser de nouveau cette tactique. André était utile à Gondrachov : leur longue collaboration le prouvait. On n'a jamais intérêt à incommoder une personne qui vous est utile. Même un Russe pouvait comprendre cela.

— Ecoutez, Gennady, je vous le demande comme un service. Voyez si je peux emprunter ce dossier pendant deux semaines. Mais occupez-vous-en dès aujourd'hui, parce que je dois rentrer à Paris. Ça ne servirait à rien que je reste à Moscou. Soit votre gouvernement accepte, soit il refuse. Ce n'est pas ma présence ici qui le fera changer d'avis.

— Vous avez vraiment besoin de ce dossier ?

— Oui.

— Sans lui, vous ne pourriez pas réaliser votre reportage ?

— Selon toutes probabilités, non.

Gondrachov regarda André droit dans les yeux. C'était la première fois. André en fut surpris. Au bout d'un moment, le Russe secoua lentement la tête.

— Ah ! qu'est-ce qu'on ne ferait pas pour ses amis !

— Alors, vous acceptez ?

— Je vais essayer, rectifia Gondrachov. Rappelez-vous que la décision ne m'appartient pas. (Il sourit.) Mais si la réponse est positive, comment voulez-vous que je refuse un voyage à Paris ?

— Vous apporteriez vous-même le dossier ?

— Naturellement. Vous n'imaginez tout de même pas qu'on vous ferait cadeau d'un document historique ? Si je dis aux autorités que le dossier ne me quittera pas un instant et qu'il retournera aux archives sitôt les tests terminés, vous aurez beaucoup plus de chances d'obtenir satisfaction. Une telle combinaison vous conviendrait, je suppose ?

— Certainement, répondit vivement André.

Il n'avait pas eu le temps de chercher les éventuelles failles de cet arrangement, mais son instinct le poussa à répondre par l'affirmative — et sans hésiter.

— Ce coup-ci, soupira Gondrachov, il va falloir du doigté.

— Pourquoi donc ?

— Parce que votre requête va... comment dites-vous, déjà ?... va leur mettre la puce à l'oreille. Et, moi, je devrai leur enlever cette puce. Ils ne comprendront pas pourquoi vous ne voulez pas leur confier l'authentification du document. Au fait, lequel vous intéresse ?

— Il n'y en a pas qu'un seul, répondit André. J'ai besoin de tout le dossier.

— Ah ! Erreur de ma part.

Etait-ce vraiment une erreur ? ou une simple étourderie ? Avec Gondrachov, il fallait se méfier. Mais André n'était-il pas trop soupçonneux ?

— Voilà ce que je vous propose, reprit Gondrachov. Je vais vous conduire à Moscou et vous déposer à un hôtel. Ensuite, je m'occuperai de votre affaire. Nous arriverons peut-être à régler la question — dans un sens ou dans l'autre — d'ici à ce soir.

— Parfait.

André comprit alors ce que devait éprouver un coureur obligé d'attendre le développement de la photo-finish pour savoir s'il a gagné la course. Il ne s'était jamais senti aussi fatigué. Il n'avait absolument rien envie de faire à Moscou. Il passerait la journée à dormir — après avoir téléphoné à Meredith, si c'était possible.

— Dites-moi, est-ce que les Soviétiques ont déjà inventé le réseau international automatique ?

— La semaine dernière.

— Au poil. Question suivante : y a-t-il à Moscou un hôtel d'où je pourrais appeler Paris directement ?

— Ça devrait pouvoir s'arranger, répondit le Russe.

Il avait de nouveau son petit sourire, comme s'il savourait une plaisanterie que lui seul pouvait comprendre.

13

Le bureau du directeur du K.G.B. se trouvait au deuxième étage d'un immeuble en pierre grisâtre, square Dzerjinsky. Le bâtiment principal ne se distinguait en rien de ceux qui l'entouraient. Cependant, peu de Moscovites ignoraient ce qu'il abritait. En effet, l'immeuble donnait sur la même cour que la prison Loubianka, de sinistre mémoire.

Après la deuxième guerre, des détenus politiques et des prisonniers allemands avaient construit une annexe de huit étages contre l'édifice principal. Le bureau du directeur du K.G.B. était à cheval sur les deux parties du bâtiment. C'était une vaste pièce haute de plafond et ornée de moulures, avec des divans, des tapis d'Orient, des panneaux d'acajou et de hautes fenêtres donnant sur le square. Un portrait de Lénine était accroché au-dessus du fauteuil directorial, entre deux fenêtres aux tentures sombres. Le bureau proprement dit dominait la pièce ; de dimensions impressionnantes, il était encombré de dossiers et de téléphones. L'un des appareils était une ligne directe avec le Kremlin. Un autre était branché sur un réseau réservé au Politburo et aux membres éminents du Comité central. Un troisième était connecté à une radio haute fréquence assurant la liaison avec les principaux sièges du K.G.B. en Union soviétique et en Europe de l'Est. Un quatrième téléphone reliait directement le directeur du K.G.B. au ministère de la Défense. Un cinquième lui servait à convoquer l'un ou l'autre de ses six adjoints, qui avaient — eux aussi — leurs bureaux au deuxième étage.

Les six adjoints étaient assis à une table rectangulaire,

trois de chaque côté, face au bureau du directeur. Ils avaient le visage tourné vers Gennady Gondrachov, assis au bout de la table. Gondrachov, lui, regardait Vassili Krilov, le directeur du K.G.B. L'opinion des autres ne l'intéressait pas. Seul Krilov importait. C'était un homme courtaud, qui pesait au moins quinze kilos de trop. Généralement, les gens gros ont la figure épanouie par les plaisirs de la bonne chère. Ce n'était pas le cas de Krilov. Il avait le visage corrodé par l'amertume. On lui aurait donné soixante-quinze ans alors qu'il en avait tout juste soixante. Quand, en outre, la peur déformait ses traits, il offrait un spectacle presque pénible pour ceux qui avaient un tant soit peu de compassion.

Gondrachov ignorait la compassion. Il en était pleinement conscient et s'en félicitait. La pitié ne faisait que compliquer la vie. Lorsqu'on dressait des plans, il fallait s'appuyer sur des faits bruts et raisonner froidement. C'était ce point de vue qu'il défendait depuis une demi-heure.

— Si le dossier reste ici, camarade directeur, conclut-il, à quoi nous servira-t-il ? A rien du tout.

— Nous ne pouvons pas envoyer un tel document par valise diplomatique, intervint Valery Yuryev, l'un des adjoints.

Il était vêtu d'un costume bleu et d'une chemise blanche au col trop large. Il fumait cigarette sur cigarette.

— Primo, reprit-il, il ne serait pas à l'abri de nos propres hommes. Secundo, nous savons par expérience que les services secrets français ont obtenu l'autorisation d'ouvrir les valises diplomatiques, dans les aéroports, afin de photographier leur contenu. Nous pourrions à la rigueur confier le dossier à un messager, mais ce serait encore risqué. Trop de gens sont impliqués dans cette affaire.

— Si c'est moi le messager, pas de problème.

Yuryev regarda Gondrachov, l'air incrédule.

— Vous ? dit-il. Vous êtes un homme marqué. Les agents français vous repéreraient tout de suite. Vous seriez obligé d'accompagner votre ami M. Kohl chez l'expert, puisqu'il est hors de question de vous séparer un seul instant du dossier. Les Français n'auraient aucun mal à vous faire suivre. Vous voyant avec M. Kohl, ils comprendraient qu'il se passe des choses importantes. Il ne leur resterait plus qu'à interroger l'expert. Ils sauraient alors avec précision la teneur du document introduit en France un mois avant l'élection présidentielle.

Gondrachov observa le directeur à la dérobée. Ce qu'il vit ne lui plut pas. Le directeur n'était pas un homme à prendre des risques. A ses yeux, il valait mieux ne rien faire que de se lancer dans des initiatives aux conséquences imprévisibles.

— Je n'ai pas l'intention de passer par un aéroport international, camarade, dit Gondrachov à l'homme au costume bleu. J'ai d'autres plans.

— Pourquoi se compliquer la vie ? explosa Yuryev d'une voix impatiente et coléreuse. (Il se tourna vers le directeur.) Les journalistes français ne sont pas aussi méticuleux que leurs collègues américains. Montrez le dossier cet après-midi à l'un de leurs correspondants à Moscou. Dès demain matin, l'affaire fera la une des journaux.

Le directeur observa tour à tour Yuryev et Gondrachov. Il était manifestement tenté de suivre la suggestion de Yuryev. Cela se lisait dans son regard. Gondrachov décida alors de jouer son va-tout.

— Je vous supplie de me faire confiance, dit-il. Le but de la manœuvre est de divulguer cette histoire sans éveiller les soupçons. Si c'est *l'Humanité* qui la publie, personne n'y croira. Or le journal communiste sera le seul à la publier sans vérifier. Avant les faux carnets de Hitler, ça aurait peut-être marché. Plus aujourd'hui. Même en France. Mais allons plus loin : une fois le dossier rendu public, qu'adviendra-t-il ? Les partis de droite risquent d'enterrer l'affaire. Les partis de gauche, eux, seront accusés de partialité. On ne les croira pas. Tout le problème est là. C'est pour cela que j'ai recommandé Kohl. Nous sommes amis, c'est vrai, mais c'est mon boulot de connaître les journalistes occidentaux. Si je l'ai choisi, c'est justement parce que je le connais bien. Il ne fait jamais les choses à la légère. Dans le monde entier, les gens l'écoutent. S'il parle de notre affaire à la télévision, il aura fait le travail à notre place.

— Et s'il n'en parle pas ? s'enquit Yuryev.

— Je connais mon homme, dit Gondrachov d'une voix vibrante de conviction. J'en ai fait ma spécialité. J'étais certain qu'il douterait de l'histoire si je la lui confiais moi-même. J'étais tout aussi certain que Glaser, l'Israélien, lui fournirait le tuyau. Voyez-vous, camarades, la psychologie est parfois bien utile. Elle nous permet de prévoir comment réagira telle personne dans telle situation donnée. Je peux vous affirmer qu'André Kohl fera un reportage sur l'affaire. Il sera incapable de résister. Pour lui, une information sensationnelle a plus d'attraits qu'une belle femme.

Le directeur demeura silencieux. A l'expression de son visage, Gondrachov put constater qu'il était sur le point de gagner. Le directeur tourna son regard vers Yuryev, en quête d'une objection décisive.

Manifestement dépité, Yuryev tapota la table avec l'extrémité de sa énième cigarette.

— Et l'expert, là-dedans ? dit-il. Il ne risque pas de nous causer des ennuis ?

Gondrachov eut un petit sourire. Il avait gagné. Des images de Paris défilèrent dans sa tête.

— L'expert — quel qu'il soit — ne nous posera aucun problème. Je vous le garantis.

Lors de son dernier séjour à Moscou, André avait eu droit à des conditions d'hébergement très supérieures aux fois précédentes. Il avait séjourné à l'Hôtel Intourist, dans un appartement en duplex. Meublé en style rustique, le rez-de-chaussée comportait un salon et une salle à manger, avec vaisselle à disposition. Un escalier en bois menait à une chambre confortable. Mais le service des téléphones avait failli le rendre fou. L'Hôtel Intourist n'avait pas de standard. Chaque chambre était équipée d'un téléphone privé permettant au client d'appeler n'importe quel numéro à Moscou — y compris à l'intérieur de l'hôtel — comme s'il téléphonait de chez lui. Théoriquement, il pouvait appeler l'inter ; il lui suffisait de passer par le standard. En réalité, ce n'était pas si simple. Tout d'abord, il y avait la barrière de la langue. Bien sûr, certaines opératrices parlaient anglais, mais pour en obtenir une il fallait se faire comprendre d'une standardiste ignorant cette langue. Ensuite, il fallait attendre — au minimum — quatre heures pour obtenir la communication. André avait donc renoncé, cette fois, à s'installer à l'Hôtel Intourist. Ce qui l'intéressait, ce n'était pas tant le confort que la possibilité d'appeler directement Paris. Gondrachov lui ayant assuré que l'Hôtel International — construit par

Armand Hammer — le satisferait sur ce plan, André s'y rendit. Le directeur de l'établissement lui annonça, sur un ton d'excuse, qu'il ne lui restait plus qu'une suite à deux cents roubles la journée.

— Aucune importance, répondit André.

Sitôt seul dans ses appartements, il bondit sur le téléphone. En suivant les instructions de la notice, il tenta de joindre l'Hôtel de l'Avenir. Chaque fois, il tomba sur un disque en russe. Exaspéré, il finit par appeler le standard.

— Il faut croire que je m'y prends mal, dit-il. J'essaie de joindre un numéro à Paris et je tombe régulièrement sur un disque.

— Vous ne pouvez pas avoir le numéro directement de votre chambre, lui dit la standardiste.

— On m'a pourtant affirmé le contraire.

— On vous a mal renseigné, monsieur. Ce n'est plus le cas. Je dois demander la communication pour vous.

André attendit avant de répondre, de peur de s'énerver. A chaque séjour à Moscou, c'était la même chose : irritants contretemps, gabegie totale, service exécrable, cuisine infecte, files d'attente interminables, pénurie, femmes boulottes, population xénophobe... On ne pouvait que souffrir en silence, venir le moins souvent possible en U.R.S.S. et en repartir au plus vite.

— Combien d'attente ?

— Six heures, répondit la standardiste. La ligne est embouteillée.

— Tant pis. Laissez tomber.

André raccrocha, trop las pour protester davantage. Il ne lui restait qu'une solution : aller en taxi au bureau de l'U.S.B.C. à Moscou, envoyer un télex à la rédaction de Londres pour lui demander d'appeler l'Hôtel de l'Avenir et de donner à Meredith le numéro de Moscou. Le temps qu'il aille là-bas et qu'on fasse la commission, Meredith aurait sans doute déjà quitté l'hôtel pour la journée. Malgré sa fatigue, André était prêt à tenter le coup. Mais le correspondant à Moscou et la rédaction de Londres sauraient alors qu'il travaillait pendant son congé. Le correspondant s'étonnerait de voir André débarquer sans prévenir dans son secteur. Quant aux journalistes du bureau londonien, ils propageraient la nouvelle dans tout le réseau. Et André serait bien incapable d'offrir aux uns et aux autres une explication satisfaisante. Il décida d'attendre son retour à Paris pour joindre Meredith. Il s'allongea tout habillé sur le lit et s'endormit aussitôt.

Des coups à la porte le réveillèrent. La chambre était plongée dans la pénombre. Il alla ouvrir. Gondrachov se tenait sur le seuil.

— Ça fait au moins deux minutes que je frappe, dit-il.

— Désolé, je dormais comme une souche. Dites donc, vous m'aviez bien dit que, d'ici, je pourrais appeler Paris ?

— En effet.

— Pas moyen ! dit André.

Il raconta ses mécomptes à Gondrachov, sans omettre sa conversation avec la standardiste.

— Elle vous a dit n'importe quoi, déclara le Russe.

Il se dirigea vers le téléphone et décrocha.

— Quel numéro ?

André le lui dit. Gondrachov forma le numéro, écouta quelques instants et raccrocha.

— La ligne est occupée, c'est tout. Persévérez et vous y arriverez.

— Au poil. Maintenant, racontez-moi tout.

— Je vous apporte le dossier.

— Sans blague ? C'est fantastique !

— Il vous faudra attendre trois ou quatre jours. J'ai certaines affaires à régler avant de partir.

— Pas de problème.

— Comme vous ne tenez probablement pas à ce que je vous téléphone moi-même, vous n'aurez qu'à appeler ce numéro-là à Paris, pour connaître la date exacte de mon arrivée. Je vous suggère d'appeler d'une cabine publique. Demandez à parler à Boris.

Malgré sa fatigue, André aurait préféré rentrer à Paris immédiatement, mais il était trop tard. Il n'avait pas le temps d'attraper l'avion du soir, qui décollait à dix-huit heures. Il était bloqué à Moscou jusqu'au matin. Gondrachov lui proposa de l'emmener dîner à l'Aragvi, le seul restaurant potable de la ville. André déclina l'offre, en promettant de se rattraper quand Gondrachov viendrait à Paris.

Sitôt la porte refermée sur Gondrachov, André bondit

vers le téléphone. A ses trois premières tentatives, il tomba sur le disque. A la quatrième, il y eut un silence suivi de petits bruits secs. Au bout d'un moment, il entendit la sonnerie rassurante du réseau téléphonique français.

— Hôtel de l'Avenir. Bonjour.

C'était une voix de femme. Ton autoritaire. Ce devait être la directrice de l'établissement.

— Je voudrais parler à Meredith Houghton, s'il vous plaît.

— Je regrette, monsieur. Mlle Houghton est partie.

— Quand doit-elle rentrer ?

— Vous m'avez mal comprise, monsieur. Elle n'est pas sortie. Elle est *partie.*

— Elle a quitté l'hôtel ? s'exclama-t-il, incrédule.

— Oui, monsieur.

— A-t-elle précisé combien de temps elle serait absente ?

— Non, monsieur. Elle n'a même pas dit qu'elle reviendrait. Et elle n'a fait aucune réservation.

Il essaya de dormir — en vain. Les questions se bousculaient dans son esprit. Meredith lui avait promis d'attendre son retour. Pourquoi ce départ précipité ? Avait-elle jugé — après une seule journée de réflexion — qu'elle n'avait aucun intérêt à se lier avec un homme plus âgé ? Où était-elle allée ? Comment la retrouver ? D'abord, à quoi cela l'avancerait-il de la retrouver ?

Il s'habilla, se rendit en taxi sur la place Rouge et se promena dans les jardins du Kremlin. On y donnait un concert ce soir-là, mais il était trop préoccupé pour profiter de la musique.

Il s'approcha du parapet et contempla la ville. Il était venu ici bien souvent, mais le cadre l'émouvait chaque fois. A cause de sa beauté, bien sûr. A cause, surtout, de sa puissance évocatrice sur le plan historique. André se représentait les tsars Ivan et Pierre qui, à cet endroit précis, avaient tenu entre leurs mains le sort de la Russie. Ce soir-là, pourtant, il ne fut pas ému. Ce n'était pas dû à sa fatigue. Simplement, il se rendait compte que l'expérience perdait toute signification si on n'avait pas quelqu'un avec qui la partager.

Pendant des années, il avait refoulé cet aveu. A présent, il ne pouvait plus s'y soustraire. Le poste de correspondant à l'étranger était le plus prestigieux de la profession. C'était aussi, parfois, le plus solitaire. Ce soir-là, André se sentit seul, plus seul qu'il ne l'avait jamais été. Personne ne l'attendait, ni à Moscou, ni à Paris, ni ailleurs. Il titubait d'épuisement. Pourtant, il aurait presque préféré passer la nuit sur le parapet que de regagner sa chambre d'hôtel vide.

14

Depuis qu'il avait perdu l'usage de ses jambes, quarante ans auparavant, Charles Houghton vivait dans un monde presque exclusivement régi par la raison. Cela lui permettait de supporter son sort. Pourquoi était-il infirme ? Parce qu'il avait décidé — en toute connaissance de cause — de jouer un rôle de premier plan dans la guerre. Lorsqu'il envisageait le problème sous cet angle rationnel, l'issue semblait parfaitement logique. Et tant qu'il restait dans le domaine de la logique, il était à l'abri des émotions. Pendant quarante ans, cette attitude lui avait épargné l'amertume et l'angoisse.

Mais ce jour-là — tandis qu'il roulait sur l'autoroute du Sud dans une Peugeot de location conduite par sa fille, Meredith — il était en proie à l'angoisse. Depuis la visite d'André Kohl, mille émotions l'assaillaient. Il ignorait si les révélations de Kohl étaient fondées ou non. En tout cas, elles faisaient apparaître une *possibilité :* la vie d'infirme qu'il menait — une vie totalement différente de celle qu'il avait rêvée — n'était peut-être pas due au destin mais à une trahison. Cette idée l'avait plongé dans le désarroi. Depuis lors, il ne se contrôlait plus.

Il aurait dû attendre d'en savoir davantage avant d'aller voir Craig. En refusant de lui fournir le renseignement qu'il désirait, Craig s'était trahi. Il avait révélé l'existence d'un secret dans son passé. Il avait en même temps achevé de déboussoler Houghton, qui n'arrivait plus à agir avec le discernement qu'exigeait sa fonction.

Pour commencer, il n'aurait jamais dû annoncer subitement qu'il partait une semaine en France. C'était d'ordinaire un homme calme et pondéré, qui n'agissait jamais sur un coup de tête. Pour ses collaborateurs, un tel comportement était inexplicable. Il avait prétexté que sa fille l'avait appelé de Paris pour lui demander de l'accompagner sur la Côte d'Azur voir des Picasso non répertoriés. Conformément au protocole, il avait fait parvenir aux responsables des divers services de la C.I.A. une note les avisant qu'il prenait dix jours de vacances en France. Mais il savait que cette explication n'abuserait personne si sa visite à Craig avait déclenché des signaux d'alarme.

Pour respecter le protocole, il avait également prévenu la D.G.S.E. — la Direction générale de la sécurité extérieure — qu'il venait en France pour un motif non officiel. Deuxième erreur. Étant donné le but de son voyage, il aurait dû entrer en France clandestinement. Mais, dans son cas, un faux passeport n'aurait pas suffi. Naturellement, les agents de la D.G.S.E. ne connaissaient pas ses traits par cœur. Néanmoins, les agents postés à Roissy ne pouvaient manquer de le repérer. Il se déplaçait d'une façon trop particulière. La plupart des quasi paraplégiques avançaient en traînant les pieds, appuyés sur leurs béquilles, ou clopinaient en se déhanchant. Houghton, l'ancien athlète complet, balançait ses jambes en un mouvement pendulaire, arc-bouté sur ses béquilles. Au pas cadencé, un fantassin fait normalement des enjambées de quatre-vingt-dix centimètres. Le directeur adjoint de la C.I.A. parcourait, lui, un mètre cinquante à chaque bond. Pour soutenir son allure, une personne en bonne condition physique était obligée de trotter. Dans les services secrets, même les sous-fifres connaissaient cet Américain infirme qui était le meilleur professionnel de la C.I.A.

S'il avait été en mesure de raisonner, Houghton n'aurait prévenu personne de son départ. Il aurait fait semblant de tomber malade, il serait allé en voiture au Canada et il aurait pris l'avion pour Genève — avec un faux passeport. Là, il aurait demandé à sa fille de venir le rejoindre et de le conduire en France. Meredith aurait fait cela pour lui.

Meredith. La preuve vivante que Houghton n'était plus lui-même. Son affection pour elle était, depuis toujours, l'unique sentiment qu'il se permît. (Même son divorce, il arrivait à le considérer d'un point de vue rationnel. On ne pouvait pas condamner une belle femme comme la mère de

Meredith à passer toute sa vie avec un homme gravement handicapé. Il l'avait toujours dit.) A cause de cela, il ne la mêlait jamais — ni de près ni de loin — à son travail. Il tenait à la protéger des éventuels coups durs qui pouvaient lui arriver. Et pourtant, cette fois, elle l'accompagnait.

Il ne lui avait pas expliqué le but de son voyage, et elle ne l'avait pas interrogé. Il l'avait appelée de Washington, la veille, de très bonne heure, pour lui annoncer qu'il arrivait le soir même. Il lui avait demandé de louer une voiture et de passer le prendre au Crillon le lendemain matin. Sans autre précision. Mais, tout au long du trajet, Meredith avait senti l'évidente nervosité de son père.

Depuis leur départ, ils n'avaient abordé que des sujets sans importance. La vie soudain moins chère à Paris... sauf pour les Français. La dégringolade des prix dans l'immobilier. La grande déprime des possédants. La déception de Meredith concernant le marché de l'art contemporain. André avait raison : tous les bons artistes français étaient aux États-Unis.

— Tu l'appelles André ?

— Comment veux-tu que je l'appelle ?

— Vous vous êtes rencontrés, je suppose ?

— Évidemment.

— Et votre entrevue ne s'est pas limitée à une simple discussion artistique ?

— En quelque sorte.

Il sentit qu'il valait mieux ne pas insister. Mais il avait besoin de parler.

— Il te plaît ? demanda-t-il.

— Je ne te dis pas que j'abandonnerais tout pour le suivre, mais... Oui, il me plaît.

— Et tu penses que c'est réciproque ?

Meredith garda les yeux fixés sur la route. Mais, pour la première fois depuis le départ, un fin sourire adoucit son visage.

— J'en ai bien l'impression, oui.

Pourquoi diable avait-il mis Meredith en contact avec un homme de vingt ans son aîné ? Encore une erreur de jugement. S'il avait un tant soit peu réfléchi, il aurait prévu ce qui allait arriver. Mais, sur le moment, il n'avait pas réfléchi. Paniqué de voir s'effondrer le barrage qu'il avait édifié pour endiguer le flot de ses émotions, il avait voulu donner le change. Il s'était raccroché à la première idée qui lui passait par la tête.

— Désolé de t'avoir réquisitionnée aussi subitement pour me servir de chauffeur. Tu n'avais pas d'autres projets, au moins ?

— Avec André ?

— Oui.

— Pas de problème. Il est à Moscou.

Cela n'aurait pas dû le surprendre. Dans les services secrets, on était habitué aux surprises. Pourtant, il éprouva un choc. Comme si sa fille venait de lui annoncer qu'elle s'était vraiment enfuie avec Kohl. Si le journaliste était parti pour Moscou, c'était certainement dans le but de se procurer le dossier sur Hoepner. Cela prouvait qu'il accordait un certain crédit à l'histoire, malgré les efforts de Houghton pour le décourager. Il devait même y croire très fort. Tenter une telle démarche avec si peu de chances de succès... La surprise qu'éprouvait Houghton était, à ses yeux, une preuve supplémentaire de son incapacité — malgré ses quarante ans d'espionnage — à exécuter des actions clandestines. Il se sentit vieux, inutile et ridicule, espion infirme lancé dans une vaine quête.

Ils continuèrent à rouler en silence. A cinquante kilomètres de Clermont-Ferrand, sur les indications de Houghton, Meredith prit des départementales, puis des petites routes bordées de champs. Ils arrivèrent bientôt à la lisière d'un bois. Soudain, Houghton se redressa.

— Arrête-toi ici.

Se tournant vers sa fille, il ajouta avec un pâle sourire :

— J'en ai pour un moment.

Il descendit de voiture et, appuyé sur ses béquilles, il se dirigea vers le bois.

Ils avaient quitté l'Angleterre à vingt-deux heures. Ils devaient traverser la Manche à trois cents mètres d'altitude, descendre à cent mètres à l'approche des côtes françaises, puis — en se guidant au radar — traverser la France en rase-mottes jusqu'au lieu de rendez-vous, situé à vingt kilomètres de Clermont-Ferrand. Au dernier moment, ils devaient remonter à quatre cent cinquante mètres pour sauter. Lorsque l'appareil décolla de la piste, Houghton sourit aux autres, le pouce levé. Ils lui retournèrent le signal. Mais un seul des cinq hommes, Matt Kahane — vingt-six ans, le plus âgé — lui rendit son sourire. Puis, comme les autres, il détourna la tête. Houghton les distinguait à peine dans la pénombre, mais il les sentait nerveux. Rien d'étonnant. Malgré leur excellent entraînement et les innombrables répétitions, ils subissaient la pression de la réalité. On leur avait appris l'art de tuer en silence avec un couteau, une corde ou à mains nues. On leur avait montré comment se servir de leurs armes et de celles des Allemands. Le sabotage et les communications n'avaient plus de secrets pour eux. Le saut ne leur poserait pas de problème : ils en avaient effectué une douzaine à des altitudes encore plus basses. Mais ils allaient atterrir dans l'obscurité, en terrain ennemi. Pendant les premières heures de leur mission, leur sort dépendrait entièrement d'hommes qu'ils ne connaissaient pas. Les *Frenchies* avaient-ils pris toutes les mesures de sécurité ? Seraient-ils capables de les guider ? Les Américains n'en avaient pas la moindre idée. Ils verraient bien. Ils n'étaient même pas sûrs que les *Frenchies* seraient au rendez-vous. Le message avait été diffusé par la B.B.C. au cours de son émission en français : « L'aigle brun crie quatre-vingt-dix fois après minuit. » Mais comment savoir si les *Frenchies* avaient bien reçu le message ? Lors d'une précédente mission, on leur avait fait parvenir clandestinement un code. Encore fallait-il qu'ils sachent s'en servir. C'était la condition première du succès de l'opération Screaming Eagle.

Houghton s'adossa à la cloison pour soumettre son corps aux vibrations. Cela le détendrait peut-être. S'il ne contrôlait pas son excitation, il ne lui resterait plus d'énergie au moment de sauter. Jusqu'à présent, il était toujours parvenu à la maîtriser, grâce à un petit exercice qui lui permettait d'aiguiser sa volonté et ses réflexes. Vas-y, Jack Armstrong ! Les petits génies ignorent la peur. Tu es ici parce que tu l'as voulu.

Peu à peu, il sentit les vibrations. Il ferma les yeux et fit l'inventaire de son corps. Il commença par les orteils et remonta jusqu'à la tête, en ordonnant à chaque partie de se détendre. Lorsqu'il décontracta les muscles de ses paupières, il put constater à quel point il avait été crispé. Il se sentit enfin complètement relaxé et ne tarda pas à somnoler. Lorsqu'il se réveilla, il n'aurait su dire combien de temps il avait dormi.

Dans la pénombre, Houghton eut du mal à distinguer les aiguilles de sa montre. Une heure et quart. Si l'horaire était respecté, ils atterriraient d'ici à quinze minutes. Il se leva et se dirigea vers le cockpit. En passant devant ses hommes, assis face à face, il sentit leurs regards braqués sur lui. Il avait les jambes engourdies par sa longue station assise, et il sentait le froid à travers ses vêtements de mauvaise qualité. Pour le saut, il était habillé en paysan français.

Le pilote adressa un signe de tête à Houghton lorsque celui-ci se pencha pour regarder au-dehors.

— Pas grand-chose à voir, hein ?

— Je n'y vois rien du tout, répondit Houghton.

— Nous non plus, dit le copilote en riant.

— Ne vous en faites pas, dit le pilote, vous arriverez à bon port. Attendez d'être au sol pour vous faire du souci.

— Encore combien de temps, vous pensez ?

— D'après le navigateur, nous sommes dans les temps. On commencera à grimper dans onze minutes. Quand vous verrez la lampe rouge s'allumer, allez-y.

— Compris.

Houghton tourna les talons, mais le pilote le retint par le bras. Il se retourna.

— On se reverra à Londres, dit le pilote.

— Ouais, bien sûr, répondit Houghton d'une voix qu'il espérait naturelle.

Il retourna auprès des autres et leur donna le signal, pouce levé. Puis il mima un saut avec ses doigts. Au bout d'une minute — le temps lui parut très court — il sentit que l'avion prenait de l'altitude. Quelques secondes plus tard, la porte s'ouvrit. Les cinq hommes se levèrent et se mirent en rang. Quand la lampe rouge s'alluma, ils se dirigèrent vers la porte. Au passage, Houghton leur donna à chacun une tape sur l'épaule. Puis, à son tour, il sauta. La nuit était si noire qu'il ne voyait pas les autres. Il sentait seulement le vent glacial. Quand son parachute s'ouvrit, il s'aperçut que le vent le déportait. A coup sûr, ils allaient atterrir à au moins quatre cents mètres de la cible. Soudain, au-dessous de lui, il vit les autres parachutes. Ils formaient une diagonale impeccable. Celui qui avait sauté le premier se trouvait le plus bas ; les autres venaient ensuite, un peu plus haut à chaque fois. Mais ils étaient beaucoup trop écartés les uns des autres. L'avion avait fait demi-tour, mais Houghton n'entendait rien à cause du vent. C'était pour cette raison — il devait le comprendre bien plus tard — qu'il n'avait pas identifié, sur le moment, ces éclairs orangés qui avaient zébré la nuit, tout en bas.

Il vit le sol quinze mètres avant de le toucher. Il se débarrassa de son parachute en quelques secondes et courut vers le bois. Inutile d'essayer de retrouver les autres. Ils avaient pour instruction de se disperser en cas de coup dur. Il était à trois mètres du bois lorsqu'il entendit quelqu'un courir derrière lui en haletant. A l'instant où il atteignait la lisière, il sentit dans le dos une douleur fulgurante. Ses jambes se dérobèrent sous lui. Il se retrouva soudain par terre. Quelques instants plus tard, un homme habillé en fermier se pencha sur lui. Il fallut plusieurs secondes à Houghton pour reconnaître Matt Kahane.

— Cours, chuchota-t-il. Ne t'arrête pas !

Matt hésita.

— Cours ! ordonna Houghton.

Matt s'enfonça dans le bois en trébuchant. Houghton essaya de remuer les jambes. Impossible. En s'aidant des bras, il se traîna derrière un arbre. Il entendait des hommes approcher. Ils couraient et s'apostrophaient en allemand. Ils étaient presque arrivés à la lisière quand l'un d'eux cria quelque chose à ses compagnons. Ils changèrent de direction et pénétrèrent dans le bois à quinze mètres de l'endroit où gisait Houghton. Immobile, il s'efforça de retenir son souffle et de déterminer où la balle l'avait touché. Soudain, il entendit une rafale. Quelques instants plus tard, une autre rafale. Puis une autre. Et une autre. Et encore une. Enfin, le silence retomba.

Lorsqu'il se réveilla, c'était l'aube. Il comprit qu'il s'était évanoui. On n'entendait plus un son — même pas le vent. Aussi incroyable que cela parût, il était vivant et les Allemands étaient partis. Il se tâta le dos. Sa chemise était imprégnée de sang séché. Il eut tout juste la force de ramener son bras pour regarder sa main. Elle était tachée de sang. Mais c'était du sang coagulé, rouge foncé ; cela signifiait qu'il ne saignait plus. Il prit appui sur ses mains et tenta de se mettre à genoux, mais ses jambes refusèrent d'obéir. Alors, il se souvint. Il perdit connaissance.

Lorsqu'il revint à lui, plusieurs hommes le soulevaient de terre. La douleur fut tellement intense qu'il s'évanouit de nouveau. Quand il rouvrit les yeux, il se trouvait à l'arrière d'un camion. Un homme d'une quarantaine d'années le regardait.

— Vous parlez français ? dit l'homme.

— Oui, répondit-il.

L'homme lui étreignit l'épaule.

— Vous êtes en sécurité, dit-il.

— Et mes amis ? s'enquit Houghton.

Pour toute réponse, le Français eut un haussement d'épaules.

Ce soir-là, on le transporta dans une ferme, puis dans une cave. Chaque fois qu'on le changeait de place, il s'évanouissait. Chaque fois, il était surpris de reprendre connaissance. Finalement, les autres vinrent le chercher.

— On vous emmène chez un médecin, déclara l'un d'eux.

Il endura de nouveau l'épreuve du camion, puis il se retrouva dans une autre cave. Une ampoule aveuglante était suspendue au-dessus d'une table faite d'une porte posée sur des tréteaux. L'odeur d'hôpital qui flottait dans la pièce indiquait qu'on avait soigné d'autres blessés en ce lieu. Houghton ne vit même pas le médecin. Lorsqu'il se réveilla, après l'opération sous anesthésie, les autres lui montrèrent en souriant la balle qu'on avait extraite de son dos.

Il resta dans la cave pendant plus d'une semaine, le temps de reprendre des forces. Enfin, on put le déplacer. C'est seulement à ce moment-là que ses craintes se transformèrent en certitude. Il était paralysé des jambes.

Une fois installé dans une chambre, à l'étage, il reçut la visite d'un homme grand et extrêmement mince, un peu plus âgé que lui, aux yeux bleus et au long nez aristocratique. Houghton comprit tout de suite que c'était le chef du réseau. C'était grâce à lui que Houghton avait été caché et soigné.

— Quand vous serez rétabli, dit-il, vous ferez notre éducation. Nous avons beaucoup à apprendre.

— C'est ici que ça s'est passé ? s'enquit Meredith.

Pendant vingt minutes, elle avait observé son père,

immobile dans le champ qui longeait les bois. Elle sentait que quelque chose n'allait pas. Finalement, comme il ne se décidait pas à revenir, elle était allée le rejoindre. Il avait le regard fixe, le visage pâle et défait, comme s'il avait veilli de plusieurs années.

— Oui.

— Comment peux-tu en être sûr ?

— On m'a amené ici à la Libération, avant de me rapatrier aux États-Unis.

— Pourquoi as-tu voulu revenir ? Pourquoi maintenant ?

Il se tourna vers elle, l'air malheureux.

— Je ne peux pas te le dire pour le moment. Je te le dirai quand je pourrai.

Arc-bouté sur ses béquilles, il rebroussa chemin vers la voiture.

En fait, il ne répondrait jamais à la question de Meredith, pour la bonne raison qu'il en ignorait lui-même la réponse. A quoi cela l'avançait-il de rester à la lisière d'un bois, dans un champ, à évoquer des événements qui étaient déjà gravés dans sa mémoire ? S'il était venu, c'était parce qu'il ne se contrôlait plus. L'émotion l'avait emporté sur la raison.

S'il avait été en état d'examiner rationnellement la situation, Houghton aurait pu se rendre compte de l'ampleur de ses imprudences. Il eût été particulièrement humilié de constater que sa visite à Virgil Craig avait effectivement mis en branle un réseau parallèle qui existait depuis quarante ans au sein de la C.I.A. et qu'on utilisait discrètement depuis lors. Peu après le départ de Houghton, Craig avait téléphoné à un membre de ce réseau — un agent secret encore en service — pour le prévenir de la démarche de Houghton. Quelques jours jours plus tard, cette même personne ayant lu une copie de la notification concernant les « vacances » de Houghton avait appelé Craig :

— L'homme à propos duquel vous m'avez téléphoné la semaine dernière ne semble pas avoir renoncé. Il est en route pour la France.

Houghton, champion des analyses et des opérations à grande échelle, n'aurait guère puisé de réconfort dans cette constatation lucide : il se révélait un piètre agent secret. Quand on travaille dans cette branche, la plus élémentaire prudence commande de s'assurer qu'on n'est pas surveillé.

Mais quarante années de travail dans le renseignement avaient émoussé le flair de Houghton. Il n'avait donc pas remarqué la voiture qui l'avait pris en filature depuis le Crillon jusqu'à la sortie de Paris, ni les avions-espions qui l'avaient pisté depuis lors. Il n'avait pas repéré non plus, en arrivant à Clermont-Ferrand, la voiture qui l'avait suivi toute la soirée et toute la journée du lendemain, tandis qu'il rendait visite aux survivants du réseau qui l'avait abrité de novembre 1943 jusqu'à la Libération : le réseau de Camille Laurent.

Si Houghton s'était rendu compte de cette surveillance, il aurait rapidement abouti à une première conclusion. Ce n'était pas l'annonce de sa venue en France qui avait décidé la D.G.S.E. à l'espionner. Quand il prévenait de sa visite un pays ami, c'était justement pour lui signifier que les problèmes de sécurité n'étaient pas en cause. Non, c'était autre chose qui avait donné lieu à ces dispositions particulières. Une intervention extérieure. De Virgil Craig, peut-être ? Craig savait quelque chose qu'il voulait à tout prix cacher à Houghton. Un secret, vieux de quarante ans, qui concernait la France, l'Allemagne et le bourreau de Clermont-Ferrand.

A ce stade de ses réflexions, Houghton aurait peut-être décidé, sitôt rentré à Paris, d'aller voir son vieil ami Guy de Malesherbes, le directeur de la D.G.S.E. Malesherbes avait exactement le même âge que Houghton. En outre, il parlait l'anglais, étant d'origine américaine par sa mère. Pour cette raison, il avait servi comme officier de liaison entre les soldats français et américains pendant la guerre. C'était un oiseau rare : un Français qui aimait sincèrement les Américains. Compte tenu de ce fait et de leur longue amitié, Houghton aurait pu lui demander discrètement pourquoi on le surveillait. Il aurait compris, devant la réaction stupéfaite et manifestement sincère du directeur de la D.G.S.E., que celui-ci n'était pas au courant. Les deux hommes auraient ainsi découvert qu'il se passait en coulisse, dans leurs propres services, des manœuvres dont ils ignoraient tout. Ces manœuvres étaient le fait d'organisations — composées de membres des services secrets — qui agissaient de l'intérieur. Ces agents, de mêmes opinions, estimaient que les intérêts supérieurs du pays ne passaient pas nécessairement par les voies officielles. A leurs yeux, même les opérations clandestines décidées par leurs chefs ne constituaient pas une réplique suffisante au défi communiste. Puisque les espions soviétiques opéraient sans se soucier de la légalité, les pays occidentaux n'avaient qu'à en faire autant dans certaines situations. Ces hommes-là agissaient sans rendre de comptes à personne. Et ils faisaient souvent appel à des agents secrets étrangers qui partageaient leurs idées. De fil en aiguille, un réseau parallèle s'était ainsi formé entre un certain nombre de services secrets alliés. Pour le moment, ce réseau avait pour principal objectif de favoriser l'élection de Camille Laurent.

Au sein de la D.G.S.E., c'était Pierre Gauthier — le numéro trois — qui avait organisé la filière. Des années auparavant, Gauthier avait été para en Indochine sous les ordres de Laurent. Il était rapidement devenu l'aide de camp du futur candidat. Déjà à l'époque, Gauthier se distinguait par son imposante stature — un mètre quatre-vingt-cinq pour cent kilos — et par son visage rond à l'expression perpétuellement ironique. La D.G.S.E. l'avait recruté alors qu'il était encore dans l'armée. Il avait connu une ascension météorique. Mais, pendant toutes ces années, il était resté étroitement en contact avec Camille Laurent. Aux yeux de Gauthier, Laurent était le seul candidat capable de guérir la France de tous ses maux — surtout si Pierre Gauthier était nommé directeur de la D.G.S.E. Les nombreux services « spéciaux » que Gauthier avait rendus à Laurent témoignaient de sa compétence.

Le dernier en date de ces services était dû à l'initiative d'un ami américain. Lorsqu'on montra à Camille Laurent le rapport détaillé des faits et gestes de Houghton, ainsi que la liste des personnes qu'il était allé voir, le général n'eut plus aucun doute. Charles Houghton cherchait à savoir ce qui s'était vraiment passé.

Le rapport de Pierre Gauthier contenait une autre information importante. Les enquêteurs avaient amicalement questionné les gens auxquels Houghton avait rendu visite — et qui étaient, pour la plupart, des partisans de Laurent. Il en ressortait qu'un autre Américain était venu à Clermont-Ferrand, ces dernières semaines, poser des questions sur Camille Laurent. Il s'agissait d'André Kohl, le journaliste.

Lorsque André rentra de Moscou, deux hommes de Gauthier faisaient le guet dans une voiture garée quai d'Orléans, à vingt mètres de son immeuble. Ils le regardèrent descendre du taxi qui l'avait ramené de l'aéroport, puis disparaître dans l'immeuble. Quand les lumières s'allumèrent dans l'appartement d'André, au dernier étage, l'un des hommes prit son radiotéléphone et annonça à son patron, sur une fréquence spéciale :

— Le sujet est arrivé.

15

Dimanche matin, huit heures après son retour de Moscou, André alla acheter plusieurs journaux à un kiosque de la place Saint-Michel et s'installa dans un café pour les lire.

L'élection toute proche faisait la une des quotidiens. L'information essentielle était la percée de Camille Laurent. Les sondages indiquaient une vague de mécontentement contre le gouvernement socialiste, même parmi les électeurs de gauche. Le premier tour de scrutin devait avoir lieu le dimanche suivant. La cote de Laurent ne cessait de grimper : il était pratiquement assuré d'être présent au deuxième tour. Les commentateurs prévoyaient déjà le retour des conservateurs au pouvoir.

A Moscou, André avait éprouvé des scrupules à l'idée de jouer — pour la première fois de sa carrière — un rôle déterminant dans les événements, au lieu d'en être simplement le témoin. Maintenant qu'il était de retour en France son malaise ne faisait que croître. Il avait frôlé le danger bien des fois, en « couvrant » des guerres ou des émeutes. Mais il n'avait encore jamais éprouvé, comme maintenant, la sensation d'être personnellement menacé. Si certaines personnes, en France, savaient ce qu'il mijotait, elles n'hésiteraient pas à le tuer. Ce qui le tracassait encore davantage, c'était d'être en mesure d'influer sur le cours de la politique française. Cela n'entrait pas dans les attributions des journalistes — ni en France ni ailleurs. Observer et commenter, sans jamais intervenir : tel était leur rôle. Gare à André s'il commettait une erreur !

Les jours suivants furent pour lui un cauchemar. Il devait attendre Gondrachov pour agir, or le Russe ne se décidait pas à arriver. Chaque fois qu'André appelait le numéro que Gondrachov lui avait donné, il tombait sur une femme. Le dialogue était toujours le même :

— Allô, oui ?

— Je voudrais parler à Boris, s'il vous plaît.

— De la part de qui ?

— André Kohl.

— Ah ! oui, M. Kohl. Boris n'est pas là. Puis-je vous renseigner ?

— Y a-t-il un message pour moi ?

— Non, monsieur Kohl. Pas encore.

— Je rappellerai. Merci.

Il se mit en quête d'une personne capable d'authentifier des documents. Il trouva sans difficulté un expert à la Bibliothèque nationale. Après quoi, il appela Mike Paul, à New York, pour le mettre au courant des derniers développements de l'opération « Camélia ».

— Je devrais savoir d'ici à un jour ou deux si « Camélia » est authentique, dit-il. J'ai certaines raisons de le croire, mais il me reste certains points à vérifier.

Il aurait voulu s'expliquer plus en détail, mais il ne pouvait prendre de risques. Son téléphone était peut-être branché sur table d'écoute. A ce stade de l'affaire, il voulait éviter à tout prix une intervention des Français.

— Les deux semaines sont écoulées, dit Paul. Vous continuez quand même ?

— Comment ça ?

— Quand vous êtes venu à New York, vous avez dit que vous marchiez seulement pour deux semaines.

— Si je ne trouvais rien dans l'intervalle, oui. Mais je suis sûr de tenir quelque chose.

— De quoi donner suite ?

— Et comment !

— Et vous êtes disposé à continuer ?

Pour la première fois, André se rendit compte à quel point il s'était investi dans cette mission.

— Encore un peu, oui, répondit-il avant de raccrocher.

A mesure que passaient les heures mornes, il se prit à regretter ses paroles. Car, brusquement, il se trouvait contraint à l'inaction. N'étant pas censé être à Paris, il ne voulait pas se mêler à la vie de la capitale. Il renonça donc à aller à son bureau. Il résista à la tentation de téléphoner à ses vieux amis. Le plus dur, c'était de manger seul face à son assiette. Cela faisait bien longtemps qu'il n'avait pas pris un repas en solitaire à Paris. Il choisissait des restaurants qu'il ne connaissait pas, de peur de rencontrer des amis dans ceux qu'il fréquentait habituellement. Côté femmes, rien. Il aurait pu en appeler plusieurs, mais il n'en avait pas envie. La seule femme qu'il aurait désespérément voulu avoir auprès de lui avait disparu et ne donnait aucun signe de vie.

Il tenta de s'exercer au piano, en se fiant à sa mémoire. Il avait emporté toutes ses partitions à Varengeville, ce qui l'obligeait à jouer les éternels classiques : la sonate *Clair de lune,* les fugues de Bach et les préludes de Chopin. Même avec ces morceaux archi-connus, il lui arrivait de se tromper. Il lui fallait alors improviser une douzaine de mesures pour compenser les erreurs et les trous de mémoire. Cela ne faisait que lui rappeler sa résolution — de plus en plus compromise — de s'isoler pendant un an pour explorer (si peu que ce fût) « l'autre route », celle qu'il n'avait pas prise.

La lecture, elle aussi, était compromise. Il ne rangeait jamais les livres dans sa bibliothèque avant de les avoir lus, sinon il les oubliait. Il avait donc lu au moins une fois tous les ouvrages qui se trouvaient dans son appartement. Il se plongea dans certains de ses préférés — *Trinity,* de Leon Uris ; *The Assistant,* de Bernard Malamud ; *la Petite Fille au tambour,* de John Le Carré — et put constater qu'ils supportaient la relecture. Il aurait néanmoins préféré fouiller dans les deux cartons de livres préparés pour son congé sabbatique. Il s'agissait, pour la plupart, d'auteurs qu'il n'avait jamais lus ou qu'il avait dû laisser de côté afin de suivre le rythme des parutions.

Il ne sortait de chez lui que pour les repas, de crainte de manquer le coup de fil de Gondrachov. Il regardait la télévision, mais la pauvreté des programmes l'affligeait. Il commença à écrire à son fils Gene, puis abandonna lorsqu'il s'aperçut qu'il ne pouvait pas lui parler sincèrement de ses activités. Le mardi soir, il se coucha à neuf heures et demie. C'était la première fois depuis des années qu'il se couchait si tôt.

Le lendemain matin, à huit heures, on frappa à sa porte. Il fut surpris : le concierge lui-même ignorait son retour. Il se leva et regarda à travers l'œil.

C'était Meredith.

— Merci, mon Dieu, murmura-t-il malgré lui en ouvrant tout grand la porte.

Il l'aurait volontiers prise dans ses bras, mais son instinct l'avertit de n'en rien faire. La visite insolite de la jeune femme, son aspect, son expression le retinrent.

Elle était venue à l'improviste, sans savoir s'il serait là, au risque de le déranger. Et elle se montrait sous un jour inhabituel pour une femme : en tenue de sport, le visage non maquillé, les cheveux en désordre. Elle portait un T-shirt, un short et des tennis. Elle avait les joues rougies par l'exercice et par la fraîcheur matinale. Comme la fois précédente, elle entra dans l'appartement avec assurance, indifférente à son apparence et à l'effet qu'elle pouvait produire sur André. Malgré les sentiments et les questions qui se bousculaient dans son esprit, il remarqua ses jambes fines mais musclées, longues à n'en plus finir. Il n'avait jamais éprouvé autant d'attirance pour une femme.

Lorsqu'elle se tourna vers lui, André dut affronter l'expression de son visage.

— Où étiez-vous ? demanda-t-il.

— Je faisais du jogging aux Tuileries et sur les quais. Comme j'étais tout près de chez vous, je suis montée.

— Non, je vous demande où vous étiez ces derniers jours. Vous m'aviez promis d'attendre mon retour. Vous êtes partie sans même laisser un mot.

— Désolée. La force de l'habitude. Quand on voyage avec un homme comme mon père, on ne laisse pas d'indices derrière soi.

— Votre père est à Paris ? s'exclama André, incapable de masquer sa surprise.

— Oui. Et à cause de vous, j'imagine. Mais il refuse de me dire pourquoi. Alors je vous demande de me l'expliquer, parce qu'il semble très perturbé. Je me fais beaucoup de souci. C'est la première fois que je le vois dans cet état.

Pris de court, André ne sut comment réagir. Renseigner Meredith eût été contraire à tous ses principes de journaliste. Mais à situation inhabituelle... La curiosité de Meredith était légitime, son inquiétude fondée. Comment la satisfaire sans enfreindre ses principes ?

— Cela concerne le passé de votre père, dit-il.

— Ça, je m'en serais doutée. (Elle plongea son regard

dans celui d'André.) Vous avez déterré une espèce de fantôme. Je veux savoir quoi.

— Je ne peux pas vous le dire, Meredith.

Il lut dans les yeux de la jeune femme quelque chose qu'il aurait préféré ne pas y voir. Elle le dévisagea d'un air froid, distant.

— Votre voyage à Moscou avait-il un rapport avec le passé de mon père ?

Il ne pouvait pas lui dire la vérité. Mais il ne pouvait pas non plus se résoudre à lui mentir. S'il refusait cette fois encore de répondre, elle saurait à quoi s'en tenir. Il était pris au piège. Pour s'en sortir, il n'avait d'autre choix que de l'interroger à son tour.

— Pourquoi me posez-vous cette question ?

— Quand je lui ai dit que vous étiez à Moscou, ç'a été comme si je lui avais donné un coup de marteau sur la tête.

Elle l'observa un moment en silence, le regard fixe. Elle donnait l'impression de vouloir pénétrer ses pensées. Lorsqu'elle parla, ce fut d'une voix douce et mesurée :

— Je veux savoir ce qui se passe. Il s'agit de mon père.

— Comprenez-moi, Meredith, implora-t-il. Je ne peux vraiment pas vous répondre.

Elle avait la respiration courte, comme si elle prenait sur elle pour rester calme. Enfin, elle dit :

— Mon père voudrait vous voir. Il vous propose de déjeuner avec lui Chez Tante Louise, près du Crillon.

— C'est d'accord.

— Je le lui dirai.

Elle passa devant André et se dirigea vers la porte.

— Vous vous joindrez à nous, j'espère ? dit-il.

Elle s'arrêta et se tourna vers lui.

— Non. Mon père veut vous voir seul. C'est un aspect de sa personnalité dont je ne vous ai pas parlé. A certains moments, on ne doit pas lui poser de questions. On doit le laisser seul. J'ai grandi dans cette atmosphère, que je détestais. Mais je ne le lui ai jamais dit. Compte tenu de l'épreuve qu'il avait endurée, je lui ai accordé le bénéfice du doute. C'est bien l'unique raison qui m'a empêchée de haïr ma mère quand elle l'a quitté. Il ne nous a jamais donné tout ce qu'il avait à donner.

Elle observa une pause avant d'ajouter :

— A ce que je vois, vous travaillez plus ou moins dans la même branche que lui. J'en suis profondément navrée.

Il aurait juré qu'elle allait fondre en larmes. A une seconde près, il ne put en avoir le cœur net. Elle était déjà partie.

André trouva Houghton encore plus défait qu'il ne s'y attendait. Le directeur adjoint de la C.I.A. présentait les signes de fatigue habituels : traits tirés et poches sous les yeux. Mais, surtout, il avait l'air désarmé. Comme un homme ayant reçu de terribles nouvelles, qui s'attend à en recevoir d'autres, et qui sait bien qu'il ne pourra y échapper. Pendant le déjeuner, il parla à mots couverts. Il demanda à André comment s'était passée sa partie de pêche et s'il avait fait une belle prise. André répondit sur le même mode.

Une voiture de l'ambassade les attendait devant le restaurant.

— Ça ne vous ennuie pas de marcher ? s'enquit Houghton.

Sans laisser à André — surpris — le temps de répondre, il renvoya la voiture d'un geste.

— Chauffeur français, expliqua-t-il. Je veux être sûr qu'on n'entende pas notre conversation.

— Bien.

Ils se mirent en marche vers la place de la Concorde. Cette fois, André fut étonné de l'allure à laquelle avançait Houghton, par bonds successifs.

— Vous avez vu le dossier ? demanda Houghton.

— Oui.

— Vous êtes un homme plein de ressources.

— Merci.

— Inutile de vous demander comment vous vous y êtes pris, n'est-ce pas ?

— En effet. Je ne pourrais pas vous répondre.

— Pouvez-vous me préciser la teneur des documents ?

— Certainement.

André décrivit en détail le contenu du dossier. Lorsqu'il en arriva au document compromettant, il sortit de sa poche une feuille de carnet sur laquelle il avait noté le texte exact. Il le lut mot pour mot, puis il regarda Houghton. Ce qu'il vit l'alarma. C'était comme si les termes du rapport, tels des balles, avaient infligé des blessures mortelles au directeur adjoint de la C.I.A. Son visage était livide. Il secouait la tête d'un air hébété, la bouche grande ouverte. La vie paraissait se retirer lentement de son corps. Et ses yeux, braqués sur André, semblaient l'accuser d'en être responsable. Était-ce Cléopâtre qui avait ordonné qu'on exécutât les messagers qui lui apportaient de mauvaises nouvelles ? Les yeux de Houghton n'exprimaient aucune menace de ce genre. Simplement une question : « Pourquoi avez-vous fait ça ? »

Parce qu'il devait le faire. Cette information était sans doute très pénible pour Houghton, mais il fallait la rendre publique. Si l'homme qui partait favori pour la course à la présidence avait trahi son pays pendant la guerre, le peuple français devait en être averti. Les alliés de la France aussi. On ne pouvait prévoir ce que ferait un tel homme une fois au pouvoir.

N'empêche qu'André s'était immiscé — sans y être invité — dans la vie d'un autre homme, en faisant des dégâts sur son passage. Il était parfaitement conscient d'avoir été plus qu'un simple messager. S'il ne s'était pas lancé dans cette entreprise, il n'y aurait pas eu de dommages. Il ne voyait pourtant pas, dans son subit accès de lucidité, où se situait sa responsabilité. Mais il eut pitié de Houghton et il chercha un moyen de soulager ses blessures. Sur le moment, il demeura impuissant. Le silence s'éternisait. Pour le rompre, il demanda :

— Félix était bien le nom de code de Laurent, n'est-ce pas ?

— Oui, répondit Houghton d'une voix presque inaudible.

Ils continuèrent de marcher sans parler. Ils atteignirent bientôt les Champs-Élysées, qu'ils remontèrent vers l'Arc de Triomphe. Les piétons étaient rares sur cette partie de l'avenue, et la circulation bruyante favorisait les conversations confidentielles.

— Ce sont peut-être des faux, vous savez, déclara enfin Houghton. Si ça se trouve, on a fabriqué ces documents il y a deux semaines.

A en juger d'après le ton de sa voix, il espérait manifestement que ce fût le cas.

— Le dossier avait l'air parfaitement authentique.

— Les élections françaises approchent...

— J'en suis très conscient.

— Quelles sont vos intentions ?

André s'arrêta net, embarrassé par la question. Évidemment, il devait garder le secret. D'un autre côté, il éprouvait le besoin de rassurer Houghton, de lui dire qu'il faisait le nécessaire pour s'assurer de l'authenticité du document. Il lui devait bien cela. Ne fût-ce que pour apaiser son tourment.

— J'aimerais beaucoup vous confier un secret, mais il me faut d'abord votre parole que vous le garderez pour vous.

— C'est d'accord.

Une fois encore, André hésita.

— Suis-je trop naïf ? dit-il enfin.

— Vous verrez bien.

— D'accord, vous avez le droit de savoir. Le dossier est en route pour la France. Je vais en faire vérifier l'authenticité.

Houghton prit son temps avant de parler.

— Comment va-t-on l'introduire en France ?

— Sincèrement, je l'ignore.

— Mais vous êtes sûr de votre fait ?

— Oui. J'ai beaucoup insisté.

— Insisté ?

— Imploré, plus exactement. Je ne peux pas vous en dire davantage.

— Puis-je savoir à quel expert vous allez vous adresser ?

André aurait voulu lui répondre. Il aurait voulu lui donner toutes les garanties possibles. Mais ce n'était pas prudent de citer un nom. Peut-être pouvait-il le renseigner indirectement.

— Je vous promets que le dossier sera authentifié par l'homme le plus compétent de France.

Houghton acquiesça, l'air pensif.

— Assurez-vous qu'il ne lit pas l'allemand. Vous risqueriez de perdre votre scoop.

— Aucun risque. Je me suis renseigné.

Le directeur adjoint de la C.I.A. s'arrêta enfin. Hors d'haleine, André l'imita avec soulagement. Houghton dévisagea longuement André, comme l'avait fait Meredith quelques heures plus tôt.

— Si ce dossier se révèle authentique, vous êtes conscient des conséquences qu'aura sa publication ?

— Tout à fait.

Houghton hocha lentement la tête, les yeux perdus dans le vague. Puis il regarda de nouveau André.

— Le cas échéant, j'aimerais que vous me préveniez avant de diffuser la nouvelle.

— Pas de problème, dit André.

Il ne pouvait faire moins.

16

Charles Houghton quitta Paris le lendemain, jeudi, à midi quarante-cinq, à bord d'un appareil de la T.W.A. Quand il arriva à Washington, à quinze heures quinze — heure locale — il eut une nouvelle surprise. Son patron, William Coughlin — le sixième homme politique nommé à la tête de la C.I.A. depuis que Houghton y travaillait — l'attendait à sa descente d'avion. Le visage rubicond de l'Irlandais arborait une expression de mauvais augure.

— Que se passe-t-il ? demanda Houghton.

— Je vous l'expliquerai dans la voiture, répondit Coughlin d'un ton crispé.

C'était un homme de soixante-dix ans, mais son pas alerte et son maintien impeccable d'amiral en retraite démentaient son âge. Houghton et lui prirent place à l'arrière d'une Cadillac noire. Coughlin attendit pour parler que la voiture eût démarré.

— Nous allons à la Maison-Blanche. Le président veut nous voir. Et, moi, j'exige de savoir ce qui se manigance.

— Comment le saurais-je ?

— Parce que c'est à votre sujet qu'il veut nous voir. Apparemment, vous tramez quelque chose qui ne lui plaît pas. J'aimerais autant être au courant avant de passer sur la sellette. Que faisiez-vous en France ?

— Je suis allé voir ma fille.

— Assez de conneries, Charlie. Accouchez !

— Ça ne regarde que moi, Bill. Je n'ai rien à vous dire.

Les yeux noisette de Coughlin se durcirent.

— Dans ce cas, le président me renseignera lui-même. Il a l'air très au courant.

Le président était assis à sa table de travail, dans le bureau ovale, devant trois hautes fenêtres donnant sur les jardins et sur le Washington Monument. Des rideaux et des tentures beiges masquaient presque complètement la vue. Derrière l'épaule droite du président se dressait un drapeau américain dont la hampe atteignait presque le plafond. Depuis Lyndon Johnson, Charles Houghton était venu voir cinq présidents dans cette pièce. Tous s'étaient levés aussitôt pour l'accueillir et l'avaient entraîné vers les sièges disposés à l'autre bout de la pièce. En l'occurrence, le président ne salua pas ses visiteurs. Il ne les invita même pas à s'asseoir. Ses joues, ordinairement roses et lisses, étaient marbrées comme si on les avait frottées au papier de verre.

— Encore heureux qu'il reste quelques patriotes dans vos services, déclara-t-il. Sinon, je n'aurais peut-être jamais rien su de cette histoire. Vous ne semblez pas avoir compris le sens de votre mission, messieurs. Le gouvernement a pour principal objectif d'attaquer le communisme mondial et, si possible, de le vaincre. Notre système politique est le meilleur et il finira par l'emporter ! Mais, pour cela, nous devons commencer par soutenir ceux qui partagent nos idées et qui incarnent les valeurs chrétiennes traditionnelles. Nous tenons particulièrement à voir ces hommes-là — quand il s'en trouve — prendre le pouvoir et le garder, toujours et partout. Cette notion serait-elle trop difficile à comprendre pour vous, messieurs ?

— Non, monsieur le président, répondirent à l'unisson Houghton et Coughlin.

Le président vint se poster devant Houghton.

— Alors qu'est-ce que vous foutez, Charlie ? Pourquoi cherchez-vous à torpiller la candidature de Camille Laurent ?

Houghton n'eut pas besoin de tourner la tête vers Coughlin pour savoir que le directeur de la C.I.A. le regardait d'un air ahuri.

— Qui donc vous a dit cela, monsieur le président ? demanda Houghton.

— Peu importe. On me l'a dit, c'est tout ce qui compte. D'après mes informations, Kohl — le correspondant de l'U.S.B.C. — est allé vous raconter une histoire abracadabrante, comme quoi Laurent aurait travaillé pour la Gestapo pendant la guerre. Ça a aussitôt fait tilt dans votre esprit ; vous vous êtes dit que c'était peut-être lui le responsable de votre infirmité...

Le président était au courant de tout : les recherches de Houghton dans les archives, sa conversation avec Virgil Craig, son brusque départ pour la France, son expédition à Clermont-Ferrand, son déjeuner avec André Kohl. Pendant que le président parlait, d'une voix frémissante de colère, Houghton réfléchissait. Tout s'expliquait parfaitement. Virgil Craig avait jadis appartenu à un réseau supranational d'agents secrets. Il avait gardé des liens avec ce réseau, dont les intérêts rejoignaient exactement ceux que défendait le président. En rendant visite à Craig, Houghton avait malencontreusement alerté cette organisation parallèle. Dès son atterrissage en France, la D.G.S.E. — ou une cellule intérieure à la D.G.S.E. — l'avait fait surveiller. A cause de lui, André Kohl était « brûlé ». Car ils savaient ce que manigançait Kohl. En revanche, ils ignoraient le résultat de ses démarches.

— Bon, dit le président. Asseyez-vous.

Il leur indiqua des sièges, devant son bureau, et s'installa lui-même dans son fauteuil. Son visage s'adoucit et retrouva son teint normal. Il regarda Houghton d'un air contrit.

— Je crois comprendre ce que vous ressentez, Charlie. Mais à quoi ça vous avancera de savoir que Laurent est pour quelque chose dans votre infirmité ? Ce n'est pas cela qui vous rendra l'usage de vos jambes. Admettons que Laurent — pour Dieu sait quelle raison — ait effectivement travaillé pour la Gestapo... Et alors ? Ça remonte à quarante ans ! C'était un gosse à l'époque. Aujourd'hui, c'est un homme. Et c'est lui que nous voulons voir élire. (Le président se redressa légèrement.) Pour notre gouvernement, c'est le meilleur candidat. Nous n'avons aucun intérêt à ce qu'il y ait un gouvernement de gauche en France. Cela risquerait de changer beaucoup de choses, à commencer par la défense européenne. L'engagement de la France en Afrique serait remis en question. Les Français mettraient la pagaille aux

Nations unies. Et vous êtes bien placé pour savoir les problèmes qui se posent aux services secrets quand un pays ami change de camp.

Le président plongea son regard dans celui de Houghton.

— Laurent est un homme sûr, Charlie. Il sera de notre côté. Nous ne laisserons personne le torpiller. Je vous donne l'ordre d'oublier cette affaire. En outre, je veux que vous nous aidiez à réparer les dégâts qui ont pu être causés — ou qui peuvent encore l'être.

— Comment cela, monsieur le président ?

— Dites-nous ce que sait exactement Kohl. Nous prendrons les mesures qui s'imposent.

Houghton attendit une seconde avant de répondre. Une seconde, pas davantage. S'il hésitait plus longtemps, le président risquait de ne pas le croire. Il eut l'impression que son cerveau, tel un ordinateur, traitait les innombrables données qui y étaient engrangées — critères moraux, connaissances... — afin de fournir la réponse dans le bref délai imparti. La réponse tomba. C'était un mensonge.

Dans l'espionnage, les mensonges étaient monnaie courante. En quarante ans de C.I.A., Houghton avait été contraint d'y recourir. Il n'aurait cependant jamais imaginé qu'il serait un jour amené à mentir au président des États-Unis. Mais il avait compris, en l'espace d'une seconde de lucidité totale, qu'il ne servirait pas les intérêts à long terme des États-Unis en disant la vérité à l'actuel président. Il y avait une chose que ce président ne comprenait pas et ne comprendrait jamais : le réseau auquel appartenait Virgil Craig — et que Houghton, par inadvertance, avait un tout petit peu dévoilé — ne s'était pas constitué dans le but de défendre la candidature de Camille Laurent. Il était antérieur à Laurent et il existerait encore après lui. Quels étaient ses objectifs ? Ses membres ? Ses méthodes ? Qu'avait-il réalisé dans le passé ? Avait-il agi dans un sens favorable ou contraire aux intérêts des États-Unis ? Les réponses à ces questions valaient bien un mensonge.

Houghton eut l'impression d'émerger d'un brouillard anesthésiant. Il avait éprouvé une sensation très semblable bien des années auparavant, dans une cave, près de Clermont-Ferrand. A l'époque, l'anesthésique avait été de l'éther. Cette fois, ç'avait été une violente émotion.

A présent, il avait l'esprit clair. La raison avait repris le dessus. Il savait pouvoir traiter cette affaire mieux que quiconque. Certainement mieux que Virgil Craig et son réseau, qui sauraient d'ici à une heure tout ce qu'il avait dit au président. Ils n'hésiteraient pas à s'en prendre à André Kohl. Houghton, en suivant son plan, protégerait le journaliste. Et il apprendrait ce qu'il avait besoin de savoir au sujet de Camille Laurent. Avec un peu de chance, il parviendrait également à forcer le réseau à sortir de l'ombre.

— Il n'y a pas eu de dégâts, monsieur le président, répondit Houghton. Kohl ne sait rien de plus que vous.

Le président observa un moment le directeur adjoint de la C.I.A. comme s'il hésitait à le croire. Enfin, apparemment convaincu, il dit :

— Un dernier détail. Qui a mis Kohl sur la piste ?

— Les Israéliens.

— J'aurais dû m'en douter, dit le président.

17

En temps normal, Gennady Gondrachov aurait demandé un visa à l'ambassade de France à Moscou et pris l'avion normal directement pour Paris. En l'occurrence, il se procura un visa pour l'Italie et prit l'avion pour Milan. De là, il se rendit à Olbia, en Sardaigne. A Olbia, il loua une voiture sous le nom de Milos Novotny, citoyen tchèque. En roulant de nuit, il gagna un petit port situé au nord de l'île. Un pêcheur — membre du Parti — l'attendait sur place. Ils montèrent à bord d'un Zodiac — un canot pneumatique doté d'un moteur hors bord — et entreprirent la traversée du détroit de Bonifacio, entre Sardaigne et Corse. Ce n'était pas une embarcation idéale pour parcourir quatre-vingts kilomètres sur une mer houleuse, mais le moteur était puissant et le pêcheur compétent. Un écran de nuages filtrait le clair de lune. A deux heures du matin, le pêcheur coupa le moteur et gagna à la rame une petite crique, à un kilomètre et demi de Bonifacio. Gondrachov dormit jusqu'à l'aube et se changea. Puis, sa sacoche en bandoulière, il se mit en marche vers la ville. Il arriva juste au moment où les cafés ouvraient. Il mangea un croissant, but un express et se rendit en taxi à l'aéroport de Figari, où il prit le second des quatre vols quotidiens de Tours Air Transport à destination de Paris. L'avion atterrit à Orly-Ouest.

La Corse étant un département français, les passagers n'eurent pas à passer par la douane ni à présenter de papiers.

Gondrachov n'eut pas besoin de passer au bureau de

change ; il avait emporté une ample réserve de francs français. Il alla en taxi à la gare de Lyon et prit l'escalator menant au départ des grandes lignes et du T.G.V. La consigne automatique était toujours au même endroit, en face des escaliers mécaniques. Presque tous les casiers étaient occupés. Il finit par en trouver un libre, une clef rouge dans la serrure. Soulagé, il fourra sa sacoche dans le casier. Il avait fort peu de chances d'être reconnu, mais il préférait prendre toutes ses précautions. Ils étaient trop près du but. Un faux pas serait inexcusable.

Il entra dans une cabine téléphonique et composa le numéro qu'il avait donné à André. La même femme lui répondit.

— Je voudrais parler à Boris, s'il vous plaît, dit-il dans un français à l'accent aisément identifiable.

Il y eut un silence à l'autre bout du fil, puis un petit rire.

— Boris n'est pas là. Je prends les messages pour lui.

— Je m'appelle Novotny, dit Gondrachov. Veuillez dire à Boris de me retrouver au Train bleu, gare de Lyon, à vingt heures.

La femme se remit à glousser.

— Très bien, monsieur. Il y sera.

Gondrachov raccrocha et descendit prendre le métro. Il n'eut pas besoin de consulter le plan ; il connaissait depuis longtemps le réseau par cœur. Cela n'avait rien de surprenant. On recommandait aux agents soviétiques de se servir des stations de métro pour leurs rendez-vous avec les contacts locaux, et on les encourageait à se familiariser avec le réseau métropolitain des villes où ils opéraient. En l'occurrence, le trajet n'était pas compliqué : c'était direct jusqu'à George-V. Sitôt arrivé à destination, il s'installa à la terrasse du Fouquet's et but un double café. Ayant ainsi repris des forces, il passa les deux heures suivantes à visiter les magasins d'exposition de voitures des Champs-Élysées, en commençant par celui de Mercedes.

A huit heures moins dix, Gondrachov fit son entrée dans le restaurant Le Train bleu. Le maître d'hôtel l'accueillit avec un sourire chaleureux.

— Bonsoir, monsieur Novotny ! Heureux de vous revoir.

— Moi aussi, Pierre, répondit le Russe. Auriez-vous une table pour deux près de la fenêtre ?

— Mais certainement.

Le maître d'hôtel le conduisit à une table. Puis, de son propre chef, il lui apporta un kir royal.

— Avec mes compliments, dit-il.

Gondrachov leva son verre pour saluer le maître d'hôtel, et but une gorgée de kir. Puis il se mit à contempler alternativement les peintures qui ornaient les voûtes du plafond et, à l'extérieur, les voyageurs qui se hâtaient vers les trains. C'était un vendredi soir. On voyait beaucoup de skieurs en anorak, skis sur l'épaule et petite valise à la main. Ils dormiraient tout habillés sur leurs couchettes, à six par compartiment et, le lendemain matin, de très bonne heure, ils arriveraient à leurs stations de ski. Ils skieraient pendant deux jours et reprendraient le train le dimanche soir. A leur retour à Paris, le lundi matin, ils auraient juste le temps de rentrer chez eux se changer avant d'aller travailler. Chaque fois qu'il venait à Paris, Gondrachov allait faire un tour au Train bleu. Ce n'était certes pas le meilleur restaurant de Paris, mais le Russe ne se lassait jamais d'observer ce fourmillement humain, fasciné par le spectacle qui s'offrait à ses yeux.

A huit heures précises, une femme de quarante ans le rejoignit à sa table, escortée du maître d'hôtel. Elle portait un simple fourreau noir et une étole de fourrure, qu'elle fit glisser de ses épaules en s'asseyant. Elle pressa sa cuisse contre celle de Gondrachov, tourna vers lui son visage buriné, aux lèvres frémissantes. Lorsqu'elle eut fini de l'embrasser, elle dit :

— Salut, mon amour.

— Salut, Boris, murmura-t-il.

Elle s'appelait Paulette Jacques et elle était extrêmement riche. C'était la fille unique d'un fabricant d'avions qui avait trouvé la mort — en même temps que sa femme — dans une catastrophe aérienne, à bord d'un de ses propres appareils. Elle avait fait partie, à une certaine époque, de ce qu'on appelait alors « les gauchistes de salon ». En mai 68, elle s'était battue aux côtés des étudiants, quoiqu'elle eût quitté l'école depuis déjà plusieurs années. Par la suite, elle avait connu une série d'idylles avec de jeunes leaders révolutionnaires. Mais ceux-ci — et les causes qu'ils défendaient — lui paraissaient aujourd'hui insipides par rapport à ce que représentait Gondrachov. Le K.G.B. s'était intéressé à elle pendant plusieurs années, mais c'était Gondrachov qui l'avait recrutée et formée. Elle ne l'aimait pas vraiment — elle avait toujours refusé de s'attacher — mais elle avait de l'affection pour lui. Sa liaison intermittente avait, à ses yeux, le même attrait que son travail pour le K.G.B.

Ils choisirent un menu classique : poisson, steak au poivre, plateau de fromages et soufflé au Grand Marnier, le tout arrosé de deux vins différents. Le dîner terminé, Gondrachov commanda deux cognacs avec le café. Après quoi, ils retirèrent la sacoche du Russe de la consigne automatique et se rendirent chez Paulette, avenue Foch. Gondrachov, qui s'était levé à l'aube, somnolait déjà.

— Ah ! non, lui dit-elle. Pas question !

Trente secondes plus tard, il ne songeait plus du tout à dormir.

Ils faisaient de nouveau l'amour, le lendemain matin, quand le téléphone sonna. Paulette répondit. Elle écouta quelques instants, puis passa le récepteur à Gondrachov.

— Vous avez le don d'appeler au plus mauvais moment, mon vieux, déclara le Russe sans préambule. Alors, avez-vous trouvé votre expert ? Bien ! A votre avis, accepterait-il de travailler pendant le week-end ? Vous vous en occupez ? Parfait ! A présent, écoutez-moi attentivement. Voici ce que vous allez faire...

Ce soir-là, André attendait dans le fumoir de chez Maxim's. A huit heures et demie, une femme qu'il n'avait jamais vue — une femme aux traits burinés et aux lèvres frémissantes — s'approcha de lui d'un pas assuré et l'embrassa sur la bouche. Sans manifester aucune surprise, André lui rendit son baiser, la prit par la taille et lui parla avec animation tandis que le maître d'hôtel les conduisait à leur table. Pour un éventuel observateur, leur tête-à-tête présentait les caractéristiques d'un dîner de retrouvailles entre amants : regards langoureux, toute la gamme des sentiments, timides caresses. Si l'observateur les avait suivis à la sortie du restaurant, il n'aurait guère été surpris de les voir entrer, vingt minutes plus tard, dans un immeuble de l'avenue Foch et de voir la lumière s'allumer — puis s'éteindre au bout de quelques minutes — dans l'un des appartements. En revanche, il aurait été étonné d'apprendre que l'homme, sitôt entré dans l'appartement, en était ressorti par la porte de la cuisine et avait regagné la rue par l'escalier de service.

Quoique ne voyant pas l'utilité de ces précautions compliquées, André s'en était remis à l'expérience de Gondrachov. Une minute après avoir quitté l'immeuble par-derrière, il rejoignit le Russe qui avait garé sa voiture dans une rue transversale. Vingt minutes plus tard, la voiture s'arrêtait devant la Bibliothèque nationale, 58, rue de Richelieu. Tandis que les deux hommes se dirigeaient vers le bâtiment, un troisième homme émergea des ombres de l'entrée et se porta à leur rencontre. Petit et mince, il fumait une Gauloise et portait des lunettes aux verres épais. L'odeur du tabac imprégnait ses vêtements comme du parfum.

— Monsieur Montbrun ? s'enquit André.

— Oui. Monsieur Kohl ?

— Oui.

André serra la main de Montbrun. Celui-ci salua Gondrachov sans lui demander son nom. André ne fit pas les présentations.

Sans ajouter un mot, Montbrun fit entrer les deux hommes dans le bâtiment. Une lampe-torche à la main, il les conduisit au sous-sol le long d'un couloir. Il attendit d'être dans son bureau pour allumer. Gondrachov lui tendit alors le dossier. Montbrun le posa sur sa table de travail, en pleine lumière, et le feuilleta lentement. De temps à autre, il examinait un passage à la loupe. Tout en étudiant le document, il fredonnait une mélodie qu'André reconnut : les *Variations sur un thème de Haydn*, de Brahms. Au bout de dix minutes, il prit la parole :

— Je ne pourrai vous donner aucune opinion sur le contenu de ce dossier, vous le savez ? Je n'ai jamais réussi à apprendre l'allemand... Un blocage mental, en quelque sorte.

Il porta l'index à son front en souriant. Puis il regarda Gondrachov d'un air d'excuse :

— Cela dit sans vouloir vous offenser, monsieur.

— Il n'y a pas de mal, intervint vivement André.

Si Montbrun avait pris par erreur le Russe pour un Allemand, tant mieux.

Montbrun se remit à examiner les feuillets. Il ne s'attarda pas sur le rapport de Hoepner concernant Camille Laurent. Au bout d'une minute, il se leva, s'approcha d'une table et observa certaines pages au microscope. Son examen terminé, il alluma une cigarette.

— A première vue, dit-il, ces documents m'ont l'air authentiques. J'ai vu d'autres documents datant de cette époque, et ceux-ci ont le même aspect. Le format du papier est identique et les caractères semblent correspondre aux machines à écrire qu'on utilisait en ce temps-là. Mais ce ne sont pas des indices concluants. Quand on fait un faux, on prend l'élémentaire précaution d'employer une machine à écrire et du papier appropriés. Si vous voulez vraiment avoir une certitude, il faut que je fasse des tests chimiques. Mais vous devrez attendre lundi. Le laboratoire est fermé.

— Je vois, dit André.

Il savait que Gondrachov refuserait de confier le dossier à Montbrun. André lui-même ne pouvait prendre le risque de laisser le rapport de Hoepner entre les mains du Français.

— Supposons que je déchire le bas d'une de ces feuilles, dit-il à Montbrun. Cela vous suffirait-il pour déterminer l'âge du papier ?

— Certainement. Mais ce serait plus facile si vous me donniez un bout de papier avec le filigrane.

— Montrez-moi le dossier, je vous prie.

André le feuilleta. A son immense soulagement, il put constater que le rapport de Hoepner se présentait bien tel qu'il se le rappelait. Le texte occupait seulement la moitié supérieure de la page.

— Encore une question, dit-il à Montbrun. Avez-vous une photocopieuse ?

— Naturellement.

— Supposons que je vous donne des échantillons de plusieurs rapports contenus dans ce dossier. Arriveriez-vous — à partir des photocopies — à déterminer avec certitude si on s'est servi de la même machine pour les taper ?

— Je pense que oui, répondit Montbrun. Ce ne serait pas idéal, mais si cela devait vous satisfaire, je ne vois aucun problème.

— Pour ma part, je m'estimerais satisfait. (André se tourna vers Gondrachov.) Qu'en dites-vous ?

Gondrachov haussa les épaules.

André se remit à feuilleter le dossier, comme s'il choisissait des feuilles au hasard. Outre le rapport de Hoepner concernant Laurent, il retint deux autres documents : l'un écrit juste avant, l'autre juste après. Montbrun l'emmena dans un bureau voisin, où se trouvait la photocopieuse. André cacha à l'aide d'une feuille blanche les dernières lignes des trois documents, afin de donner à l'expert des échantillons identiques et de ne pas photocopier le passage compromettant du rapport sur Laurent. L'opération terminée, il déchira la partie inférieure de la page qui l'intéressait et la donna à Montbrun avec les trois duplicata.

— Parfait, dit Montbrun. Voulez-vous que je vous appelle quand j'aurai le résultat ?

— S'il vous plaît.

Montbrun et les deux hommes remontèrent au rez-de-chaussée. Dans la rue, ils se serrèrent la main et se séparèrent. Vingt minutes plus tard, André montait l'escalier de service de l'immeuble de l'avenue Foch qu'il avait quitté une heure et demie auparavant. Quelques minutes après, il sortait de l'immeuble pour la deuxième fois de la soirée. Par-devant, cette fois.

18

André passa un autre dimanche à se morfondre en solitaire. Il mourait d'envie de voir Meredith. A plusieurs reprises, il faillit appeler l'Hôtel de l'Avenir pour savoir si elle était encore à Paris. Mais il se heurta chaque fois au même dilemme. Que pourrait-il lui dire pour la satisfaire ? Rien de plus que ce qu'il lui avait déjà dit. Et cela ne suffirait pas.

Il ne pouvait pas davantage faire signe à ses amis. Cela n'aurait pas été plus raisonnable que la semaine précédente. Il en était donc toujours réduit à prendre ses repas tout seul, dans des restaurants où il ne risquait pas de rencontrer des personnes de connaissance. Il appela Gondrachov pour l'inviter à déjeuner avec sa mystérieuse amie, mais n'obtint pas de réponse. A part sa visite à la Bibliothèque nationale, l'unique événement de la semaine avait été son dîner avec Paulette. André n'aurait su dire quel jeu jouait cette femme, mais elle était habile. Pendant le repas, il n'avait pu lui soutirer aucun renseignement.

A trois heures de l'après-midi — neuf heures du matin à New York — il appela Mike Paul à son domicile pour lui annoncer que les camélias fleuriraient probablement d'ici à quelques jours. « Une bonne devinette pour la D.G.S.E. ! », pensa-t-il avec satisfaction. A vingt heures précises, on annonça les résultats du premier tour de l'élection. Le candidat socialiste affronterait Camille Laurent au deuxième tour.

André se coucha à onze heures. Deux heures plus tard, il ne dormait toujours pas. Des images défilaient dans sa tête.

Il s'imaginait dans la cour de l'Élysée, annonçant au monde entier la stupéfiante nouvelle : Camille Laurent avait trahi pendant la guerre. En supposant que Montbrun eût terminé l'expertise dans la matinée, combien de temps faudrait-il pour monter l'émission ? Un jour ou deux, pas plus. Au milieu de la semaine — au plus tard — la « bombe » exploserait. Ensuite, le cauchemar commencerait pour André. Les feux de l'actualité se braqueraient sur lui. Qui lui avait fourni l'information ? Quelles étaient ses preuves ? Questions justifiées, certes, mais comment y répondre ? Leur parler de Shlomo ? De Gondrachov ? Impossible. On le pourchasserait, on l'assiégerait. Il n'aurait plus la paix. On l'accuserait certainement d'avoir agi pour le compte d'un gouvernement étranger. On le poursuivrait jusqu'à Varengeville, on violerait son sanctuaire... Sauf si Montbrun lui annonçait que le document était un faux. Cela vaudrait presque mieux. André verrait s'envoler l'un des plus grands reportages politiques du siècle mais, au moins, il préserverait sa tranquillité d'esprit.

Depuis qu'il s'était couché, André était resté allongé sur le dos. Il se tourna du côté droit. Cela lui rappela la réflexion de Meredith. Pourquoi continuait-il à dormir du même côté, des années après son divorce ? Qu'est-ce que cela signifiait ? Qu'il ne désirait pas vivre seul ? Si c'était le cas, il eût été préférable pour lui de ne pas en prendre conscience. De même, il eût été préférable pour Charles Houghton de ne jamais savoir que l'homme qu'il considérait comme son sauveur était en réalité le responsable de son malheur. Tout eût été bien mieux si, au départ, André n'avait pas reçu le coup de téléphone de Shlomo. André ne serait pas allé voir Houghton à Washington, ce qui aurait épargné bien des tourments au directeur adjoint de la C.I.A. Et André, de son côté, n'aurait pas rencontré Meredith Houghton, ce qui lui aurait évité toutes ces incertitudes.

A quoi servait le meilleur reportage du monde s'il n'apportait pas la sérénité ? La sérénité, on l'atteignait par l'introspection, en cherchant la réponse à certaines questions essentielles. Même si ces réponses étaient difficiles à trouver, le seul fait de les chercher procurait déjà un certain réconfort. C'était cela qu'André s'était promis de faire à Varengeville. Mais, cette nuit-là, Varengeville lui semblait à des milliers de kilomètres de Paris.

Montbrun téléphona le lendemain matin. Son verdict fut sans équivoque. D'après les échantillons, le dossier était un faux.

Sur le moment, André fut trop abasourdi pour poser des questions.

— Qu'est-ce qui vous fait dire ça ? demanda-t-il enfin.

— Le papier, répondit Montbrun. Les trois documents que vous avez photocopiés sont datés. Le premier est daté du 1er octobre 1943. Le troisième du 26 octobre 1943. Or votre échantillon de papier n'est certainement pas aussi ancien. Et il n'a en aucun cas été fabriqué pendant la guerre.

— Vous êtes catégorique ?

— Absolument. Le papier qu'on utilisait à l'époque contenait essentiellement des fibres mécaniques — et quelques fibres chimiques. Il ne pouvait pas contenir de fibres synthétiques, puisque celles-ci n'ont fait leur apparition en Europe que dans les années cinquante. Or votre échantillon présente des fibres synthétiques.

André attendit quelques instants avant de parler. Il craignait de ne pas contrôler sa voix.

— Autre chose ? dit-il.

— Une simple hypothèse. Rien de sûr.

— Je vous écoute.

— Les documents ont été écrits à Clermont-Ferrand, en 1943. Et ils sont rédigés en allemand. On pourrait en conclure que le papier a été fabriqué soit en France, soit en Allemagne. Apparemment, ce n'est pas le cas.

— Avez-vous une idée de sa provenance ?

— Sous toutes réserves, car nous n'avons pas souvent l'occasion d'expertiser des documents originaires des pays de l'Est. Mais l'un de nos chimistes se rappelle avoir eu entre les mains un papier présentant les mêmes caractéristiques que votre échantillon. C'était un papier fabriqué à Bratsk, en Sibérie.

Il fallut un quart d'heure à André pour se calmer après avoir raccroché. Incapable de rester en place, il se mit à arpenter la pièce. Le plus surprenant, c'était cette falsification grossière. Il se serait attendu à mieux de la part du

K.G.B. La manœuvre des Soviétiques était cousue de fil blanc : c'était bien eux qui détenaient les archives de la Gestapo. Aucun doute : les rapports et les télégrammes contenus dans le dossier Hoepner étaient authentiques... Sauf le rapport concernant Camille Laurent. Celui-là, on l'avait fabriqué de toutes pièces avant de le glisser parmi les autres documents.

Dieu merci, André avait exigé une expertise ! Il avait évité ainsi une catastrophe aux conséquences incalculables. Une fois diffusée, la nouvelle aurait causé des dégâts irrémédiables — même si, par la suite, on avait éventé la supercherie. Démentis et protestations d'innocence ne parviennent jamais à effacer complètement une accusation. Laurent aurait été diffamé. Et il aurait sans doute — injustement — perdu l'élection. Et Houghton ! Le malheureux avait déjà suffisamment souffert. Pour rien.

Mais, aux yeux d'André, le fait d'avoir exigé une expertise n'atténuait en rien ses responsabilités. Pas un instant il ne s'était posé la question de savoir s'il était manipulé par les Russes. Il aurait pourtant dû se demander par quel hasard il était tombé — quelques semaines avant les élections françaises — sur une information aussi extraordinaire, avec de tels prolongements politiques. En réalité, on s'était servi de lui. Les Russes avaient mis au point un plan compliqué pour lui faire croire qu'il tenait le reportage de sa vie. Dire qu'il avait failli être l'instrument des Soviétiques ! Cette idée le révulsait. Il détestait de tout son cœur leur système et ce qu'il impliquait : une vision totalement irréaliste de l'homme, une politique étrangère hypocrite, le recours cynique aux moyens les plus radicaux pour atteindre leurs objectifs.

Un seul élément ne trouvait pas sa place dans le puzzle : Shlomo. André ne pouvait croire que son vieil ami l'eût manipulé. Pourtant, c'était Shlomo qui lui avait fourni le tuyau et l'avait lancé sur la piste. Houghton avait-il vu juste ? A Washington, il avait dit à André que Shlomo le faisait peut-être marcher, que les Israéliens se cherchaient des amis. Sur Israël, Laurent avait des idées résolument gaullistes, contrairement au candidat socialiste. Mais quel lien y avait-il entre Shlomo et les Israéliens, d'une part, Gondrachov et les Russes d'autre part ? Les Soviétiques étaient les ennemis implacables de l'État hébreu depuis sa fondation — soit par antisémitisme viscéral, soit par désir de s'attirer les bonnes grâces du monde arabe au détriment des Américains, les plus fidèles alliés d'Israël. Les Russes et les Israéliens n'avaient aucune raison de coopérer subitement dans une opération de ce genre, quel que fût leur désir commun de voir Laurent perdre l'élection.

Dans l'après-midi, André alla au bois de Boulogne, dans l'allée connue sous le nom de « Paradis des chiens » (car ceux-ci pouvaient s'y ébattre en toute liberté). Il retrouva sur les lieux l'ambassadeur d'Israël en France, David Lavi, un homme qui parlait — outre un anglais oxfordien — vingt-deux langues. Non loin de là, trois agents israéliens armés formaient un discret triangle de protection. André parla à Lavi de la juive allemande qui avait travaillé pour la Gestapo et lui donna tous les renseignements qu'il voulait que l'ambassadeur transmette à Shlomo. Puis les deux hommes se serrèrent la main et se séparèrent.

Le soir, à neuf heures et demie, André — énervé, déprimé, à bout de patience — finit par céder à la tentation. Il appela l'Hôtel de l'Avenir. Meredith Houghton était bien inscrite sur le registre. Cette fois, elle n'était pas partie mais seulement sortie.

— Monsieur désirait-il laisser un message ? Non, pas de message. Au revoir, monsieur.

Clic !

A six heures du matin, le téléphone sonna. C'était Lavi.

— Désolé de vous réveiller, mon vieux, mais j'ai pensé que vous seriez impatient de savoir la suite. Nous pourrons nous rencontrer plus tard si vous voulez connaître les détails, mais je peux déjà vous dire l'essentiel. On a arrêté la personne en question hier soir. Elle a fini par parler il y a une heure. Elle jure que l'information est exacte, mais elle a avoué travailler pour les scélérats. J'ignore ce que va devenir votre reportage, mais nous vous devons une fière chandelle. Votre ami s'excuse platement. Il vous contactera bientôt.

Ainsi, c'était terminé. Shlomo s'était fait piéger comme lui. André n'en fut pas réconforté pour autant. Il acceptait la perte de temps, les milliers de kilomètres parcourus, le sommeil perdu, la tension nerveuse. Il finirait même peut-être par se pardonner d'avoir perturbé cruellement — et sans nécessité — la vie d'un autre homme. Mais il y avait une chose qu'il ne digérerait jamais : on s'était servi de lui. Et pas n'importe qui : un homme qu'il avait toujours traité en ami et à qui il avait rendu d'immenses services.

S'il avait été dix heures du matin, André aurait débouché une bouteille de champagne. Il avait lu quelque part que l'alcool, contrairement à l'opinion répandue, ne changeait pas l'humeur de celui qui en buvait. Au contraire, il entretenait — en l'accentuant — son humeur du moment. Ça tombait bien, c'était exactement ce que voulait André : se cuiter pour alimenter sa colère. Cela lui permettrait — en imagination, tout au moins — de réduire en bouillie Gennady Gondrachov.

— Espèce de salopard ! cria-t-il.

Nul ne pouvait l'entendre, mais il s'en moquait.

Il se leva, prépara du café et réfléchit à sa vengeance. Il allait consacrer un reportage à Gennady Gondrachov. Le spécialiste de la désinformation. L'agent du K.G.B. qui possédait une datcha, un court de tennis, une piscine et trois voitures — dont une Mercedes 450 SEL. Ce reportage causerait sa perte. Il l'avait dit lui-même à André, à Moscou, quand le journaliste avait abordé le sujet en plaisantant. Mais, cette fois, André irait jusqu'au bout. Cela mettrait définitivement Gondrachov hors d'état de nuire.

Pendant dix délicieuses minutes, André savoura son projet. Mais à mesure qu'il réfléchissait aux problèmes pratiques l'idée perdit de son attrait. Un tel reportage — outre qu'il serait mal vu des Russes — nécessiterait encore au moins deux voyages : l'un à Moscou, l'autre à New York. Au total, un mois minimum. Un mois qu'il ne passerait pas à Varengeville. Au fond, c'était peut-être *ça* la meilleure vengeance : partir en douce pour Varengeville, sans un mot d'explication. Gondrachov parviendrait peut-être — comme Shlomo — à se procurer le numéro de téléphone, mais André en doutait. Le Russe n'avait pas la classe de Shlomo. Bon sang, c'était une idée merveilleuse ! Gondrachov serait complètement paniqué ! Sa mission serait à l'eau ! Il serait convoqué au K.G.B., fusillé !

— Pan, t'es mort ! cria André, les mains crispées autour d'un revolver imaginaire.

Il éclata de rire, amusé de ses enfantillages et soulagé d'en avoir terminé.

D'ici vingt-quatre heures, il serait à Varengeville. Après ça, on pourrait toujours essayer de le faire sortir de sa retraite ! En attendant, il se mettait hors du jeu.

A huit heures et demie, André sortit acheter les journaux et s'installa dans un café. Il frissonna à la pensée des manchettes qui auraient fait la une de ces quotidiens, d'ici à un jour ou deux, s'il avait diffusé la nouvelle. Et que lui serait-il arrivé, à lui ? Il n'avait même pas envisagé cet aspect de l'affaire. On pouvait raisonnablement supposer que Laurent se serait disculpé sans trop de mal, ce qui aurait ruiné la carrière d'André.

A neuf heures, André téléphona à Gondrachov d'une cabine publique. Paulette lui répondit que le Russe était absent. Fallait-il la croire ? Peu importait, après tout. Au prix d'un gros effort, il déclara avec calme qu'il avait besoin de rencontrer Gondrachov le plus tôt possible.

— Il ne rentrera que ce soir, dit Paulette.

— Peut-on le joindre quelque part ? demanda André, sachant bien que c'était une question stupide.

— Malheureusement non. Il fait des essais sur route avec une Porsche.

En d'autres circonstances, André aurait éclaté de rire. Pas cette fois.

— Je rappellerai ce soir, dit-il.

A dix-huit heures, il eut enfin Gondrachov au bout du fil. Le Russe était manifestement d'excellente humeur.

— Allons-nous fêter votre triomphe ? s'enquit-il lorsque André demanda à le voir sans délai.

— Et comment ! répondit André.

Gondrachov hésita une fraction de seconde.

— Très bien, dit-il. Autant choisir un endroit approprié. Rejoignez-moi au Crazy Horse Saloon ce soir à onze heures et demie. Demandez M. Novotny.

Trente secondes plus tard, impulsivement, André appela l'Hôtel de l'Avenir. Cette fois, Meredith était dans sa chambre.

— M'accordez-vous une autre chance ? dit-il.

— Je vous accorde tout ce que vous voudrez.

Il ne voulut voir aucun sous-entendu dans cette réponse. Il constata simplement que Meredith, au ton de sa voix, paraissait aussi soulagée que lui.

— Recommençons à zéro, dit-il. Venez chez moi, nous irons au Chiberta.

Ils n'allèrent pas au Chiberta. Sitôt franchi le seuil, Meredith se retrouva dans les bras d'André. Ensuite, tout se passa le plus naturellement du monde. André s'était imaginé qu'il ne pourrait rien envisager avec la jeune femme tant qu'il ne lui aurait pas révélé toute l'affaire. Maintenant que son reportage était définitivement à l'eau, il était prêt à en passer par là. Mais leur union physique aurait eu l'air d'une concession réciproque s'il s'était expliqué au préalable. Meredith voulut-elle ainsi lui manifester sa confiance ? Toujours est-il que, cinq minutes après son arrivée, ils étaient couchés au milieu du lit. Une heure plus tard, André avait rajeuni de dix ans.

Tout en préparant le dîner — potage, omelette, salade et fromage — il raconta tout à Meredith. C'était comme s'il se libérait d'un poison inoculé dans son corps. Il n'omit aucun détail, ne garda rien pour lui. Plus il parlait, plus la jeune femme lui était proche. Chaque révélation tissait entre eux une trame de confiance. Le repas et le récit se terminèrent en même temps. Meredith se leva, tendit la main à André et l'entraîna vers le lit.

Ils firent l'amour encore deux fois, au grand étonnement d'André. Puis il dut se préparer pour son rendez-vous.

— J'espère que vous ne m'en voulez pas de ne pas vous emmener, dit-il en se rhabillant.

— Je ne vous en voudrai pas si vous me permettez d'attendre votre retour ici.

Il la regarda un long moment avant de répondre. Il avait l'impression de franchir l'invisible frontière d'un territoire où il n'avait encore jamais mis les pieds. Il lui fit une réponse délibérément ambiguë, pour lui laisser le choix :

— Vous pouvez rester aussi longtemps que vous voudrez.

19

Depuis 1951, le Crazy Horse Saloon est une véritable institution parisienne. C'est le premier endroit où se rendent les jeunes étrangers — surtout les Américains — dès qu'ils ont trouvé un hôtel. C'est un petit cabaret inconfortable, avec de minuscules tables serrées les unes contre les autres et disposées en gradins autour d'une scène réduite. Un bar est prévu au fond de la salle pour ceux qui ne veulent pas dîner. L'atmosphère est enfumée et le prix des consommations outrageusement élevé. N'importe : le Crazy Horse fait toujours le plein. La raison en est simple. A une époque où on démythifie le corps de la femme, le Crazy Horse lui rend sa séduction en le parant d'ombres. Comme en d'autres lieux, on peut voir des filles à l'anatomie parfaite, vêtues de tenues fort légères. Mais, ici, l'utilisation magistrale de l'éclairage ajoute du mystère à leurs poses ouvertement érotiques.

André était venu pour la dernière fois au Crazy Horse dix ans auparavant. Il y avait emmené le président de la chaîne, Frank Dudley, et sa très jeune seconde épouse, qui passaient leur lune de miel à Paris. C'était Dudley qui avait suggéré d'y aller. Le sexe le fascinait ; les correspondants de l'U.S.B.C. devaient en tenir compte quand leur patron était de passage dans leur ville. Pendant le spectacle, au moment où l'une des danseuses, suspendue à une barre fixe, mimait l'acte sexuel, André sentit un pied lui caresser le tibia. Très dicrètement, il observa les Dudley du coin de l'œil. Ils étaient absorbés dans la contemplation de la scène. André ne put déterminer si le pied baladeur appartenait au mari ou à la femme. Sans doute M. Dudley avait-il tout bonnement raté sa cible. A moins que... Mme Dudley avait fait de l'œil à André toute la soirée. Il ne devait jamais connaître le fin mot de l'histoire. Néanmoins, le récit de l'incident lui permit de briller dans les dîners. Ce fut son unique consolation.

Ce soir-là, en entrant dans le cabaret — à onze heures et demie précises — il songea qu'il n'était jamais allé au Crazy Horse de sa propre initiative. Mais c'était la première fois qu'un Russe lui donnait rendez-vous dans ce parangon de la décadence occidentale. André se délectait à la perspective d'observer les réactions de son ami.

Cinq heures plus tôt, il n'aurait pas imaginé pouvoir de nouveau considérer Gondrachov comme un ami. Mais l'intermède amoureux intervenu entre-temps l'avait rendu plus lucide. Il voyait maintenant le problème sous son véritable aspect : une conspiration, une manipulation, une partie de poker politique aux enjeux incalculables. Il ne devait pas en faire une question personnelle. Il comptait bien réprimander son ami — et comment ! — mais sans s'énerver pour autant. Car, en définitive, cette cruelle déception s'était révélée une véritable aubaine. Que valait un reportage — aussi sensationnel fût-il — à côté de la tendresse d'une belle femme ?

André demanda M. Novotny. On le conduisit aussitôt à une table d'angle, contre le mur, aussi éloignée que possible des projecteurs. Il n'en fut pas surpris.

— Ah ! André, mon ami, asseyez-vous, dit Gondrachov en lui indiquant un siège. Le spectacle va commencer. Tenez, prenez un peu de champagne..., à moins que vous ne préfériez du whisky ?

— Du champagne, très bien.

Gondrachov remplit la coupe d'André, puis leva la sienne.

— A votre succès !

Ils trinquèrent. A ce moment précis, les lumières déclinèrent. La musique de Louis Armstrong — un enregistrement grésillant — s'interrompit. Un pianiste, un joueur de guitare électrique et un batteur prirent le relais. Quelques instants plus tard, le projecteur qui éclairait le rideau pailleté de rouge s'éteignit. Un roulement de batterie retentit. Un avis lumineux apparut sur le rideau, annonçant — en français, en anglais et en allemand — que le spectacle allait commencer dans trente secondes. Une demi-minute plus tard exactement, le rideau s'ouvrit sur une rangée de filles portant des casques allemands de la première guerre peints en noir, des lanières de cuir noir entrecroisées sur le corps, des mitaines noires, des porte-jarretelles noirs ornés de roses en soie flétrie et des bottes en cuir verni noir. Elles avaient des talons plus ou moins hauts afin d'être toutes de la même taille. Des cataphotes de bicyclette rouge vif camouflaient leur sexe. Elles avaient les seins nus. Elles étaient uniformément minces et bien faites, et leurs sourires révélaient des dents régulières. Mais leurs sourires n'étaient pas convaincants. Tout en dansant, elles mimaient les paroles — en allemand, en français et en anglais — d'une chanson glorifiant les merveilles de Paris, capitale de l'amour. Malgré leurs efforts, elles n'arrivaient pas à suivre la musique. Le numéro terminé, le rideau se referma pour se rouvrir aussitôt sur un écran. On projeta alors un film montrant trois blondes nues en train de danser. Le générique défilait sur l'image. Les noms rivalisaient de préciosité : Moona Contralto, Diana Sensation, Sassy Staccato, Melba Parachute, Sherri Rainbow, Tricia Boogaloo... Seules ou par trois, les filles exécutaient leurs numéros, diverses variations sur un thème unique : l'éternelle séduction du corps féminin.

Gondrachov observait le spectacle avec une attention soutenue. Ravi, il riait et hochait la tête d'un air admiratif. Quand le nom de Tricia Boogaloo apparut en lettres lumineuses sur le rideau, il se tourna vers André et lui dit :

— Celle-là, c'est ma préférée. Vous allez voir.

Soudain, on entendit des grondements de tonnerre et des raclements de chaise. Puis les pans du rideau s'écartèrent et Tricia Boogaloo apparut. Son grimage et sa longue perruque de cheveux emmêlés n'altéraient même pas sa spectaculaire beauté. Ses lèvres charnues, ses narines palpitantes et ses pommettes hautes s'accordaient parfaitement au rôle qu'elle jouait. Celui d'une femme préhistorique, plus animal qu'être humain, enfermée derrière les barreaux d'une grotte. Elle portait pour tout vêtement un pagne minuscule. Accompagnée par la musique de *Working on a Chain Gang*, elle se mit à tournoyer et à glisser. Puis, à force de contorsions, elle se faufila à travers les barreaux.

— Profond, hein ? dit Gondrachov à André. Vous croiriez qu'elle est américaine ?

Une fois les lumières rallumées, le Russe fit signe à la

serveuse. Après quoi, il flirta avec une photographe incroyablement jolie qui allait de table en table pour prendre des photos de groupe.

— Vous devriez être sur la scène, pas dans la salle, lui dit-il avec son fort accent russe.

Elle sourit.

— Vous êtes trop aimable. Désirez-vous une photo ?

— Je préférerais votre numéro de téléphone.

— J'y réfléchirai. Et la photo ?

— Non, merci.

— Elle est prête en vingt minutes. Vous ne la payez que si elle vous plaît.

— Notre avenir me paraît compromis, lui dit le Russe en souriant. Moi, je ne veux pas de photo. Vous, vous refusez de me donner votre numéro de téléphone.

— Hélas !

Tandis que la photographe s'éloignait, la serveuse leur apporta une bouteille de champagne.

— Vous m'avez l'air tout à fait à l'aise, dit André.

Gondrachov approuva du chef.

— Je fais un usage constructif de la vie parisienne. Grâce à elle, j'ai un aperçu de la créature décadente que j'aurais pu devenir si je n'avais pas reçu une éducation marxiste-léniniste... Maintenant, mon ami, dites-moi tout. Parlez sans crainte : il y a tellement de bruit qu'on ne risque pas de vous entendre.

— Préparez-vous à une grosse déception. Votre petit jeu est terminé, Gennady.

Le cerveau embrumé par l'alcool, Gondrachov mit au moins deux secondes à enregistrer ces paroles. Son front se plissa. Il regarda André, les yeux voilés.

— Je ne comprends pas.

— Vous savez parfaitement que le dossier est un faux. Je le sais aussi — depuis peu. Montbrun m'a appelé hier matin. L'échantillon de papier ne date que de dix ans. (André secoua la tête.) Franchement, les gars, vous me décevez. Je vous croyais plus forts que ça.

Gondrachov ne répondit pas. Abasourdi, il fixa André. Il porta les mains à son visage et se massa le front. Puis il regarda de nouveau André, comme s'il espérait trouver une explication dans les yeux du journaliste. Devant cette réaction, André éprouva une certaine gêne. Il n'avait jamais vu le

Russe dans un tel désarroi. Le visage de Gondrachov exprimait des sentiments inhabituels chez lui : gravité, conviction, désespoir sincère. En outre, il n'avait pas du tout l'air de jouer la comédie. André s'en trouva d'autant plus mal à l'aise.

— Il m'est arrivé de vous mentir dans le passé, dit enfin le Russe. Je le reconnais. Mais, cette fois, je ne vous mens pas. André, écoutez-moi. *Le dossier est authentique.* Quand nous avons compris que Laurent avait des chances d'être élu, nous avons mis sur ordinateur tout ce que nous possédions sur lui dans nos archives. Et nous sommes tombés sur ce dossier. On m'a alors demandé conseil pour faire parvenir l'information à la presse occidentale de manière crédible. J'ai aussitôt songé à vous. Croyez-moi si vous voulez, mais j'ai pensé vous rendre service en vous offrant la matière d'un grand reportage. Je regrette maintenant de ne pas être allé vous trouver directement. J'ai trop finassé. Mais je vous le répète, André : le dossier est authentique. Croyez-moi, vous ratez le plus gros scoop de votre carrière. Laissez-moi vous poser une question. Si je vous prouvais de manière irréfutable que le dossier n'est pas un faux, que feriez-vous ? Laisseriez-vous tomber, sachant que Camille Laurent a trahi son pays ?

André avait écouté Gondrachov avec une panique grandissante. Il était en proie à une terrible incertitude. Et si le Russe disait la vérité ? En tout cas, un fait demeurait : André avait été manipulé par les Soviétiques. Et il jugeait cela inacceptable.

— Soyez gentil, Gennady. Allez fourguer votre histoire à *France-Soir.*

Un étau se referma sur son bras.

— Ne vous défilez pas ! (Les doigts de Gondrachov resserrèrent leur étreinte, au point qu'André sentit son bras s'engourdir.) Laisseriez-vous tomber l'affaire, si vous saviez le dossier authentique ?

Il n'avait pas envie de répondre, mais il n'avait jamais vu Gondrachov dans cet état. Le Russe était fébrile. Son visage ressemblait à une plaie béante. Par ailleurs, la question était purement théorique. Malgré l'ardeur du Russe à le convaincre, malgré sa propre incertitude, André ne le croyait toujours pas.

— Non, sans doute pas, répondit-il enfin.

— Il me faut donc vous convaincre, murmura Gondrachov d'un ton pensif. Dites-moi, qui vous a indiqué Montbrun ?

— Personne. Je l'ai trouvé tout seul.

— En avez-vous parlé à quelqu'un ?

— Non.

— Même pas à Houghton ?

La question fit à André l'effet d'un direct à la mâchoire.

— Comment êtes-vous au courant ?

— Nous vous surveillons depuis le début. Répondez-moi : en avez-vous parlé à Houghton, oui ou non ?

Ainsi, on le surveillait ! Deuxième direct à la mâchoire — encore plus rude que le premier.

— Alors ? s'impatienta le Russe.

— Je ne lui ai absolument rien dit au sujet de Montbrun.

— Mais encore ? Répétez-moi exactement ce que vous lui avez dit.

André sentit la moutarde lui monter au nez.

— Pourquoi diable ?...

— Bon sang, mon vieux, nous devons savoir si vous vous êtes fait piéger ou pas. Plus exactement : moi, je sais que vous vous êtes fait piéger. Et j'essaie de comprendre comment. Ça devrait vous intéresser aussi.

Il avait raison, André dut le reconnaître.

— Houghton était effondré, dit-il. Il m'a demandé si je comptais faire vérifier l'authenticité du dossier...

— Vous lui en avez donc parlé ?

— Naturellement.

— Lui avez-vous dit que le dossier allait arriver en France ?

— Oui.

— Et vous lui avez promis de prendre toutes les mesures nécessaires pour établir l'authenticité du document ? C'est bien ça ?

— En effet.

— Avez-vous précisé vos intentions ?

— Non.

— Que lui avez-vous dit ? Répétez-moi vos paroles exactes.

— Je ne m'en souviens pas.

— Bien sûr que si. Vous êtes journaliste, crénom ! C'est un métier qui exige de la mémoire.

— Pour l'amour du ciel, Gennady...

— *Réfléchissez !*

André ferma les yeux. Il se revoyait avec Houghton, sur les Champs-Élysées. Il entendait les questions de Houghton, mais pas ses propres réponses. Pourquoi ? Ne les entendait-il pas ? Ou ne voulait-il pas les entendre ?

— Je ne me rappelle pas les mots exacts. Ce qui est sûr, c'est que j'ai essayé de le tranquilliser. J'ai dû lui dire que j'avais choisi le meilleur expert...

Il prononça les derniers mots d'une voix sourde, presque inaudible. Il n'eut pas besoin de voir l'expression atterrée de Gondrachov pour comprendre ce qui s'était passé. Il entendit le Russe murmurer :

— C'était un indice suffisant, André.

Dans un instant d'illumination, André comprit tout. Charles Houghton avait trouvé Montbrun par le même biais que lui : en demandant quel était l'expert français le plus qualifié pour vérifier l'authenticité de vieux documents. Ensuite, il avait persuadé Montbrun — en lui graissant la patte, peut-être — de suivre ses instructions. Pourquoi ? Parce que le gouvernement américain souhaitait l'élection de Laurent. La loyauté l'avait emporté sur les considérations personnelles. Et Houghton avait tenu parole : il n'avait dit à personne que le dossier arrivait en France. Il avait réglé l'affaire tout seul. André, lui, avait fait une bourde colossale. Eût-il été le meilleur acteur du monde, il n'aurait pu cacher sa consternation à Gondrachov.

— Désolé, Gennady. J'ai vendu la mèche.

Gondrachov soupira.

— Vous n'êtes pas entièrement responsable, mon vieux. J'ai trop finassé.

— Vous m'avez vraiment fait surveiller ?

Gondrachov hésita un moment avant de répondre, comme s'il était la proie d'un débat intérieur.

— Autant que vous le sachiez, dit-il enfin. La D.G.S.E. vous surveille aussi, depuis l'expédition de Houghton à Clermont-Ferrand.

En définitive, ce n'était pas une partie de poker. C'était un tournoi d'échecs. Et lui, André, était un pion. Houghton le faisait-il surveiller, lui aussi ? Probablement. Il se sentit soudain physiquement menacé, pris au milieu d'une lutte opposant les trois services secrets. Il jeta un coup d'œil nerveux autour de la salle, essayant de repérer d'éventuels espions.

— Ne vous en faites pas, dit Gondrachov. Ici, vous êtes tranquille. Des agents de la D.G.S.E. vous ont suivi, mais ils attendent dehors.

— Comment le savez-vous ?

— J'ai un homme à la porte. Si les autres étaient entrés, je vous aurais fixé un nouveau rendez-vous et je serais parti aussitôt.

André se tassa sur sa chaise et essaya de faire le point de sa situation.

— Si je comprends bien, vous aviez prévu toute cette foutue histoire dans ses moindres détails ?

— Pas toute l'histoire, mon vieux. Nous n'avions pas prévu que Houghton irait à Clermont-Ferrand.

— Mais Shlomo ? Et mon voyage à Clermont-Ferrand ? Et ma visite au boulanger ?

— Nous n'étions pas certains que Shlomo vous appellerait. Cependant, compte tenu de vos rapports privilégiés, ça valait le coup d'essayer. Et si Shlomo vous contactait, c'était évident que vous iriez à Clermont-Ferrand pour vérifier l'information. Quant au boulanger, nous l'avons trouvé en effectuant notre contrôle de routine sur Laurent. C'est un membre du Parti ; il a accepté de nous aider. Il déteste Laurent.

— Vous croyez donc sincèrement que Camille Laurent a collaboré avec la Gestapo pendant la guerre ?

— Ça ne fait aucun doute, mon vieux. (Gondrachov eut un petit sourire.) La grosse question est de savoir ce que vous allez faire maintenant que vous le savez aussi.

— Si je ne fais rien, que vous arrivera-t-il ?

Le Russe haussa les épaules.

— Je me ferai taper sur les doigts, je suppose. Rien de bien grave. A Moscou, certaines personnes ne m'aiment pas, mais j'ai des amis... haut placés, disons. Je m'en tirerai sans trop de bobos.

Pour la première fois depuis qu'André le connaissait, Gondrachov venait d'ôter son masque. Il ne jouait plus les journalistes indépendants au service de la presse occidentale. Les « amis haut placés » auxquels il faisait allusion étaient certainement le premier secrétaire et certains membres de son entourage.

— Alors ? dit Gondrachov. Votre décision ?

André ne supportait pas l'idée de servir les objectifs de l'Union soviétique. Mais il avait beau chercher, il ne voyait pas comment contourner cet obstacle. D'ailleurs, si l'histoire était vraie, avait-il le choix ?

Apparemment, Gondrachov avait deviné ses pensées.

— Ne vous torturez pas l'esprit, mon vieux, dit-il. S'il y a bien un point sur lequel nous pouvons tomber d'accord, c'est que les nazis étaient des gredins. Beaucoup d'Américains sont morts en se battant contre eux. Et cette guerre est la plus grande calamité qui se soit jamais abattue sur le peuple russe. Vingt millions de morts, André. Vingt millions ! Est-ce donc si répréhensible de nous entendre sur le fait qu'un homme qui a aidé les nazis était un salaud ?

André ferma les yeux. Les bruits de la salle remplissaient sa tête : le grondement des voix, le tintement des verres, la musique disco... La fumée du tabac se mêlait à l'odeur de désinfectant en provenance des toilettes. Quelle dégoûtante atmosphère ! Il aurait donné n'importe quoi pour être à Varengeville, pour humer à pleins poumons l'air marin et le parfum des fleurs de pommiers. S'il renonçait au reportage, il pourrait être là-bas le lendemain. Avec Meredith.

Meredith ! Seigneur, qu'allait-il lui dire ? Il s'était confié à elle, croyant que l'affaire était un canular et qu'on n'en parlerait plus. Mais, apparemment, ça repartait de plus belle. Pour tout compliquer, le père de Meredith était un élément de l'histoire. Et aussi un élément du problème.

André ne s'était jamais senti aussi désemparé. Il n'arrivait pas à se décider. Soudain, il éprouva le besoin impérieux, jamais encore ressenti, de se confier à quelqu'un.

Il rouvrit les yeux et regarda Gondrachov.

— Il faut que je rentre, dit-il. Je vous appellerai dans la matinée.

Après le départ d'André, Gondrachov se réprimanda intérieurement. Quel imbécile il avait été ! Comment avait-il pu s'emballer ainsi ? Il avait commis une erreur en croyant qu'André — un professionnel reconnu — ne parlerait à personne du dossier, afin de protéger son scoop. Non seulement il n'avait pas gardé le secret, mais il avait prévenu le directeur adjoint de la C.I.A. ! Quels sentimentaux, ces Américains ! Ils finiraient par avoir sa peau.

En l'occurrence, ce n'était pas simplement une expression imagée. Gondrachov était conscient d'avoir mal manœuvré. Il n'aurait jamais dû compter sur le silence d'André. C'était évident que le journaliste se confierait à Houghton, le mieux placé pour consacrer au problème toutes les ressources d'un service d'espionnage.

Gondrachov était conscient d'avoir commis une erreur encore plus grave. Il s'était montré en public avec André avant la conclusion de l'affaire. Il avait fêté son succès prématurément. C'était dû à sa faiblesse : il aimait se payer du bon temps. Et sa faiblesse était due à l'influence corruptrice des pays capitalistes. Il avait pris les précautions d'usage, mais peut-être n'étaient-elles pas suffisantes. A présent, il lui faudrait redoubler de prudence. « Fini de rire », comme disaient les Français.

Effectivement, Gondrachov n'avait pas pris assez de précautions. Les agents français qui filaient André n'étaient pas entrés au Crazy Horse parce qu'ils y étaient trop connus. Ils ne voulaient pas se faire repérer. Ils étaient donc allés trouver la ravissante photographe, qui travaillait régulièrement pour le Crazy Horse et pour d'autres boîtes du quartier. Ils lui avaient montré une photo d'André, en lui demandant de le photographier avec son compagnon. La jeune femme — qui rendait fréquemment ce genre de service à la D.G.S.E. — n'avait eu aucune difficulté à remplir sa mission, malgré le refus prévisible de Gondrachov. En prenant ses photos de groupe, elle s'était arrangée pour avoir les deux hommes plusieurs fois à l'arrière-plan. Après quoi, elle avait exécuté un tirage supplémentaire de chaque cliché, en isolant les deux personnages intéressants.

Une demi-heure après que la photographe eut remis les épreuves aux agents, la photo de Gondrachov était projetée sur un écran dans un bureau spécial de la D.G.S.E. Une demi-heure plus tard, grâce aux milliers de signalements stockés dans les ordinateurs de la D.G.S.E., l'identité du Russe était établie. Quelques minutes plus tard, Pierre Gauthier — le numéro trois de la D.G.S.E. — conférait avec Camille Laurent.

20

André rentra chez lui à deux heures passées. Il se faufila dans l'appartement, retira ses chaussures et entra dans la chambre sur la pointe des pieds. Meredith dormait, du côté droit du lit.

André se déshabilla rapidement et se glissa près d'elle, afin de sentir la chaleur de son corps. Il eut envie de la réveiller, de la serrer contre lui fort. Et, surtout, de se blottir dans ses bras. Il avait besoin d'être rassuré, de sentir qu'il n'était pas seul. Jamais encore il n'avait ressenti — consciemment, du moins — un tel besoin. Mais ce qui le déroutait le plus c'était cette envie de chercher protection auprès d'une femme qui avait vingt ans de moins que lui et qu'il ne connaissait pratiquement pas.

Un jour, à l'époque où il était dans la marine, il était tombé par-dessus bord, dans la mer houleuse, alors qu'il aidait à amarrer deux bateaux en vue d'un transbordement d'hommes et de marchandises. Cela remontait à quarante ans, mais il voyait encore les immenses coques grises se heurter au-dessus de sa tête. Il sentait encore la brûlante douleur dans ses poumons tandis qu'il s'éloignait des navires en nageant sous l'eau pour ne pas être écrasé. En cet instant, il éprouvait une sensation assez comparable. Il était submergé, ballotté de tous côtés, au bord de la panique. Pendant des années, il avait traqué les autres. Et voilà que, soudain, c'était lui qu'on traquait. Comme dans les dessins animés qui le faisaient rire dans son enfance : au début, les chasseurs poursuivaient les fauves, puis la situation s'inversait.

En l'occurrence, il ne s'agissait pas d'un dessin animé. Et ce n'était pas drôle.

Il avait connu le désarroi. La peur, même. Mais il n'avait encore jamais éprouvé ce besoin irrépressible de s'appuyer sur quelqu'un. Qu'est-ce que Meredith avait dit au sujet de son père ? « Il ne nous a jamais donné tout ce qu'il avait à donner. » Cela rappela à André un superbe roman qu'il avait lu autrefois : *les Larmes de l'automne.* C'était l'histoire d'un agent de la C.I.A. qui aimait énormément sa femme, mais seulement lorsqu'il était avec elle ; dès qu'il était en mission, elle cessait d'exister pour lui. André avait-il été ainsi ? Cachottier, oui ; sa profession l'exigeait. Mais distant... Était-ce cela qui avait cloché avec Katie, et avec les enfants ? Avait-il été réellement disponible, quand il était à la maison ? Ou bien ressemblait-il à ces célibataires mariés qui gonflaient les rangs des correspondants à l'étranger : des responsables de famille qui n'aimaient rien tant que d'être en mission loin de chez eux, seuls dans une capitale étrangère ? « A ce que je vois, vous travaillez plus ou moins dans la même branche », avait dit Meredith, comparant l'attitude distante d'André à celle de son père. « J'en suis profondément navrée », avait-elle ajouté. Autrement dit : s'ils devaient un jour bâtir quelque chose ensemble, il faudrait que ce soit sur d'autres bases.

Mais lesquelles ? Que désirait-elle ? Certainement pas des « informations ». De la confiance. Tout ou rien. Pas de demi-mesures.

Depuis sa mère, André n'avait jamais rencontré une personnalité aussi forte. Mais les deux femmes ne faisaient pas du tout le même usage de leur force. Sa mère était dominatrice. Elle imposait sa volonté. Meredith, elle, voulait être traitée en égale. Elle était volontaire mais féminine, comme ces femmes à qui *Time* avait consacré — outre sa couverture — un article de fond. Ces femmes faisaient de l'aérobic et soulevaient des haltères, mais elles étaient plus souples que musclées. « Le nouvel idéal de beauté ! » avait proclamé *Time* en couverture. N'était-ce pas aussi un nouvel idéal d'égalité ? S'opposer à l'homme, si nécessaire, pour faire valoir son point de vue : être une personne à part entière et non le simple reflet de l'homme. Maintenant qu'André se trouvait entraîné dans une aventure avec une femme de ce type, il se demandait s'il avait jamais offert cette possibilité à une femme — y compris à Katie. C'était sa vie *à lui* qui avait déterminé *leur* vie. Était-il disposé à changer d'attitude ? Que s'était-il passé depuis le départ de Katie ? Il était resté célibataire. Un célibataire actif, certes, mais apparemment incapable de trouver une femme pour occuper à titre permanent l'autre côté du lit. Et Varengeville ! Que penser d'un homme qui voulait se retirer de la circulation pendant un an pour vivre en solitaire dans une maison de campagne ? En quoi un appartement ou une maison vides étaient-ils différents d'une chambre d'hôtel vide ? Avait-il donc craint quelque chose durant toutes ces années ? Quoi donc ? L'intimité ? Était-il prêt maintenant à y faire face ? Et à accepter une femme indépendante ?

Lorsqu'il se réveilla, Meredith l'observait. Il lui tendit les bras.

— Serrez-moi contre vous, dit-il.

Il la serra lui aussi, très fort, écoutant sa respiration, humant son parfum. Au bout de cinq minutes, il promena sa main le long du dos de Meredith. Les contours ne lui étaient pas encore familiers. Ils firent l'amour, et ce fut comme si le temps s'arrêtait. Rien d'autre n'exista pour lui en dehors de cette femme et de leur union physique. Il lui sembla qu'elle atteignait l'orgasme en même temps que lui. Il la regarda, les yeux dans les yeux, en essayant de trouver une réflexion digne de cet instant.

— C'était marrant, dit-elle.

Il éclata de rire. Puis il se demanda si elle avait dit cela pour l'empêcher d'être trop solennel.

Vingt minutes plus tard, alors qu'il s'habillait après sa douche, Meredith sortit de la salle de bains. Nue, la peau rougie par l'eau chaude, elle s'essuyait les cheveux. Ce spectacle cloua André sur place. Elle était mince sans être maigre ; son corps, ferme, n'était pas pour autant athlétique. Elle surprit son regard et s'offrit en souriant à sa contemplation. Au bout d'un moment, il secoua la tête, conscient du contraste qui existait entre eux.

— A quoi pensez-vous ? dit-elle.

— Je ne comprends pas ce que vous faites là.

Elle s'avança et lui noua les bras autour du cou.

— J'apprends à connaître un homme fascinant.

— Mais... vous ne savez rien de moi.

— Je sais que vous avez de la délicatesse.

— Comment le savez-vous ?

Meredith sourit et lui caressa la joue.

— Il y a deux catégories d'hommes, mon amour. Les sans-gêne, qui ne baissent pas le siège des W.-C. après s'en être servis. Et les attentionnés, qui le rabattent pour les femmes qui suivront. Je ne pourrais pas m'attacher à un homme qui laisserait le siège levé. Mais j'ai constaté avec soulagement que vous apparteniez à la seconde catégorie.

Il rit, heureux de constater qu'elle savait l'égayer. Il décida de ne lui raconter son entrevue avec Gondrachov qu'après le petit déjeuner, afin de savourer encore sa présence dans des conditions normales. Ils disposèrent la cafetière et l'assiette de croissants sur une petite table, devant la fenêtre. Des péniches naviguaient sur la Seine. Chacune d'elles constituait un univers miniature, autonome : cabines décorées de pots de fleurs, chiens allongés sur le pont, linge claquant au vent... C'était ce genre d'univers qu'André désirait pour lui. Un univers de choses simples et familières : s'asseoir tous les matins devant cette fenêtre, face à cette belle jeune femme, et regarder les péniches en buvant son café.

Il lui raconta alors son rendez-vous de la veille au soir. Elle l'écouta en silence, sans manifester la moindre émotion. Pourtant, les faits semblaient indiquer que son père et son nouvel amant étaient sur le point de s'affronter dans une lutte aux énormes conséquences.

— Et maintenant, conclut André, je dois compter avec vous.

Meredith secoua la tête.

— Non, non. Je n'entre pas en ligne de compte. Faites comme si nous ne nous étions jamais rencontrés.

— Merci.

Après un moment de silence, il reprit :

— Je ne sais pas encore très bien ce que je dois faire. C'est un véritable dilemme moral.

— Pourquoi ?

— Parce que, d'une certaine manière, je fais le jeu des Russes.

— Feriez-vous ce reportage si les Russes n'étaient pas dans le coup ?

— Sans hésiter.

— Donc — en supposant que le dossier soit authentique — c'est un reportage valable ?

— Sans aucun doute.

— Dans ce cas, je ne vois pas le problème. La seule question est de savoir si vous avez envie de continuer.

— Vous, qu'en pensez-vous ?

— Je n'ai pas à donner mon avis.

— *Voulez-vous* que je continue ?

— Est-ce important pour vous ?

— Je crois, oui.

Elle réfléchit quelques instants avant de répondre :

— Alors... oui. Si c'est votre désir, je veux que vous continuiez.

— Malgré votre père ? Il cherche manifestement à me mettre des bâtons dans les roues.

— Vous n'en êtes pas certain.

— J'ai tout lieu de le croire.

— Dans ce cas, il y a effectivement dilemme moral. (Elle se mordilla la lèvre d'un air pensif.) Quand il est venu à Paris, ce n'était plus le même homme. Vous l'avez certainement remarqué, vous aussi.

— Je ne le connais pas suffisamment pour ça.

— Il vous a quand même paru changé, par rapport à la première fois ?

— Totalement.

— Vos révélations l'ont peut-être déboussolé. Il est proche de la retraite...

— C'est ce que je pensais. A votre avis, comment réagirait-il s'il savait la vérité ?

— Pourquoi cette question ?

— Parce que, s'il a contacté Montbrun, celui-ci lui a certainement dit la vérité.

— Quelles que soient les circonstances, papa fera son devoir. Il fait passer son pays avant tout.

— Mais quelle est sa notion du devoir ? Obéir aux ordres ou agir selon sa conscience ?

— Tout le problème est là.

André secoua la tête.

— Il y a un autre problème. Où trouver un homme de confiance pour établir l'authenticité du dossier ?

— Je peux peut-être vous aider, dit Meredith.

Il la regarda, surpris.

— De quelle manière ?

— Je pourrais me renseigner dans les galeries pour

avoir l'adresse d'un expert en tableaux. Cette personne pourrait certainement m'indiquer un spécialiste des livres anciens et des vieux documents. Ce genre de spécialiste devrait être capable d'authentifier le dossier, vous ne pensez pas ?

— Si, certainement. Même l'expert en tableaux ferait l'affaire. Le point important, c'est l'âge du papier. Or ces experts sont amenés à examiner des aquarelles, vous êtes d'accord ? Et les aquarelles, ça se peint sur du papier ?

— Oui aux deux questions.

— Vous pourriez vous en occuper dès aujourd'hui ?

— Sans problème.

C'était une solution bien tentante. Lui, on le surveillait. Meredith, elle, était libre de ses mouvements. Quoique... Était-ce bien sûr ? La D.G.S.E. la faisait peut-être suivre. A cause de ses liens avec André. Et parce qu'elle était la fille de Houghton : les agents de la D.G.S.E. le savaient sûrement, puisqu'ils les avaient filés jusqu'à Clermont-Ferrand.

— Qu'y a-t-il ? s'enquit Meredith, voyant la mine soucieuse d'André.

— Je ne veux pas vous causer d'ennuis.

— Quel genre d'ennuis ? J'ai bien le droit d'aller faire ma tournée quotidienne des galeries d'art pour tâcher de découvrir de jeunes artistes.

Elle avait raison. Si elle prenait suffisamment de précautions, la D.G.S.E. ne verrait rien de louche dans ses démarches.

— Ça peut marcher, dit-il.

— Ça marchera.

— Et vous êtes disposée à le faire ?

— Bien sûr. Qu'est-ce qui m'en empêcherait ?

— D'une certaine manière, vous agirez contre votre père.

— Ce n'est pas certain. Nous ne savons pas ce qu'il mijote.

— C'est vrai.

— Commençons déjà par déterminer si le dossier est authentique. Après, nous aviserons.

Il la suivit des yeux par la fenêtre. Elle longea le quai d'Orléans et traversa le pont de la Tournelle pour gagner la rive gauche, laissant Notre-Dame sur sa droite et le Mémorial aux victimes de l'Holocauste sur sa gauche. Elle marchait à grandes enjambées, avec grâce. André l'aurait repérée à cent mètres dans une foule de piétons.

A quarante mètres de la porte de son immeuble, deux hommes attendaient dans une voiture. Des agents de la D.G.S.E., sans aucun doute. Ils ne bougèrent pas lorsque Meredith passa près d'eux. Mais ils l'observèrent avec attention. Peut-être allaient-ils demander par radio à un de leurs collègues de prendre en filature une grande femme blonde, typiquement américaine, mince et belle (ils détailleraient le signalement), qui marchait à grandes enjambées. André eut un bref pressentiment. En partageant son secret avec Meredith pour gagner sa confiance, il s'était montré imprudent et égoïste. S'il lui arrivait quelque chose par sa faute, il ne se le pardonnerait jamais.

Il chassa bien vite cette pensée de son esprit. A présent, c'était à lui d'agir. En supposant que Meredith arrivât à trouver un expert, il devait contacter Gondrachov pour se faire remettre le dossier.

Il traversa le pont de la Tournelle et se dirigea vers la cabine téléphonique qu'il utilisait quand il ne voulait pas appeler de chez lui. L'homme qui occupait la cabine en sortit à l'instant où André arrivait. André décrocha le combiné. Au moment de mettre une pièce, il vit un bout de papier collé sur la fente de l'appareil. C'était un message rédigé en anglais. André eut un frisson en constatant qu'il lui était destiné:

> Si vous voulez réussir dans ce métier, apprenez d'abord qu'on ne doit jamais utiliser plus de deux fois la même cabine téléphonique, surtout quand on risque d'être surveillé. Une cabine publique peut se mettre sur écoute aussi facilement qu'une ligne privée. Faites semblant de téléphoner, puis raccrochez comme si la ligne était occupée. Allez ensuite dans un café, commandez un express et appelez le numéro habituel. Détruisez ce message.

André suivit les instructions, convaincu d'être entré dans un autre monde. Pas moyen de faire marche arrière ni d'abandonner. Puisque Meredith travaillait pour lui, il ne pouvait faire moins que de remplir son rôle jusqu'au bout.

Si Gondrachov était anxieux, il n'en laissa rien paraître. Sa voix était toujours aussi mesurée, son humeur aussi égale.

— Avez-vous du papier et un crayon, mon vieux ? Parfait ! Comme je dois m'absenter après ce coup de fil, il vaut mieux que vous preniez tout par écrit. Donc, en supposant que Mlle Houghton parvienne à trouver un expert...

— Un instant ! l'interrompit André. Comment avez-vous ?...

— C'était évident qu'elle vous aiderait, mon vieux. Elle a de la ressource.

Ils savaient de quelle cabine il donnait ses coups de téléphone confidentiels. Ils savaient qu'il voyait Meredith. Ils savaient tout sur elle. Qu'ignoraient-ils donc ? Et lui, André, pourquoi travaillait-il avec eux ? De nouveau, ses doutes remontèrent à la surface. L'envie le prit de raccrocher, d'aller chercher Meredith et de fuir avec elle en Normandie. Mais la voix calme et assurée de Gondrachov eut sur lui un effet apaisant.

— Demain matin, à dix heures, Mlle Houghton ira à l'American Express, rue Scribe, comme si elle passait prendre son courrier. Elle ira ensuite au Café de la Paix, où elle aura donné rendez-vous à son expert. Ils prendront un café. Après, ils entreront dans le hall du Grand Hôtel, juste à côté, et ils iront aux toilettes chacun de leur côté. Mais, avant, Mlle Houghton indiquera à l'homme le numéro d'une chambre : 522. En sortant des W.-C., ils monteront séparément dans la chambre. L'homme d'abord. Mlle Houghton cinq minutes après.

— Que se passera-t-il dans la chambre 522 ?

— Votre expert établira l'authenticité du dossier.

— Mais il lui faudra des microscopes, des produits chimiques, des lampes spéciales...

Gondrachov prit le ton d'un professeur réprimandant un élève lent d'esprit :

— Il trouvera tout sur place, mon vieux.

L'inflexion ironique n'échappa point à André.

— Et moi ? dit-il enfin. Je n'y serai pas ?

— Impossible, ce serait vendre la mèche. Les autres ne vous quittent pas d'une semelle.

— Et elle, ils ne la suivent pas ?

— A notre connaissance, non. Les quelques arrêts prévus demain matin avant l'arrivée à l'hôtel nous permettront d'en avoir le cœur net. Nous ne les perdrons pas de vue, ni l'un ni l'autre. A ce propos, prévenez-nous dès que vous saurez qui est l'expert. Vous n'aurez qu'à donner son nom à Boris. Des questions ?

— C'est Mlle Houghton qui me communiquera le résultat, je suppose ?

— En effet. Cela vous suffira, non ?

— Provisoirement. Il me faudra assez vite une attestation.

— Sur ce point, arrangez-vous avec l'expert.

— Autre question : qu'adviendra-t-il du dossier ?

— Ha, ha ! Mystère.

— Pourrai-je en disposer quand j'en aurai besoin ?

— J'y veillerai.

Tout paraissait en ordre. Ce n'était pas parfait, mais ça irait. Néanmoins, André était anxieux.

— Gennady, je voudrais que vous me répondiez franchement à une question. Est-ce trop vous demander ?

— Essayez toujours.

— Mlle Houghton court-elle le moindre danger ?

— Peut-être, dit le Russe sans hésiter. J'ai toutes les raisons de croire que le plan se déroulera comme prévu, mais on ne sait jamais. Cette jeune femme vous plaît, dirait-on ?

— Je ne veux pas qu'il lui arrive quelque chose, c'est tout.

— Je ne peux rien vous promettre, André. Il vous faudra voir ça avec elle.

C'était une réponse honnête. Il ne pouvait demander davantage. Brusquement, il s'inquiéta du sort de Gondrachov.

— Et vous, Gennady, êtes-vous en danger ?

Silence presque imperceptible. Puis :

— Ce sont les risques du métier, mon vieux.

Avant de rentrer, André décida de faire quelques courses. Si Meredith rentrait avant le déjeuner, elle aurait ainsi de quoi manger; sinon, André pourrait rester chez lui pour l'accueillir. Il entra d'abord dans une charcuterie. Des volailles cuisinées et des poissons artistement décorés voisinaient avec des œufs en gelée, des pâtés de vingt sortes différentes, des terrines, des salades, des fromages et des desserts. Dans cette atmosphère capiteuse, André sentit sa tension diminuer, comme si toutes ces victuailles exposées l'empêchaient de penser à autre chose qu'à sa faim. Pour la première fois depuis qu'il vivait en France il comprit l'effet équilibrant que pouvaient avoir sur les Français les plaisirs de la table.

Lorsque son tour arriva, il acheta du pâté de campagne, du poulet froid et du chèvre — ce fromage que les Français sont apparemment les seuls à pouvoir réussir. André s'arrêta ensuite dans une boulangerie pour acheter du pain de campagne. De nouveau, les bonnes odeurs l'assaillirent. Mais, cette fois, elles eurent l'effet inverse. En lui rappelant qu'il avait faim, elles réveillèrent du même coup son anxiété.

Sitôt rentré chez lui, il prépara le déjeuner. Puis il attendit, l'estomac dans les talons, espérant que Meredith n'allait pas tarder. A deux heures, elle n'était toujours pas là. N'y tenant plus, André mangea seul.

Il était dans tous ses états quand, à cinq heures, Meredith arriva enfin. A son expression, il comprit tout de suite qu'elle avait réussi. Un masque n'aurait pas pu dissimuler son plaisir.

Elle avait trouvé l'homme de la situation. Il s'appelait Jules Roget et était expert en tableaux. Des compagnies d'assurances avaient fait appel à lui, à la suite de plusieurs cambriolages, pour authentifier des Van Gogh, des Dufy et des Gauguin. En effet, on avait volé un certain nombre d'œuvres faussement attribuées à ces peintres, et leurs propriétaires avaient touché les indemnités. Cela avait conduit les compagnies à penser que les autres toiles étaient également des faux. Outre les tableaux, Roget expertisait les livres rares et les vieux manuscrits. Il était tout disposé à examiner le document d'André — sans poser de questions. Il demandait qu'on lui téléphone dans la soirée afin de régler les modalités.

André l'appela aussitôt. Après les politesses d'usage, il s'enquit :

— Parlez-vous l'allemand ?

— Malheureusement non, répondit Roget avec cordialité. Pourquoi ? Le document est en allemand ?

— Oui.

— Dans ce cas, vous préférerez peut-être vous adresser à quelqu'un d'autre ?

— Non, à moins que vous ne puissiez pas déterminer l'âge du document sans en connaître le contenu.

— Le texte n'a rien à voir avec l'âge du papier.

— Alors je vous fais confiance, dit André, convaincu à présent que le dossier ne risquait rien.

Il expliqua à Roget les dispositions prévues pour le rendez-vous. Les deux hommes se mirent d'accord sur le tarif de deux mille cinq cents francs.

Le lendemain matin, tandis qu'ils prenaient leur petit déjeuner en regardant passer les péniches, André dit à Meredith :

— Vous êtes bien sûre de vouloir y aller ?

— Naturellement. Pourquoi ?

— On ne sait jamais ce qui peut arriver.

Elle lui prit la main.

— Il n'arrivera rien, mon amour.

Elle avait raison. A son retour, peu avant une heure de l'après-midi, elle annonça que tout s'était bien passé. La rencontre avait eu lieu comme prévu au Grand Hôtel, dans la chambre 522. (André en déduisit que Meredith n'avait pas été suivie. Dans le cas contraire, Gondrachov aurait annulé le rendez-vous.) Jules Roget avait effectué son expertise en silence et s'était montré d'une parfaite discrétion. Il avait noté ses conclusions sur une feuille de papier qu'il avait mise dans une enveloppe cachetée, adressée à André. Il avait remis l'enveloppe à Meredith, puis il était parti. Elle l'avait suivi quelques minutes plus tard.

— Ces cachotteries n'ont pas eu l'air de plaire à votre ami russe, dit-elle en tendant l'enveloppe à André.

— Nous nous occuperons de lui plus tard.

Il était quasiment certain de savoir ce que lui annonçait l'expert. Néanmoins, ses mains tremblaient un peu lorsqu'il ouvrit l'enveloppe.

> Cher monsieur Kohl,
>
> L'analyse des documents montre que l'âge du papier correspond aux dates mentionnées. Le bas d'un des documents — daté du 10/10/43 — manquait, mais une analyse plus poussée a révélé que le papier de ce document était identique à celui d'autres documents écrits juste avant et juste après cette date.
>
> J. Roget.

Sans mot dire, André tendit la lettre à Meredith.

— Vous avez compris ? demanda-t-il lorsqu'elle eut terminé sa lecture.

— Bien sûr.

— Cela signifie que Camille Laurent a été un traître... Si tant est que Roget ait raison.

— Vous en doutez ?

— Dans cette affaire, je doute de tout. Montbrun m'a affirmé que le dossier était un faux. Je pense que votre père a fait pression sur lui, mais je n'en ai aucune preuve. Et Montbrun ne me l'avouera jamais. Quant à votre père, je peux difficilement lui poser la question.

— A *votre* avis, le dossier est-il authentique ?

— Oui. Mais mon opinion n'a pas grande valeur. Il me faut une preuve irréfutable.

— Que comptez-vous faire ?

André alla regarder par la fenêtre. La voiture de la D.G.S.E. était toujours là, avec les deux hommes à l'intérieur. Après avoir réfléchi un moment, il se tourna vers Meredith.

— Il n'y a qu'une seule personne qui sache de façon formelle si ce rapport est authentique.

Elle le dévisagea pendant une bonne dizaine de secondes.

— Je crois savoir ce que vous pensez, mais j'espère me tromper.

André ne put s'empêcher de rire.

— Qu'est-ce que je pense, selon vous ?

— Que vous devriez aller voir en Bolivie un certain M. Hoepner.

Il acquiesça, admiratif.

— Tout juste.

Elle s'assit et se remit à l'observer, sourcils froncés.

— Accepterait-il de vous recevoir ?

— Je n'en ai aucune idée. Et s'il accepte, rien ne me prouve qu'il me fournira le renseignement que je cherche. Mais il n'y a qu'un moyen d'en avoir le cœur net.

Il s'assit au piano et joua distraitement les premières mesures d'une fugue de Bach. Puis il se tourna vers Meredith.

— Dites-moi, avez-vous des projets pour les jours qui viennent ?

— Il va bien falloir que je me décide à rentrer à New York.

Ce n'était pas la réponse qu'il souhaitait. Il se refusait à envisager l'hypothèse de son départ.

— Personne ne s'occupe de la galerie en votre absence ?

— Si, bien sûr.

— Alors accompagnez-moi à Londres ce soir.

Sans lui laisser le temps de protester, il expliqua :

— Il faut que j'aie une longue, longue conversation téléphonique avec New York. Je pourrais sans doute m'arranger pour appeler d'ici, mais tous ces sbires qui m'espionnent me flanquent la trouille. Je voudrais pouvoir téléphoner sans crainte d'être entendu. D'autre part, il y a cette femme que j'ai rencontrée... J'aimerais l'emmener à Londres pour la distraire un peu.

Meredith scruta son visage. Puis elle sourit.

— La grande vie, quoi ? dit-elle. D'accord. Ai-je le temps d'aller à l'hôtel préparer ma valise ?

Il voulut répondre : « Naturellement », mais les mots se coincèrent dans sa gorge. On le surveillait : il devait garder ce fait présent à l'esprit avant d'agir. Surtout s'il entraînait Meredith à sa suite. Peu importaient le K.G.B. et la C.I.A. Le problème, c'était la D.G.S.E., car elle opérait sur son territoire. Elle avait le pouvoir de poser des micros, d'espionner, de harceler, de mettre en garde à vue, d'arrêter — ou du moins de faire arrêter — n'importe qui. Elle avait déjà eu recours à deux de ces moyens. Elle pouvait avoir recours aux autres à tout moment.

Soudain, il éclata de rire.

— Qu'y a-t-il de si drôle ? s'enquit Meredith.

— J'essaie d'imaginer comment je m'y prendrais si j'étais un espion.

Il se posta de nouveau à la fenêtre. La voiture de la D.G.S.E. était toujours là. Les agents aussi.

— J'ai trouvé ! (Il se retourna, le sourire aux lèvres.) Oui, allez faire votre valise. Je vous conseille même de régler votre chambre, car je ne sais pas du tout quand nous rentrerons. Et que diriez-vous de passer la soirée à Varengeville au lieu de Londres ?

Meredith fronça les sourcils.

— Aurons-nous le temps ?

— Tout le temps, dit André. J'y pense... De votre chambre d'hôtel, appelez Air France. Réservez deux places pour New York, l'une à mon nom, l'autre au vôtre, sur le Concorde de demain matin. Demandez deux sièges à l'avant.

— Je n'y comprends plus rien, gémit Meredith.

— C'est le but !

André jubilait.

21

La caserne des Tourelles — une ancienne prison pour femmes — était aujourd'hui le quartier général des services secrets. Ce soir-là, Pierre Gauthier, le numéro trois de la D.G.S.E., travaillait encore dans son bureau encombré qui sentait le renfermé. A dix-neuf heures, il reçut un coup de fil d'un inspecteur de police avec qui il avait servi en Indochine au début des années cinquante. L'inspecteur Jean Faust lui expliqua qu'il avait reçu la visite d'un nommé Roget, expert en tableaux. Celui-ci faisait l'objet d'une enquête. On le soupçonnait d'appartenir à une bande de faussaires qui vendait de fausses cartes d'identité françaises à des étrangers désirant s'installer définitivement en France. A l'en croire, Roget avait eu le jour même une entrevue inhabituelle avec une Américaine nommée Houghton, qui agissait pour le compte d'André Kohl, le journaliste américain. La femme l'avait emmené à un mystérieux rendez-vous avec un homme — un Européen de l'Est, apparemment ; peut-être un Russe — pour lui faire expertiser des documents allemands. Roget ne lisait pas l'allemand, mais les documents — d'après les titres et les dates — avaient indubitablement trait aux activités de la Gestapo à Clermont-Ferrand durant l'occupation. Sur l'un des papiers, Roget déclarait avoir vu le nom de Camille Laurent. Sachant que Gauthier avait été l'aide de camp de Laurent en Indochine, Faust avait décidé de le mettre au courant.

L'inspecteur expliqua que Roget était disposé à donner le signalement de l'homme, ainsi que le nom de l'hôtel où il était descendu et le numéro de sa chambre. En contrepartie, il demandait que la police laisse tomber l'enquête sur les fausses cartes d'identité. Faust était prêt à accepter le marché si l'information intéressait la D.G.S.E. Était-ce le cas ?

— Possible, répondit Gauthier sans manifester la moindre excitation.

— Alors ? Fallait-il accepter le marché ?

— Oui, si ça ne posait pas trop de problèmes, répondit Gauthier. Et il proposa d'attendre la réponse au bout du fil. Ainsi, Faust n'aurait pas besoin de rappeler pour lui donner les renseignements.

Un quart d'heure plus tard, Gauthier et deux de ses hommes se présentaient au Grand Hôtel. Le client de la chambre 522 avait quitté l'établissement à treize heures. Il s'était inscrit sous le nom de Milos Novotny, résidant à Prague. Il avait un passeport tchèque.

Gauthier montra une photo de Gondrachov aux réceptionnistes. S'agissait-il du même homme ? Oui, répondirent-elles en chœur.

Lorsque Gauthier remonta en voiture, sa décision était prise. Le moment était venu de poser quelques questions à André Kohl. Mais on ne pouvait pas arrêter un homme comme Kohl pour interrogatoire. Le mieux, c'était d'aller le voir chez lui.

Grâce au téléphone de sa voiture, Gauthier obtint divers renseignements. Kohl avait quitté son appartement de l'île Saint-Louis plusieurs heures auparavant avec Mlle Houghton, l'Américaine. Il l'avait conduite à l'Hôtel de l'Avenir, dans le sixième arrondissement. Là, Mlle Houghton avait fait ses valises et réglé sa note. Ensuite, ils étaient partis en voiture à Varengeville-sur-Mer, où le journaliste possédait une maison de campagne. A leur arrivée, ils avaient été accueillis par la gouvernante, puis ils s'étaient changés pour le dîner.

Gauthier jugea plus sage de ne pas alarmer André Kohl. Au lieu de lui téléphoner ou de lui dépêcher quelqu'un, il se présenterait simplement chez lui dans la matinée. En attendant, mieux valait prendre ses précautions. Quoique cela ne lui parût pas vraiment nécessaire, il donna l'ordre à ses hommes de continuer leur surveillance toute la nuit.

Cela fait, il regagna son bureau, d'où il appela par l'automatique un numéro de téléphone privé, en Virginie.

— Je croyais que vous vous étiez occupés de M. Houghton, dit-il sans préambule.

— Absolument, répondit une voix brouillée par l'alcool. Le président en personne lui a ordonné de laisser tomber.

— Dans ce cas, pourquoi la fille de Houghton travaille-t-elle avec Kohl ?

Long silence à l'autre bout du fil. Gauthier finit par se demander si la communication n'était pas coupée.

— Allô ? dit-il.

— Je suis là, répondit Craig. Vous savez, le moment approche à grands pas où il faudra liquider M. Kohl. Est-ce que je me fais bien comprendre ?

— Parfaitement, dit Gauthier.

Une fois encore, dans les environs de Washington, on échangea toute une série de brefs coups de téléphone. Une fois encore, cet échange de communications se termina par un coup de fil excédé du président des États-Unis au directeur de la C.I.A. Le président criait si fort que William Coughlin tenait le combiné à vingt centimètres de son oreille.

— Vous allez me convoquer ce fils de pute dans votre bureau et me le foutre à la porte ! Vous m'entendez ?

— Je vous entends, monsieur le président. Mais peut-être faudrait-il d'abord faire une petite enquête ? Houghton a travaillé toute sa vie pour la C.I.A. Si ça se trouve, ce n'est pas lui qui a mis sa fille dans le coup. Il ignore peut-être ce qu'elle manigance.

— Je n'en ai rien à foutre ! Un homme qui n'a pas d'autorité sur sa fille n'est qu'un con ! Si vous ne le sacquez pas, c'est moi qui le ferai ! Compris ?

— Je m'en charge, monsieur le président, dit Coughlin.

Il attendrait le retour de Houghton, la semaine suivante. Le directeur adjoint avait été contraint de rentrer chez lui le matin même, malade comme un chien.

Le lendemain matin, à neuf heures et demie, Gauthier arrivait devant la maison de campagne d'André, *Le Pré-Réau*. Ses hommes le saluèrent. Après leur nuit de veille dans la voiture, ils étaient fatigués, mal rasés et courbatus.

— Rien à signaler ? s'enquit Gauthier.

— La gouvernante est allée au village à bicyclette pour

acheter du pain. Elle est rentrée au bout d'un quart d'heure. C'est tout.

— Parfait. Allons-y.

L'un des membres de l'équipe de surveillance ouvrit la barrière. Le chauffeur de Gauthier longea l'allée de gravier et se gara près de la voiture d'André. Gauthier descendit. Deux terriers bedlington s'élancèrent vers lui en aboyant furieusement. Ils s'arrêtèrent net à cinq mètres et le suivirent à distance le long du sentier menant à la maison. Gauthier n'eut pas besoin de frapper: Mme Cartet venait d'ouvrir la porte pour voir l'origine du vacarme.

— Bonjour, madame. Je voudrais voir M. Kohl. Je suis l'inspecteur Gauthier, de la D.G.S.E.

— Je regrette, monsieur, mais M. Kohl n'est pas encore levé.

— Je vous demanderai de bien vouloir le réveiller. Je suis venu de Paris spécialement pour le voir.

Il montra ses papiers à la gouvernante. Celle-ci s'excusa et disparut dans la maison. Elle revint une minute plus tard, l'air intrigué.

— Je regrette, monsieur, mais M. Kohl n'est pas dans sa chambre.

— Et la femme?

Mme Cartet fronça les sourcils, l'air plus perplexe que jamais.

— Elle n'est pas là non plus.

— Ils sont peut-être allés se promener.

— Peut-être, oui.

Dix minutes passèrent. Gauthier ne tenait plus en place. Finalement, il demanda l'autorisation de téléphoner. Une minute plus tard, il avait donné instruction à ses adjoints de vérifier, dans les gares et dans les aéroports, s'il y avait des réservations aux noms d'André Kohl et de Meredith Houghton. Il resta en ligne en attendant le renseignement. Trois minutes plus tard, l'un de ses adjoints lui annonçait que les personnes en question avaient réservé deux places sur le Concorde qui décollait le matin même pour New York.

« Amateurs ! » marmonna Gauthier. Il commençait à en avoir assez de ces enfantillages.

— Arrêtez-les, ordonna-t-il.

Il trouverait bien un chef d'inculpation.

Une heure plus tard, il rentrait à Paris à toute allure par

l'autoroute, en s'imaginant dans les bras de deux agents féminins qui travaillaient dans ses services. Un coup de téléphone de son bureau interrompit sa délicieuse rêverie. Les agents chargés d'intercepter M. Kohl et Mlle Houghton avaient échoué dans leur mission. Le couple ne s'était pas présenté au départ de l'avion.

— Merde ! grommela Gauthier.

Il se sentait ridicule, comme tout professionnel qui se fait rouler par un amateur.

— Contactez la police des frontières, ordonna-t-il. Je veux savoir s'ils ont quitté le pays.

Il ne tarda pas à avoir la réponse qu'il redoutait. M. Kohl et Mlle Houghton avaient pris le bateau pour l'Angleterre dans la matinée. Plus humiliant encore, ils avaient embarqué sous leur véritable identité, et avec leurs vrais passeports.

La veille au soir, tard, André et Meredith avaient éteint dans toute la maison comme s'ils montaient se coucher. Puis, discrètement, ils étaient sortis par la porte-fenêtre du cabinet de travail. Ils avaient traversé le champ de pommiers, dans un épais brouillard qui transperçait leurs vêtements. Quelques minutes plus tard, ils avaient rejoint une petite route de campagne à peine plus importante qu'un chemin. Cette route longeait la propriété d'André et menait à la maison du frère aîné de Mme Cartet. C'était un homme dont le teint vermeil était dû autant au calvados qu'à l'air marin. L'arrivée d'André et de la jeune inconnue l'avait quelque peu décontenancé. Mais comme il travaillait pour André — il s'occupait de la pommeraie et des terres — il pouvait difficilement refuser de loger son patron. Le lendemain matin, à six heures, il avait conduit André et Meredith à Dieppe. Là, le couple avait pris le ferry pour Newhaven — d'où on pouvait gagner Londres par le train. Le temps que Gauthier retrouve leur piste, André et Meredith arrivaient en vue des côtes anglaises. Gauthier aurait pu empêcher André de débarquer et le forcer à rentrer en France puisque le bateau était français. Mais la petite conversation détendue qu'il avait initialement prévue se serait alors transformée en incident diplomatique. Il ne voulait pas prendre ce risque.

D'ailleurs, il avait un plus gros gibier en vue : le colonel Gennady Gondrachov, agent du K.G.B. Celui-ci était entré en France clandestinement. Et il détenait un document concernant un chapitre de la vie de Camille Laurent qu'on devait étouffer à tout prix.

Gondrachov ne le savait pas encore, mais il était pris au piège, pensa Gauthier avec satisfaction. Il n'avait aucun moyen de sortir de France.

Même s'il l'avait su, Gondrachov n'aurait pas eu le temps de réfléchir au problème. Il était trop préoccupé par une calamité plus immédiate : le comportement incompréhensible d'André Kohl.

L'Américain n'avait pas téléphoné depuis la veille au matin. C'était étonnant de sa part. En principe, il aurait dû appeler Gondrachov pour lui faire part du verdict de l'expert — ne fût-ce que par courtoisie professionnelle. Jusqu'à présent, quand les deux hommes avaient collaboré, Kohl s'était toujours montré d'une politesse sans faille. Pas cette fois. Était-ce délibéré ? Y avait-il eu un imprévu ? Pourquoi avait-il soudain quitté Paris, sans explication, la veille dans l'après-midi ? Les hommes de Gondrachov avaient suivi le journaliste de son appartement jusqu'à l'hôtel de la jeune femme, puis jusqu'à la sortie de la capitale. Ils avaient arrêté là leur filature, de crainte d'attirer l'attention des agents français qui se trouvaient entre eux et André. On pouvait supposer qu'André était allé dans sa maison de campagne, car il avait pris cette direction. Mais quand Boris avait téléphoné à Varengeville la gouvernante lui avait répondu que M. Kohl n'était pas là. Impossible de vérifier. Ils n'avaient pas le temps d'envoyer sur place une femme de ménage, un jardinier ou un membre du Parti pour jeter un coup d'œil. « En Russie, nous sommes mieux organisés », pensa Gondrachov.

Son supérieur le rendrait responsable de la tournure prise par les événements. Il considérerait cela comme une bourde. Pourtant, Gondrachov n'avait pas commis d'erreur. Il avait promis que le dossier serait authentifié : mission accomplie. Comment aurait-il pu prévoir qu'André, au moment même où l'histoire se vérifiait enfin, prendrait le large au lieu de faire son reportage ?

Il était maintenant trop tard pour changer de plan. D'ailleurs, il n'y avait pas d'autre plan possible. Les ganaches de Moscou n'arrivaient pas à comprendre qu'aucun journaliste occidental — même français — n'imprimerait une nouvelle aussi grave sans la vérifier au préalable. Lui qui « pratiquait » depuis trente ans la presse occidentale, il avait senti qu'André Kohl était l'homme de la situation. Il ne s'était pas trompé. Personne d'autre n'aurait pu faire ce que Kohl avait réalisé dans un laps de temps aussi court.

Mais pourquoi avait-il quitté Paris ?

Et que faire du dossier en attendant son retour ?

Jusqu'à présent, Gondrachov s'était senti relativement en sécurité à Paris sous l'identité de Milos Novotny, citoyen tchèque. Plus maintenant. Il avait commis la double erreur de se montrer en public avec André et de ne pas prévoir sa réaction. A présent, il ne pouvait plus être sûr de rien. Si ça se trouvait, la D.G.S.E. savait qu'il était en France. Il fallait donc cacher le dossier. La consigne automatique de la gare de Lyon ne faisait plus l'affaire. Deux jours après le dépôt d'un objet dans un casier, on mettait un petit panneau blanc indiquant en lettres rouges : *S'adresser à la consigne.* Cela signifiait qu'on avait déposé le contenu du casier au service chargé de la garde des bagages. Devait-il, pour être tout à fait tranquille, porter le dossier à l'ambassade soviétique ? Si les Français le savaient à Paris et se doutaient de ce qu'il mijotait, il ne franchirait pas les grilles de l'ambassade. A supposer qu'il y arrivât, comment ferait-on sortir le dossier le moment venu ? L'ambassade serait accusée d'immixtion dans les affaires intérieures d'une puissance souveraine ; elle ne pouvait prendre ce risque. Gondrachov était absolument certain qu'André n'avait pas renoncé à son reportage. Viendrait donc un moment où on aurait besoin du dossier. Que se passerait-il s'il se faisait pincer, lui, Gondrachov ? Personne ne pourrait produire les pièces compromettantes.

Et Paulette ? L'aventureuse Boris — qui l'hébergeait de nouveau, l'hôtel étant devenu trop risqué pour lui — offrait-elle une solution ? Elle avait certainement un coffre à la banque. Là, le document serait en sûreté. Mais s'il lui arrivait quelque chose, à elle aussi ? Si on les arrêtait tous les deux ? Comment André se procurerait-il le document ? Par ailleurs,

Paulette ignorait l'existence du dossier. Si on l'enfermait dans son coffre, elle risquait d'avoir des tentations. Il en résulterait toutes sortes de déboires. Non, il ne pouvait pas se fier à Paulette. Trop intelligente. Trop retorse. Il fallait qu'il trouve une personne tout aussi dévouée mais moins ingénieuse. Une personne prête à l'aider sans poser de questions. Une personne ayant accès à une cachette que nul ne soupçonnerait jamais.

Soudain, Gondrachov éclata d'un rire tonitruant, digne d'un Cosaque. Il la tenait, la planque idéale ! André lui-même en serait amusé.

22

André ne se détendit qu'après avoir franchi le contrôle des passeports. Profitant des quelques minutes de battement avant le départ du train pour Londres, il appela Jean Hedley, la responsable des relations publiques du St. James's Club.

— Navré de vous prévenir aussi tard, mais j'arrive dans deux heures. Vous pourrez m'avoir une suite ?

Il entendit un petit cri à l'autre bout du fil.

— Oh ! André, vous êtes *impossible.* Vous n'auriez pas pu téléphoner hier soir ?

— Si je l'avais pu, je l'aurais fait.

Gros soupir. Puis :

— Bon, venez. On s'arrangera.

Construit au début du siècle, le St. James's Club est un édifice de quatre étages situé place St. James, non loin de Piccadilly. On a repeint la façade en ocre brun et les motifs décoratifs en blanc. Ce club n'est ni ancien ni très fermé. Il est simplement à part. Dans un cadre extrêmement confortable et une atmosphère de distinction feutrée, il propose un service exceptionnel. La plupart de ses quatre-vingt-quatre lits sont occupés par des clients au nom ou au visage connus. Chocolats sur l'oreiller, serviettes chaudes, journaux sur le palier le matin : tels étaient quelques-uns des raffinements qui avaient poussé André à choisir ce club de préférence au Connaught ou au Montcalm, ses deux hôtels favoris. Autre raison : le restaurant du rez-de-chaussée, susceptible de plaire à Meredith. Comme le Chiberta, il était meublé dans un style arts-déco, dans des tons beige et corail. Le fin du fin, c'était, au-dessus du bar, une paroi en verre dépoli donnant sur la rue.

Jean Hedley était au bar avec des amis lorsque André et Meredith arrivèrent. Elle se leva aussitôt pour les accueillir. C'était une jolie petite blonde à l'air gouailleur, débordante de vitalité.

— Voilà cet abominable bonhomme ! s'exclama-t-elle.

— Ma magicienne préférée ! dit André.

Il l'embrassa, puis lui présenta Meredith.

— La piaule vous convient, j'espère ?

— Elle est somptueuse.

— Il y a intérêt ! C'est la meilleure suite de la baraque. Vous rougiriez si je vous racontais les bassesses que j'ai dû faire pour l'obtenir.

— J'aime autant ne pas savoir.

Jean éclata de rire.

— Vous m'avez l'air claqués, tous les deux. Allez prendre un verre à votre table. C'est moi qui offre le déjeuner, mon cœur.

Une heure plus tard, dans leur suite, ils se déshabillèrent pour faire la sieste. Pour la première fois depuis des jours, André avait l'impression d'être hors d'atteinte — aussi bien des Français et des Russes que des Américains. Ce serait terminé dès qu'il téléphonerait à Mike Paul, à New York. Mais, pour l'instant, il n'avait même pas d'avion à prendre. Meredith était blottie dans ses bras, la tête contre son épaule. Cette fois, sa chambre d'hôtel n'était pas vide. Il s'endormit.

Ils se réveillèrent presque en même temps, à quatre heures. Il l'attira contre lui et se mit à la caresser. Au bout d'un moment, elle lui dit :

— Il faut que je vous dise quelque chose : je n'ai rien à me mettre sur le dos.

Ils étaient partis du *Pré-Réau* avec un sac de voyage contenant le strict nécessaire. André avait dit à Meredith qu'elle n'aurait qu'à s'acheter des vêtements à Londres. Mais maintenant qu'ils étaient à destination, il avait envie de prolonger de ce répit.

— Et si nous dînions dans notre chambre ce soir ? dit-il. Comme ça, vous pourrez attendre demain pour faire vos emplettes.

— Aurons-nous le temps demain matin ?

— Nous le prendrons.

Elle lui tendit les bras.

— Marché conclu, dit-elle.

Tout en faisant l'amour, il essaya de déterminer pourquoi, avec Meredith, l'acte sexuel devenait une expérience tellement particulière. C'était certainement une question de jeunesse et de vitalité. Il n'avait jamais fait l'amour avec une femme en si bonne condition. Il se promit de ne plus jamais rire lorsqu'on affirmerait devant lui que le sexe était une question de forme physique. Leurs rapports sexuels duraient beaucoup plus longtemps que la moyenne. André en sortait épuisé. C'était aussi, sûrement, une question de technique. Meredith avait une bouche douce, experte, éloquente ; des mains aimantes, provocantes. Mais elle faisait l'amour sans aucun raffinement extraordinaire. Elle n'avait pas de position ni de gestes particuliers ; au contraire, son approche était presque classique. Et pourtant, il sentait — en cet instant même, pendant leur accouplement — que leur union avait une autre dimension.

Évidemment ! Cette dimension, c'était le temps. Pas nécessairement la durée. Simplement l'impression que leur union physique se déroulait dans une dimension temporelle indépendante de l'autre. Rien, absolument rien, ne les pressait. Ni le besoin d'atteindre l'orgasme ni le besoin d'être ailleurs. Ils vivaient cet instant à plein, indifférents à tout le reste. Ils étaient en suspens dans le temps, à un autre niveau de la conscience. Lorsqu'il sentit monter son excitation, André eut la certitude qu'il jouirait seulement lorsqu'il déciderait de sortir de cette dimension particulière.

Comment communiquer à Meredith ce qu'il ressentait ? Et d'abord, était-ce utile ? Il la regarda. Elle souriait et l'observait intensément, comme pour le dévorer des yeux. Il comprit alors qu'il n'y avait rien à dire.

Il appela Mike Paul à cinq heures passées — midi passé à New York. Il ne risquait pas de le manquer ; Mike n'allait jamais déjeuner avant une heure et demie. Mike était bien là, en effet. Et il brûlait d'envie de parler. Comme toujours quand un reportage important se préparait. Après trente ans de journalisme, il était aussi nerveux qu'un reporter débutant. André comprenait cela. Il réagissait de la même façon. Surtout quand il avait des nouvelles sensationnelles à annoncer.

— Bon Dieu, dit Mike, je suis rudement content de vous entendre ! Où en êtes-vous ?

— Une précision pour commencer. Je vous appelle de Londres. A Paris, ça commence à sentir le roussi.

— Autrement dit, l'information se vérifie.

— Attendez. C'est très complexe. Il faut que je vous raconte l'histoire étape par étape.

Il fallut une demi-heure à André pour tout expliquer. Mike s'exclama « Ça alors ! » une demi-douzaine de fois, mais il s'abstint de tout autre commentaire.

— Que risquons-nous si vous allez en Bolivie ? demanda-t-il lorsque André eut terminé.

— Gondrachov s'adressera peut-être à quelqu'un d'autre. Mais je ne vois pas qui utiliserait une telle information sans la vérifier au préalable. Les Russes veulent que la nouvelle soit connue avant le second tour de l'élection. Nous, ce n'est pas notre objectif. Ça fera un aussi bon reportage après l'élection qu'avant.

— Et que risquons-nous si vous n'allez pas en Bolivie, si vous vous débrouillez avec ce que vous avez ?

— Nous risquons de nous tromper. Ce serait un désastre aussi grave que le scandale des faux carnets de Hitler. Peut-être même pire. Laurent est vivant, lui.

— Quel est le pourcentage de risques ?

André exhala un soupir.

— Vous me posez une colle ! Tout indique que j'ai été piégé par Houghton, mais je n'en suis pas sûr et je n'ai aucun moyen de l'être. Je suis prêt à parier un an de salaire que le second expert a raison et que le dossier est authentique. Mais je ne veux fichtre pas jouer avec la réputation de la chaîne, si faibles soient les risques.

— Tout à fait d'accord.

— Autre chose. C'est une hypothèse peu probable, mais nous devons l'envisager. Admettons que nous ayons la preuve formelle que le dossier est authentique, que le rapport impliquant Laurent a bien été rédigé par Hoepner en octobre 1943... (André prit une profonde inspiration.) Et si Hoepner s'était fait mousser ? S'il s'était vanté d'exploits imaginaires ? Laurent était une grande figure de la Résistance. Si Hoepner avait réussi à le débaucher, ça lui aurait sans doute valu une promotion. Mais l'a-t-il vraiment fait ? Ses supérieurs n'avaient aucun moyen de le vérifier.

Il y eut un long silence au bout du fil.

— Il faut que vous alliez en Bolivie, dit enfin Paul.

— C'est mon avis.

— Que ferez-vous, une fois là-bas ?

— Alors là, je n'en sais fichtre rien.

Les deux hommes rirent.

— On peut vous aider ? dit Paul.

— Plutôt, oui. Primo, faites-moi parvenir le plus rapidement possible un dossier sur Hoepner. Si nécessaire, mettez une demi-douzaine de gars sur le coup. Envoyez le dossier au bureau de Londres, demain soir au plus tard. Je ne partirai pas avant de l'avoir reçu. Secundo, voyez si certains de nos correspondants sont déjà allés en Bolivie — peu importe à quelle époque — et s'ils savent quelque chose sur Hoepner. Ça m'arrangerait bien d'avoir son faux nom et son adresse.

— Notre ambassade à La Paz ne pourrait pas vous renseigner ?

— C'est exclu, Mike.

— Suis-je bête ! Bien sûr.

— A ce propos, consigne formelle aux enquêteurs : qu'ils évitent de contacter les sphères gouvernementales et les services de renseignement. Surtout la C.I.A.

— Pigé.

— Bon. Je vous rappellerai de La Paz.

La journée du lendemain fut idyllique. Partout ailleurs, ç'eût été une belle journée de printemps. Pour Londres, c'était un miracle. Rien n'empêchait le soleil de chauffer : ni fog, ni smog, ni nuages. Une légère brise rafraîchissait l'air parfumé.

L'humeur d'André était au diapason du temps. Pour la première fois depuis le coup de téléphone de Shlomo, il profitait sans complexe — mais avec reconnaissance — de ce que la vie lui offrait. Il avait un fabuleux reportage en cours : il en était convaincu, et Mike Paul l'avait conforté dans cette opinion. Et il avait rencontré une femme passionnante, qui l'accompagnait à Londres.

Il y avait un aspect de Londres qu'André n'aimait pas : son élitisme envahissant. Par moments, la méritocratie londonienne lui faisait l'effet d'une « Ivy League » caricaturale. Né et élevé dans l'ouest des États-Unis, André n'approuvait pas ces Américains qui voulaient faire de leur université un symbole de suprématie. A part cela, il aimait Londres et ses habitants : leur sens de la mesure, leur élégance, leur tempérament fantasque, leur inaltérable courtoisie, leur esprit..., même leur humour passablement rosse.

A Londres, il changeait. Il s'adaptait au rythme de la ville, au point de se sentir presque britannique. A Londres — et nulle part ailleurs — il mangeait avec appétit de plantureux petits déjeuners. A Londres — et nulle part ailleurs — il allait dans les bars uniquement pour le plaisir. Ce qu'André appréciait tant chez les Anglais, c'était leurs traditions. Des traditions imbriquées dans leur histoire mais néanmoins accessibles aux étrangers. On pouvait vivre vingt ans à Paris et s'y sentir toujours un étranger. A Londres, c'était fini au bout d'une semaine. André adorait l'histoire de l'Américain qui, muni d'un chapeau melon et d'un parapluie, se rend chez son tailleur de Savile Row pour le dernier essayage d'un costume. Il se regarde dans la glace pour juger de l'effet que produit l'ensemble. Soudain, il éclate en sanglots. « Que se passe-t-il ? » s'enquiert le tailleur. Et l'Américain de répondre, hoquetant : « Nous avons perdu les Indes ! »

André et Meredith passèrent la matinée dans les magasins. L'un conseillant l'autre, ils achetèrent des vêtements et diverses babioles. Ainsi, en un minimum de temps, ils apprirent à connaître mutuellement leurs goûts et leurs envies. Meredith se limita dans ses emplettes : elle n'était pas dépensière. En outre, elle savait qu'André tenait à tout payer, systématiquement. André l'emmena chez S. Fisher, à Burlington Arcade, où elle choisit un pull en cachemire noir et un kilt assorti (noir, ocre et beige). Ils poursuivirent leur chemin sous les arcades et entrèrent chez Ferragamo, où Meredith acheta des escarpins beiges.

— Maintenant, dit-elle, ça suffit.

— Oh ! que non ! dit André.

Ils se rendirent en taxi à Knightsbridge, dans une boutique voisine de Harrods. Meredith y trouva un tailleur beige, genre Chanel, qui lui allait comme un gant.

— Vous connaissez apparemment toutes les boutiques de prêt-à-porter féminin de Londres, dit-elle lorsqu'ils furent sortis. Cela soulève certaines questions...

— Je ne parlerai qu'en présence de mon avocat, répondit André en riant.

Chez Harrods, il acheta rapidement des chemises, des cravates et un pantalon de serge beige pour aller avec son blazer.

Toute la journée se passa ainsi. Dépassés par leurs sentiments, ils s'observèrent mutuellement pour mieux se connaître. Ils voulurent déjeuner à l'Audley, mais le pub était archicomble. Après avoir bu une blonde, ils allèrent au Surprise, le seul restaurant d'Europe où on servait de l'authentique poulet du Sud frit et des côtelettes de porc grillées au charbon de bois. Après le déjeuner, ils allèrent voir l'exposition Turner à la Tate Gallery. Meredith n'y était pas retournée depuis des années. Elle fut saisie par les ciels de ces peintures à l'huile — des ciels qui annonçaient l'art abstrait.

Ils retournèrent au St. James's Club et firent l'amour pendant deux heures. De nouveau, André fut surpris de la force que Meredith éveillait en lui. De nouveau, il se sentit rajeuni. Ils allèrent ensuite au Royal Festival Hall, sur l'autre rive de la Tamise, pour assister à un concert dirigé par Karajan. Cette fois, ce fut le tour d'André de s'enthousiasmer. La musique le grisa autant que le fait de partager ce moment avec la jeune femme. Ils devaient se séparer le lendemain. Meredith retournerait-elle à Paris ? Rentrerait-elle à New York ? Si elle choisissait Paris, attendrait-elle le retour d'André ? Et lui, *souhaitait*-il qu'elle l'attendît ? Il serait au désespoir si elle ne l'attendait pas, mais des signaux d'avertissement clignotaient sur le chemin de ses rêveries. Il n'avait pas prévu de nouer une nouvelle liaison. Surtout avec une Américaine. Et si jamais ils tombaient vraiment amoureux ? La différence d'âge mise à part, Meredith s'adapterait-elle à l'Europe ? Et elle, que pensait-elle des liaisons amoureuses ? Quand une aventure se terminait, les Européennes le comprenaient. Elles ne s'arrachaient pas les cheveux, n'intentaient pas de procès. Cela faisait partie de la vie. Comment Meredith réagirait-elle, s'ils en arrivaient là ? Il s'aperçut brusquement qu'il raisonnait d'un point de vue terriblement sexiste. Cette idée lui déplut, car cela montrait à quel point il était rétrograde.

Il concentra de nouveau son attention sur la musique. Lorsque Meredith lui prit la main, un instant plus tard, il se demanda comment il pourrait désormais aller seul au concert. Des émotions contradictoires l'assaillaient. Il se sentait tendu. « Relaxe-toi, se dit-il. Profite de ce moment. Tu as la permission. »

Ils rentrèrent dîner au Club. Une demi-douzaine de tables seulement étaient encore occupées quand le serveur leur apporta les fettuccine et le saumon fumé.

— Quelle merveille ! dit Meredith après avoir goûté. Merci.

— Pas de quoi, dit-il en souriant.

— C'est demain que vous partez.

— Sans doute, oui.

— Vous vivez toujours ainsi ? Un jour à Moscou, le lendemain à Londres, le surlendemain à La Paz ?

— Vous oubliez Paris. Je passe beaucoup de temps à Paris.

— Oui, mais n'est-ce pas un simple point de chute, au fond ? Vous sentez-vous vraiment chez vous à Paris ?

— En fait, non. Chez moi, c'est là où je suis. Si je ne voyais pas les choses comme ça, je deviendrais dingue.

— Vous ne vous sentez pas chez vous en Amérique ?

— Non. Plus maintenant. Je me considère chez moi en France parce que je vis à Paris, mais je n'aurais aucun mal à vivre n'importe où et à me plier aux habitudes locales.

— L'Amérique ne vous manque pas du tout ?

— En quoi pourrait-elle me manquer ?

Elle pencha la tête de côté, le front plissé. André n'aima pas ce qu'il vit dans son regard. Non de la désapprobation mais de la surprise — avec un zeste de gêne. Cela lui rappela que, malgré leur intimité, ils ne se connaissaient toujours pas vraiment. Comment savoir quelle découverte — même la plus insignifiante — risquait de rompre le charme pour l'un ou l'autre, voire pour les deux ?

— Voilà une réponse bizarre, dit-elle. Vous semblez amer, comme un amoureux trompé.

— La comparaison ne me serait pas venue à l'idée, mais elle n'est pas complètement fausse.

— Racontez-moi ça.

Il hésita. Ce n'était pas un sujet à aborder en de telles circonstances, dans un tel cadre. Mais il comprit, à l'intensité de son regard, que Meredith attachait une grande importance à cette question. C'était pour elle le moyen de mieux cerner la personnalité d'André. Alors il s'expliqua.

Il avait quitté les États-Unis dans les années soixante, parce qu'il ne comprenait pas l'instinct d'autodestruction de son pays. Il voulait prendre de la distance, dans l'espoir de voir ensuite sa patrie sous un jour meilleur. Mais il savait bien que cette explication, si souvent formulée, ne correspondait pas vraiment à la réalité. En fait, oui, il s'était senti trompé. Il avait aimé l'Amérique comme seuls peuvent l'aimer ceux qui ne sont pas américains à part entière. Cet amour fervent et fidèle était peut-être censé racheter leurs « imperfections » aux yeux des autres : leur installation relativement récente en Amérique, leur ethnie, leur manque d'homogénéité. Les Noirs, eux, ne pouvaient sans doute pas aimer l'Amérique de cette manière, parce qu'ils savaient que les Américains à part entière ne les laisseraient jamais oublier leur négritude. Les juifs, par contre, pouvaient l'aimer ainsi. Les catholiques aussi. Les fils d'immigrants français et allemands aussi. Or André appartenait à toutes ces catégories, puisque son père était un juif allemand et sa mère une Française catholique. Mais ce n'était pas seulement une question d'identité. L'histoire entrait aussi en ligne de compte. A l'université, André s'était spécialisé dans cette matière ; c'était sa passion. L'histoire lui avait enseigné que, de tous les pays du monde, l'Amérique était vraiment celui qui avait les meilleures chances d'atteindre les idéaux de liberté et de justice pour tous. Mais l'explication était encore plus profonde. Il croyait fondamentalement à la perfectibilité de l'homme, non par expérience mais parce qu'il était persuadé du bien-fondé de cette conviction.

Il expliqua tout cela à Meredith. Il fut aussi surpris qu'elle de s'entendre dire ces choses-là, car il ne les avait encore jamais formulées. En conclusion, il raconta la fin de son histoire d'amour avec l'Amérique.

— Au début, certaines choses m'avaient fait aimer la vie américaine : le sentiment que tout était possible, la conviction que tout se passerait comme il le fallait. J'avais toujours cru à la générosité et à l'honnêteté foncières de mes compatriotes. Et puis, un beau jour, je me suis aperçu que je n'y croyais plus. Je voyais l'Amérique prendre soudain une orientation qui ne me plaisait pas du tout. J'avais l'impression de découvrir brusquement sa véritable nature, une nature profondément mauvaise, et je n'ai pas pu l'accepter. Les assassinats politiques m'ont brisé le cœur. Au fond, oui..., on peut dire que je me suis senti trompé.

Meredith demeura silencieuse. André s'aperçut qu'il n'y avait plus personne dans le restaurant à part eux, leur serveur et la caissière. Il fit signe au serveur.

— Je suis confus, lui dit-il.

— Je vous en prie, monsieur, répondit le serveur (un Portugais, estima André). J'espère que vous avez passé une bonne soirée.

André lui donna un gros pourboire pour se faire pardonner son retard. Puis, sans parler, Meredith et lui regagnèrent leur suite. La jeune femme s'assit sur le divan, les jambes croisées.

— J'appartenais à cette génération, vous savez.

— Quelle génération ?

— Celle qui contestait, qui organisait des défilés et des occupations de locaux à l'université. Je ne militais pas autant que d'autres, mais j'étais solidaire. Je regrette que nous vous ayons fait peur. Nous avons dû effrayer beaucoup de gens. (Elle le regarda d'un air implorant, comme si elle demandait à être comprise.) Mais nous posions des questions importantes. Des questions auxquelles il fallait répondre. Et je pense que notre action a rempli ses objectifs.

Il était une heure du matin, mais ils n'avaient aucune envie de s'arrêter. Pour Meredith, c'était important d'exposer à André son point de vue sur l'Amérique. Étrange sujet de conversation pour une lune de miel ; car, en fait, c'était bien de cela qu'il s'agissait. En l'écoutant, André comprit pourquoi elle parlait comme elle le faisait et pourquoi elle éprouvait le besoin de dire tout cela maintenant. Ils allaient bientôt se séparer. Avant, elle voulait déterminer si leur liaison reposait sur des bases solides. Les contraires s'attirent peut-être en physique, mais rarement en amour. Ou alors, ça ne dure jamais longtemps.

Meredith n'était pas du genre à épouser en bloc l'homme et ses idées, comme tant de femmes l'avaient fait dans le passé. Elle avait ses propres valeurs, ses propres idées. Elle interprétait d'une façon toute différente les événements qui avaient poussé André à fuir l'Amérique. Elle y voyait la clameur d'un pays qui, pour la première fois, se regardait tel qu'il était, honnêtement. Cela méritait qu'on s'en réjouisse, non qu'on prenne la fuite. Elle parla calmement, avec conviction, des changements dont elle avait été témoin. L'éveil de la lucidité, de la tolérance. Mais les journalistes n'en parlaient presque jamais, parce que ces qualités-là étaient moins spectaculaires que leurs contraires. Les lois nouvelles, qui n'accordaient pas concrètement l'égalité aux femmes et aux minorités, mais qui avaient le mérite d'y tendre.

Si vous voulez voir ce que devient l'Amérique, lui dit-elle, regardez les foules qui se pressent aux matches de baseball et dans les restaurants d'entreprise. Il y a là des gens qui n'y étaient pas vingt ans plus tôt. Il reste énormément à faire, continua-t-elle, mais si vous voyez uniquement le mauvais côté des choses, on ne progressera jamais. L'art consiste à voir tous les aspects.

— Vous êtes éclectique, dit André.

— N'en doutez pas.

Elle parlait très sérieusement. André ne voulait pas la voir aussi grave.

— Les personnes éclectiques aiment-elles boire un verre tardif ?

Elle regarda par la fenêtre, au-delà des toits, le ciel où brillait une lune presque pleine.

— Si je parle encore longtemps, un thé matinal sera plus approprié.

André se mit à rire.

— Alors, ce verre ?

— Chercheriez-vous à me saouler ?

— Loin de moi cette pensée !

Il appela le service de nuit et commanda une bouteille de champagne.

— Quelle heure est-il ? s'enquit Meredith.

André consulta sa montre.

— Deux heures passées.

— Et ils servent encore dans les chambres ?

— Vous allez voir.

Moins d'une minute plus tard, on frappa discrètement à la porte. Un jeune rouquin souriant entra, posa le seau à champagne sur une table basse, déboucha la bouteille, remplit deux verres, demanda une signature à André et se retira après avoir souhaité au couple une bonne nuit.

André leva sa coupe.

— Aux gens éclectiques ! Puissent-ils nous sauver la mise.

Ils trinquèrent, mais elle ne sourit pas. Il regretta alors de l'avoir interrompue.

— Continuez, dit-il.

De nouveau, son regard se perdit au loin. Au bout d'un moment, elle tourna la tête vers André.

— Il y a une mutation en cours. Elle portera ses fruits dans un avenir relativement proche, d'ici à une vingtaine d'années. Les femmes sont en train de changer le pays. Vous autres, journalistes, vous n'en avez pas soufflé mot. Si ça se trouve, vous ne vous en êtes même pas rendu compte. Dans les journaux, à la télévision, on nous a d'abord parlé des femmes qui faisaient brûler leur soutien-gorge. Ensuite, on a parlé de la première femme juge, de la première femme cosmonaute, de la première femme haltérophile... Bien sûr, je suis favorable au pouvoir politique pour les femmes. Je suis pour qu'il y ait des femmes députés, juges, présidentes. Mais peu importe qu'une femme devienne un jour présidente des États-Unis. L'essentiel, c'est l'influence qu'auront les femmes sur la *mentalité* des Américains dans les vingt années à venir. Autrefois, on ne se préoccupait guère de ce que pensaient les femmes, de ce qu'elles éprouvaient. Aujourd'hui, croyez-moi, ça compte. Mieux : les femmes elles-mêmes attachent de l'importance à ce qu'elles pensent et à ce qu'elles ressentent. Et leurs pensées, leurs sentiments sont différents de ceux des hommes. Elles ne sont *pas* agressives. Elles exècrent la guerre, parce qu'elles ont porté dans leur ventre les soldats qui vont se battre. Et, au risque de vous paraître bêtement chauvine, je vous dirai que les femmes sont véritablement plus sensibles, plus tendres, plus humaines que les hommes. Elles ont un registre d'émotions plus étendu, qui leur permet de mieux comprendre les pensées et les sentiments d'autrui... Vous m'en voulez de vous dire ça ?

André n'osa pas rire, ni même sourire.

— Non.

Meredith alla se percher sur l'appui de la fenêtre. Dans la faible lumière, il ne put déchiffrer l'expression de son visage, mais sa mâchoire crispée le renseigna.

— Selon moi, reprit-elle, voilà ce qui arrivera. A mesure que les femmes, avec les valeurs qu'elles incarnent, influenceront leurs fils — quand elles auront suffisamment *confiance* en elles pour influencer leurs fils — alors les hommes changeront. Ils seront moins agressifs. Moins portés sur la guerre. Ils deviendront, à leur tour, plus sensibles, plus tendres, plus humains. Ils ne seront plus tellement acharnés à vaincre, à écraser leurs rivaux. (Sa voix se fit murmure.) A ce moment-là, l'Amérique aura peut-être une chance de devenir le pays dont vous rêviez.

Il l'avait écoutée, mais ce qu'elle décrivait n'éveillait aucun écho en lui. Pourtant, elle parlait d'un pays et d'un peuple qu'il croyait très bien connaître.

Ils étaient très fatigués. Cette nuit-là, ils ne firent pas l'amour. Le lendemain matin non plus. Meredith s'était déjà douchée et habillée lorsque le petit déjeuner arriva. Après avoir mangé — peu et vite — elle se dirigea vers la porte.

— Où allez-vous ? dit André.

— En bas, consulter les horaires des avions et demander au portier s'il peut me réserver une place.

Il hésita un instant avant de demander :

— Pour où ?

— New York.

— Vous ne rentrez pas à Paris ?

— Je n'ai plus rien à faire à Paris.

Le ton de sa voix fit frissonner André. Était-ce délibéré ? Voulait-elle laisser entendre que — tout comme son travail — leur liaison était terminée ? Si oui, que s'était-il passé ?

— Je serai de retour dans une semaine, dit-il.

— Vous n'en savez rien. Et, moi, je dois reprendre ma galerie en main si je ne veux pas qu'elle périclite.

Sitôt la porte refermée sur elle, André appela le bureau de l'U.S.B.C. Une rédactrice lui annonça que le courrier de New York venait d'arriver. Elle allait regarder s'il y avait quelque chose pour lui. Tout en attendant, il songea à l'attitude brusquement distante de Meredith. Après leur conversation de la nuit précédente, elle avait dû comprendre que, malgré leurs sentiments réciproques, un océan les séparait. Était-ce cela qui avait rompu le charme ?

La rédactrice revint au bout du fil :

— Il y a un paquet pour vous. Je vous le fais porter ou vous passez le chercher ?

Il opta pour la première solution. Puis il appela le portier pour lui demander comment on allait en Bolivie. Il pouvait prendre, à 21 h 45, le 747 de la Varig à destination de Rio de Janeiro ; le lendemain matin, à neuf heures et quart, un vol de la compagnie Cruzeiro lui permettrait de rejoindre La Paz.

On lui apporta le paquet au bout d'une demi-heure. Le dossier était volumineux. Il ne put se résoudre à le lire. Il l'éplucherait dans l'avion ; le voyage était long jusqu'à Rio. Il se borna à lire la note d'accompagnement. On ignorait l'adresse et le numéro de téléphone de Hoepner. Seule piste : la fausse identité sous laquelle il vivait depuis trente ans. *Wilhelm Kurtz.*

Meredith revint quelques minutes plus tard. Elle avait réservé une place sur le vol de la T.W.A. à destination de New York, à 16 h 25.

— J'aurai besoin de votre adresse pour vous renvoyer votre valise dès mon retour à Paris. Si vous préférez la récupérer plus tôt, je demanderai à Mme Cartet de vous l'expédier.

— Ça pourra attendre. J'ai emporté l'essentiel.

Elle entreprit de rassembler ses affaires. André l'observa en silence. Brusquement, il dit :

— Ne rentrez pas à New York. Accompagnez-moi à La Paz.

23

Dans son appartement du Watergate, Charles Houghton attendait son premier visiteur. Il était satisfait. Cette fois, il n'avait commis aucune erreur. Pas de visites malencontreuses à de parfaits inconnus. Pas de notification aux responsables des divers départements de la C.I.A. Pas de confidences. Ni à Meredith — qui, selon toute probabilité, était encore en France. Ni à Billy, son loyal adjoint, en qui il avait pourtant une confiance absolue.

Plus important, il avait fait abstraction de ses sentiments personnels afin de pouvoir accomplir la tâche qu'il s'était assignée. Il envisageait le problème avec objectivité. Ce qui le préoccupait au premier chef, c'était l'intérêt national. Pour cela, il ne pouvait offrir que le meilleur de lui-même : ses facultés de raisonnement. De nouveau, ses actes lui étaient dictés uniquement par la raison.

Dans sa profession, l'arme principale était la réflexion. Les gadgets pouvaient être utiles, mais ils ne résolvaient pas la question essentielle qui, la plupart du temps, se posait aux services secrets : *pourquoi* telles personnes agissent-elles de telle manière ?

Pourquoi les Russes avaient-ils fourni à André Kohl cette information précise ? Élémentaire : parce que cela servait leurs intérêts. Ils souhaitaient la défaite de Laurent.

Pourquoi Virgil Craig avait-il eu cette réaction concernant une information datant de plus de quarante ans ? Cette fois, la réponse était moins évidente. Mais, en réfléchissant bien, on devait pouvoir la trouver.

Trois hypothèses :

Ce qui s'était passé embarrassait Craig au plus haut point. Hypothèse à écarter, puisque Craig avait aussitôt averti toutes sortes de gens : des Français et des Américains, en remontant jusqu'au président des États-Unis. D'autre part, Craig ne risquait guère d'être embarrassé par un épisode dans lequel il n'avait joué qu'un rôle mineur et indirect.

Ce qui s'était passé quarante ans plus tôt avait un lien avec des événements plus récents. Cela expliquait pourquoi la démarche de Houghton avait provoqué une telle ébullition. La réponse s'imposait. Comme l'avait déclaré le président : l'élection de Laurent était souhaitable pour l'Amérique. Craig lui-même avait dit à Houghton, lors de leur entrevue, qu'il ne pouvait pas — dans l'intérêt du pays — lui fournir le renseignement qu'il désirait. Néanmoins, cette réponse n'était pas satisfaisante. Elle était trop superficielle. Virgil Craig, à la retraite depuis plusieurs années, n'avait aucune raison de se passionner à ce point pour une élection présidentielle française.

Ce qui s'était passé avait un lien avec des problèmes actuels qui touchaient Craig de près. Cette réponse-là était satisfaisante. Et parfaitement plausible. Mais de quels problèmes s'agissait-il ? S'il parvenait à le découvrir, Houghton tiendrait une première piste. Cela lui permettrait peut-être d'identifier ce mystérieux réseau qui existait à l'intérieur de la C.I.A., de la D.G.S.E. et, probablement, de nombreux autres services secrets.

Maintenant que le problème était posé, restait à recueillir des informations. Pour cela, pas de gadgets. Simplement de patientes recherches.

Le premier renseignement important, Houghton le trouva dans le dossier de Virgil Craig. Après la guerre, quand l'O.S.S. avait été dissous, le C.I.C.[1] avait pris le relais pendant une brève période. Craig avait été muté au C.I.C. C'était à cette époque qu'il avait interrogé Hoepner. Et bon nombre d'autres nazis.

Le second renseignement, Houghton le trouva dans les dossiers de ces nazis. Il y en avait une demi-douzaine. Des hommes de la Gestapo de rang inférieur, qui avaient eu chacun la responsabilité d'un secteur en territoire occupé. Leurs

1. C.I.C. : Counter Intelligence Corps.

dossiers n'étaient pas moins détaillés ni moins ignobles que celui de Hoepner. En les lisant, Houghton éprouva de la répulsion mais, surtout, un malaise lancinant. Il aurait été bien incapable d'en définir la cause, mais le malaise persistait. Ce n'était pas dû aux faits mentionnés ; plutôt à ceux qui ne l'étaient pas.

Brusquement, il mit le doigt dessus. Ces hommes n'avaient pas été jugés pour leurs crimes contre l'humanité. Ils s'étaient tous enfuis, comme Hoepner. *Tous en Amérique latine.*

Comment ? Pourquoi ? Virgil Craig avait-il joué un rôle dans leur fuite ? Extravagant... Et pourtant, l'hypothèse méritait d'être examinée.

De toute évidence, ces hommes n'avaient pas pu s'enfuir seuls. Ils avaient certainement bénéficié de l'aide et de la protection d'amis puissants. Quels amis ? Là encore, la réponse — aussi incroyable qu'elle fût — était évidente.

Mais il lui fallait des preuves. Et ces preuves-là, il ne les trouverait pas dans des dossiers. Il allait devoir s'y prendre autrement.

Voilà pourquoi, le mardi précédent, avant la réunion des responsables de tous les départements de la C.I.A., il avait pris cinq comprimés d'atropine. Cinq minutes après le début de la réunion, Bill Coughlin l'avait regardé avec inquiétude : « Bonté divine, Charlie, vous avez une mine épouvantable ! » C'était vrai. Il avait le visage moite, empourpré. On avait aussitôt convoqué un médecin. Houghton avait presque quarante de fièvre et son cœur battait à cent vingt pulsations minute — le double de son rythme normal. Une rougeur envahissait sa poitrine. Le médecin avait proposé de l'emmener au Walter Reed Hospital, mais Houghton avait insisté pour rentrer chez lui. Quatre heures après avoir regagné son appartement, il était rétabli. Le lendemain matin, le premier de ses invités arrivait.

Il en reçut encore plusieurs les jours suivants, à intervalles prudemment espacés. Son absence du bureau n'éveillerait aucun soupçon, puisqu'il était censé se remettre de sa brusque maladie. Tous ses visiteurs avaient travaillé au C.I.C. à la même époque que Virgil Craig. C'était un peu risqué de les interroger directement — ils pouvaient être de mèche avec Craig — mais Houghton n'avait pas le choix. Il avait prévenu chacun, au téléphone, qu'il s'agissait d'une affaire ultra-secrète. Il espérait que ces hommes, flattés d'être convoqués par le directeur adjoint de la C.I.A., se montreraient discrets. Il espérait aussi qu'ils lui apprendraient ce qu'il voulait savoir.

Ce fut le cas. Une histoire logique et plausible commença à se dessiner, puis se précisa au fil des visites. Ses hôtes expliquèrent à Houghton qu'à une certaine époque ils avaient tâtonné dans le noir. Ils avaient reçu pour mission d'en apprendre le plus possible sur les Russes et sur leurs agents en Europe. A leurs yeux, tous les communistes étaient des agents à la solde des Soviétiques. Avec de tels renforts, les Russes n'auraient aucune difficulté à envahir l'Europe. Il n'y avait que les Américains pour les en empêcher. C'était une terrifiante perspective. Et, pour les hommes du C.I.C., c'était une mission écrasante. Ils ignoraient pratiquement tout des Russes, de leurs effectifs, de leur manière d'opérer. Or on les pressait d'obtenir des renseignements à tout prix. Alors, ils s'assurèrent le concours d'hommes qui s'y connaissaient — ou qui prétendaient s'y connaître.

Parmi tous les anciens agents secrets qu'il aurait pu convoquer, Houghton en avait choisi cinq. Ils formaient un échantillon représentatif des divers secteurs d'activités. En outre, ils vivaient sur le littoral atlantique, ce qui ne leur faisait pas un trop grand déplacement pour venir à Washington. Une chose frappa Houghton : ces cinq hommes étaient des Américains honnêtes et dévoués. A l'époque, ils avaient cru agir dans l'intérêt de la patrie. Bien entendu, ils savaient que les Allemands qu'ils contacteraient avaient appartenu à la Gestapo. Mais ils avaient reçu l'ordre de recueillir des informations dans le but de contrer un péril soudain, énorme. Dans leur esprit, la fin justifiait les moyens. D'autre part, ils n'avaient jamais su exactement quels forfaits avaient commis ces Allemands.

Après tout, ce n'était pas leur boulot de juger les criminels de guerre. Leur boulot à eux, c'était le renseignement. Les services spéciaux américains n'étaient pas les seuls à avoir utilisé, après la guerre, les criminels nazis. Le MI-5, le K.G.B. et la D.S.T. en avaient fait autant.

S'étaient-ils rendus compte, à un moment ou à un autre, que les anciens nazis inventaient de toutes pièces des renseignements afin de se rendre crédibles ? Non. Comment s'en seraient-ils doutés ? Ils prenaient tout ce qu'on leur donnait.

Vint enfin le moment où les efforts des chasseurs de nazis recoupèrent ceux des services spéciaux. L'un d'eux, qui recherchait Hoepner, le trouva inscrit sur les tablettes en qualité d'informateur, sous la protection d'un officier du C.I.C. qui avait initialement lancé un mandat d'arrêt contre lui. En moins d'un an, la consigne avait changé : on ne devait plus pourchasser les nazis mais les communistes.

— Hoepner ? Nous le traitions avec beaucoup d'égards. Nous nous mettions en quatre pour lui être agréables, déclara à Houghton un ancien commandant des services secrets.

C'était un homme de plus de soixante-dix ans, frêle et barbichu. Il ne semblait plus en avoir pour bien longtemps à vivre. Il parlait d'une voix usée.

— Nous l'avions installé avec sa famille dans une jolie petite maison d'Augsburg. Pour l'emménagement, nous avions mis un de nos camions à sa disposition. Nous lui donnions de belles valises en cuir quand il voyageait pour notre compte. De temps en temps, nous allions boire une bière avec lui. Il était parfaitement à l'aise.

Pourtant, Hoepner savait certainement que des gens le recherchaient pour l'arrêter ?

— Il le savait, oui. Mais ça ne l'inquiétait pas. Il savait que nous le protégerions, parce qu'il était efficace. Nous avions un grand respect pour sa compétence et nous avions toute confiance dans ses informations. Il nous était très utile.

Houghton ne jugeait pas. Il se contentait d'écouter. Il comprenait le processus qui avait abouti à cette situation. L'escalade de la guerre froide ; le besoin réel de renseignements et la pression de plus en plus forte pour en obtenir ; puis le blocus de Berlin, qui semblait confirmer les pires craintes de l'Amérique quant aux intentions belliqueuses des Russes. Les Américains décidèrent d'infiltrer le parti communiste bavarois. Hoepner leur proposa de s'en charger. Et il réussit. Aux États-Unis, sa cote grimpa.

— C'était un homme très habile et extrêmement intelligent. Il savait s'y prendre pour soutirer des renseignements au cours d'un entretien ou d'un interrogatoire. Il était également capable d'évaluer la force et les faiblesses de certains individus. Bref, c'était un professionnel plein d'expérience et réellement compétent.

En entendant ce jugement quarante ans après, Houghton se contenta d'acquiescer. A quoi bon faire observer à son interlocuteur que ce « professionnel » avait acquis son expérience, sa compétence, en « interrogeant » quatre mille personnes qui étaient mortes par sa faute ?

Les Français se lancèrent à la recherche de Hoepner, mais celui-ci avait disparu. Ils demandèrent aux Américains s'ils savaient où il était. Les Américains répondirent par la négative. Ils devaient absolument protéger Hoepner. Ils avaient besoin de lui.

Peu à peu, Hoepner se lia d'amitié avec ses employeurs américains. Ils se rencontrèrent plus souvent. On l'invita. Chaque fois, c'était l'occasion de parler boutique :

— Il me racontait ses faits de guerre, je lui racontais les miens. Il me parlait de certaines atrocités commises contre les soldats allemands et des réactions que cela provoquait.

— Parlait-il de ses méthodes ?

— Un jour, il a abordé le sujet. Il m'a expliqué que, parfois, les « interrogatoires perfectionnés » — pour reprendre son expression — étaient nécessaires. Quand on était pressé par le temps, il fallait obtenir rapidement des résultats, sans quoi les conséquences pouvaient être désastreuses.

— Et vous partagiez ce point de vue ?

— Oui.

— Quels étaient les contacts de Hoepner ?

— Presque uniquement d'anciens SS.

— Cela ne vous gênait pas ?

— Les renseignements dont nous avions besoin rapidement étaient d'un genre très particulier. Dans ces cas-là, il fallait des informateurs connaissant parfaitement les techniques et les procédures policières.

Les Français revinrent à la charge, plus décidés que jamais à retrouver l'assassin de Jacques Ferrer, le président du Conseil national de la Résistance. Les Américains répétèrent qu'ils ignoraient où se trouvait Hoepner.

— Pour nous, il ne faisait pas un pli que les services secrets français étaient noyautés par les communistes et par le K.G.B. Si jamais ils avaient coincé Hoepner, ils l'auraient fait parler. Hoepner leur aurait tout raconté sur nos opérations et sur les informateurs qu'il avait recrutés pour notre compte. Nous devions à tout prix empêcher cela.

Mais les pressions augmentaient. Les Français envoyèrent des enquêteurs en Allemagne à la recherche de Hoepner. Ils faillirent le trouver. Dès lors, le mot d'ordre tomba : « Ne livrez pas Hoepner, mais qu'il disparaisse. » Le bourreau de Clermont-Ferrand devenait un problème politique trop grave.

C'est ainsi que Hoepner et sa famille empruntèrent la « Rat Line[1] », un itinéraire secret balisé par la sécurité militaire pour aider ses amis à fuir l'Europe.

En camion et en train, on leur fit traverser l'Autriche jusqu'en Italie. Ils embarquèrent à Gênes. Ils voyagèrent avec de faux passeports. Hoepner se faisait passer pour un horloger qui se rendait avec sa famille en Bolivie, où des parents devaient les prendre en charge. Pour les papiers, on s'était arrangé avec le consulat américain à Munich. Hoepner avait une nouvelle identité : Wilhelm Kurtz. Un convoyeur américain les accompagna tout au long de la Rat Line jusqu'à ce qu'ils soient à bord du bateau. Chaque fois qu'il y avait des démarches administratives, l'Américain se chargeait des négociations. Le voyage se déroula sans le moindre problème. La plupart des préposés de la Rat Line avaient une dette de reconnaissance envers les Américains. Les autres, on leur avait graissé la patte.

A présent, Houghton connaissait toute l'histoire. Malheureusement, ça ne l'avançait à rien. Pour les services spéciaux, c'était là de l'histoire ancienne. Quel rapport avec *aujourd'hui* ? Et avec Virgil Craig ? La réponse était certainement quelque part. Il suffisait de réfléchir.

Moitié par intuition, moitié par raisonnement, il finit par trouver. Mais c'était une réponse encore théorique, à vérifier.

Le vendredi soir, plusieurs heures après le départ de son dernier visiteur, Houghton téléphona à Annapolis, dans le Maryland. Il appela un certain Dick Sexton. Vers la fin des années cinquante, Sexton avait dirigé une petite compagnie aérienne, Air Congo. Officiellement, c'était une compagnie privée. En réalité, elle servait de couverture à la C.I.A., qui lui

1. Littéralement : la filière du rat.

procurait les fonds et le personnel. En particulier, la C.I.A. souhaitait ardemment que le règne de Patrice Lumumba, Premier ministre de la République congolaise, fût de courte durée. Vœu exaucé. Lumumba fut assassiné en 1961. Pendant toute la durée de cette opération, Sexton avait été le directeur général d'Air Congo. Il était resté encore dix ans à la C.I.A., en s'occupant toujours des affaires africaines. Puis il avait pris une retraite anticipée pour continuer le même boulot en indépendant. Il avait compté parmi ses clients des gouvernements, des entreprises, la C.I.A. elle-même — tous ceux qui voulaient faire exécuter un travail sans passer par des canaux officiels. Deux ans auparavant, Sexton était rentré définitivement aux États-Unis pour diriger un chantier naval à Annapolis. Il s'était arrêté en chemin chez Houghton pour lui présenter ses respects et pour le remercier des contrats qu'il avait obtenus grâce à lui. Par la même occasion, il avait assuré le directeur adjoint de la C.I.A. que celui-ci pourrait toujours compter sur lui en cas de besoin.

— Dick, nous préparons une très grosse opération en Amérique latine, lui dit Houghton au téléphone.

— Vu.

— Nous allons très vite avoir besoin de nombreux effectifs. Comme à l'époque où vous étiez entrepreneur indépendant en Afrique.

— Vu.

— J'ai pensé que vous pourriez peut-être me recommander quelqu'un.

— Vu. C'est Virgil Craig qu'il vous faut.

24

Ils entamaient un somptueux dîner dans les premières classes d'un 747 de la compagnie Varig. Ils avaient quitté Londres deux heures plus tôt.

— Je me demande ce que je fais ici, dit Meredith à André. A part ça, je me pose une seule question : comment allez-vous persuader cet Hoepner de vous recevoir ?

André sourit.

— D'abord, je chercherai quelqu'un qui le connaisse très bien. Ensuite, je demanderai à ce monsieur de chuchoter deux mots à l'oreille de Hoepner.

— Deux mots ? Lesquels ?

— Camille Laurent.

— Pourquoi cela vous ouvrirait-il les portes ? Ils ne se sont pas revus depuis quarante ans.

— Exact. Mais il est absolument vital pour Hoepner que Laurent soit élu.

André tapota le dossier Hoepner. Il avait fini de le lire juste avant le dîner.

— Dieu sait comment Hoepner est arrivé en Bolivie, mais les Français ont découvert qu'il était là-bas. Depuis lors, ils réclament son extradition. Tant que la Bolivie était une dictature, ils n'avaient aucune chance d'obtenir satisfaction. Mais, il y a quelques années, une grave crise politique a secoué le pays, amenant au pouvoir un régime relativement progressiste. Depuis ce moment-là, les Français ont accentué leurs pressions. Certains indices donnent à penser que les autorités pourraient coopérer, quoique Hoepner soit aujourd'hui citoyen bolivien. Mais, si Laurent est élu, vous pensez bien que la demande d'extradition sera discrètement classée.

— Ah !...

— Voilà pourquoi Hoepner me recevra. Il comprendra tout de suite ce que je sais et il voudra connaître mes intentions.

Meredith scruta le visage d'André.

— Hé ! minute ! Ça risque d'être dangereux.

André vida son verre.

— Je compte mettre les choses au point avec Hoepner dès le départ. S'il m'arrive quoi que ce soit, New York donnera le feu vert pour diffuser le reportage. Je compte également prévenir la police bolivienne de mon arrivée — elle sera au courant de toute manière, quand nous nous inscrirons à l'hôtel — et lui dire qui je vais voir.

— Si Hoepner vous tue, ça vous avancera fichtrement.

André étreignit la main de Meredith.

— Je ne suis pas un héros. Je ne prendrai pas de risques inutiles.

Elle le dévisagea, sourcils froncés.

— Vous n'avez pas peur ?

— Pour l'instant, non. Le moment venu, je serai terrifié. (Il lui serra de nouveau la main.) En attendant, pensons à autre chose. Parlons plutôt de l'autre question que vous vous posez.

— Bon. Qu'est-ce que je fais ici ?

— Vous ne le savez pas ?

— Ce matin, je pensais avoir résolu le problème. Notre conversation de cette nuit m'a enfin ouvert les yeux sur certaines réalités.

— Par exemple ?

— Vous êtes un homme célèbre fixé en Europe. Moi, je suis une marchande de tableaux débutante qui essaie d'insuffler de la vie à une galerie new-yorkaise. Ce ne sont pas des conditions idéales pour fonder quelque chose ensemble.

— Vous pourriez ouvrir une galerie à Paris.

— Macache ! Là-bas, les propriétaires de galeries sont solidement implantés. Ils ont les vieux artistes sous contrat. Quant aux jeunes artistes, vous aviez raison : leurs œuvres sont vraiment quelconques. Je ne pourrais donc pas acheter de tableaux que j'aurais envie de vendre.

— Et les peintres d'Europe de l'Est ?

— Risqué. Ils sont peut-être géniaux, mais ce sont tous des inconnus. Il faudrait créer le marché. Cela demande du temps et de l'argent. Or je n'ai pas d'argent.

— Moi, j'en ai.

Meredith secoua la tête.

— Cette nuit, une autre évidence m'est apparue. Pendant que je vous expliquais pourquoi la situation actuelle des États-Unis me passionnait, comment les femmes allaient changer les mentalités, j'ai eu l'impression que vous ne me croyiez pas. Je me suis alors rappelée que vous aviez quitté le pays pendant une période de profondes mutations. Au fond, vous ne comprenez peut-être pas les Américaines comme moi. Ce que nous voulons, c'est être nous-mêmes.

— Ça, je le comprends.

— Oui, mais le *sentez*-vous ? L'*approuvez*-vous ?

Une hôtesse s'avançait vers eux, proposant du vin aux passagers. Elle était si sexy qu'ils s'interrompirent pour l'observer. C'était une brune aux yeux marron, au teint hâlé et aux formes généreuses. Tout en remplissant leurs verres, elle sourit à André. Lorsqu'elle se fut éloignée, Meredith reprit :

— Voyez-vous, c'est *ça* votre idée de la femme...

— Vous êtes injuste.

— Je rectifie. C'est l'image que s'en fait votre génération.

— Et *ça,* ce n'est pas gentil.

Elle lui étreignit le bras. Cela lui fit le même effet que la première fois, le soir de leur rencontre.

— Je ne l'entendais pas dans ce sens-là. Notre différence d'âge n'entre pas en ligne de compte, croyez-moi. Elle ne me gêne pas. Vous êtes très jeune, à votre manière, et vous avez l'air juvénile. Un peu d'exercice ne vous ferait pas de mal, mais c'est remédiable... En fait, je vous parle de ce qui se passe là-dedans. (Elle lui tapota le front.) Il y a vingt ou trente ans, les femmes ne pensaient pas comme aujourd'hui. Elles avaient peut-être les mêmes désirs que nous, mais elles ne savaient pas les assumer ni les exprimer. Je suis sûr, sans même l'avoir connue, que c'était le cas de votre femme.

— Elle n'était pas libérée, si c'est ce que vous voulez dire.

— Là, vous apportez de l'eau à mon moulin. *Moi,* je suis

libérée. Complètement. Que feriez-vous d'une femme comme moi ? Vous n'auriez aucune raison de transiger. Vous êtes un homme célèbre qui parcourt le monde en avion — en première classe. Ce que j'essaie de vous expliquer, c'est que nous vivons dans deux mondes différents... Et ça, j'ai fini par le comprendre la nuit dernière.

— Je savais bien qu'il s'était passé quelque chose.

— Alors ? Qu'est-ce que je fais dans cet avion ?

André l'embrassa.

— Vous allez à Rio. Détendez-vous et profitez du voyage, d'accord ?

Il se remit à manger, mais il n'avait plus faim. Il n'avait pas répondu à la question de Meredith. Et il n'était pas sûr de pouvoir y répondre.

Ils atterrirent à Rio — avec quinze minutes d'avance — à sept heures moins le quart du matin. Sur le moment, la fraîcheur les surprit. Puis ils réfléchirent qu'ils avaient traversé non seulement un océan mais l'équateur. C'était le début mai ; l'hiver approchait.

Rio avait quatre heures d'avance sur Londres. Autrement dit, le voyage avait duré treize heures.

— Je suis complètement déboussolée, dit Meredith. (Elle observa André.) Vous, par contre, on croirait que vous avez passé la nuit dans votre lit.

C'était vrai. Sa drogue — le mouvement — avait produit l'effet habituel. En outre, il s'était rasé et avait changé de chemise. Un rite, lors des longs trajets. Ses problèmes personnels étaient relégués au second plan. Il ne pensait qu'au dénouement imminent du reportage le plus coriace de sa carrière.

A neuf heures et quart, ils étaient à bord de l'appareil de la compagnie Cruzeiro. Six heures plus tard, ils survolaient La Paz. La ville semblait avoir été soulevée par les montagnes environnantes. Les buildings formaient des dessins géométriques à perte de vue. Au-dessus des canyons et sous les sommets couronnés de neige, la terre brune, craquelée et crevassée, faisait penser à la surface de la lune. Le ciel était bleu vif, la lumière intense. Çà et là, les nuages projetaient des ombres pourpres sur la ville et sur les montagnes. Le mont Illimani planait au-dessus de la capitale comme un gigantesque oiseau des neiges.

Grâce à la documentation de l'U.S.B.C., André avait appris que l'aéroport d'El Alto — situé à quatre mille deux cents mètres — était le plus élevé du monde.

— Allez-y doucement, dit-il à Meredith lorsqu'ils descendirent de l'avion.

Ils se mirent en marche vers l'aérogare, un édifice bas hérissé d'une tour. André ne portait qu'un sac de voyage, mais celui-ci lui semblait aussi lourd qu'une valise. Il avait mal à la tête et il éprouvait des difficultés à respirer. Il se tourna vers Meredith.

— Manque d'oxygène, dit-elle en souriant. Ça ne donne pas vraiment envie de faire du jogging, hein ?

Dans le dossier de documentation, André avait également trouvé un conseil. S'il ne voulait pas d'autres clients dans son taxi, il devait le spécifier. Ce qu'il fit.

Quand on descendait de l'aéroport, la ville se présentait sous l'aspect d'un immense amphithéâtre dont la scène serait occupée par de hauts immeubles rectangulaires et les gradins escarpés par des maisons en adobe accrochées aux flancs des montagnes. Les toits en tôle lançaient des reflets argentés, les toits en tuiles des reflets orangés. Des bosquets de grands arbres droits, au feuillage semblable à des éventails allongés, se dressaient vers le ciel. Tous les deux ou trois cents mètres, ils dépassaient des Indiennes qui descendaient vers la ville, conduisant des lamas chargés de fardeaux. Certaines de ces femmes portaient des bébés sur le dos, dans des *rebozos*. Une couche de poussière couvrait les bâtiments, mais les rues étaient propres. Des hommes les nettoyaient à l'aide de balais à manche court qui les obligeaient à travailler courbés. André et Meredith arrivèrent bientôt à l'hôtel Crillón, sur la plaza Isabel la Católica. Un jeune sous-directeur les escorta jusqu'à leur suite donnant sur la place. Cinq minutes plus tard, ils dormaient. Ils se réveillèrent à dix heures du soir. Pendant la nuit, ils dormirent d'un sommeil agité. L'altitude continuait à les gêner. Le lendemain matin, Meredith souffrit de troubles visuels. André, lui, avait du mal à bouger.

A neuf heures, alors qu'il s'apprêtait à aller au commissariat de police, le téléphone sonna. Il échangea avec Meredith un regard intrigué. Puis il décrocha.

— Ici Hoepner, déclara en anglais une voix à l'accent allemand. Je crois que vous désirez me voir.

Les questions se bousculaient dans l'esprit d'André. Qui avait averti Hoepner de sa venue à La Paz ? Comment avait-on *appris* qu'il venait ? Comment Hoepner savait-il qu'André était arrivé et qu'il était descendu dans cet hôtel ?

Ce dernier point était le plus facile à éclaircir. Hoepner avait été prévenu par la police ou par le service d'immigration. Au contrôle des passeports, la police avait dû repérer à quel hôtel il s'était inscrit. Apparemment, Hoepner avait des relations. André n'avait plus besoin d'aller trouver la police.

Comment avaient-ils appris qu'il venait à La Paz ? Seule l'U.S.B.C. était dans la confidence. Ils avaient dû procéder par déduction. Puisque André n'était pas en France en train de préparer son reportage, cela signifiait très probablement qu'il remontait la piste jusqu'au bout. Mais, pour arriver à cette conclusion, il fallait savoir que Hoepner était impliqué dans l'affaire. A part la C.I.A. et le K.G.B., qui était au courant ? La D.G.S.E. Mais la D.G.S.E. aurait-elle alerté Hoepner ? Non, pas plus que la C.I.A. ou le K.G.B. Par conséquent, un agent de la D.G.S.E. — un sympathisant de Laurent — avait dû informer le général. Car Camille Laurent était la seule personne à avoir pu alerter Fritz Hoepner.

Ils savaient donc quelle information possédait André. Comment l'avaient-ils appris ? Mystère. En tout cas, ils savaient. Et ils étaient prêts à agir en conséquence. André n'avait pas eu la moindre démarche à faire ; Hoepner était venu à lui. Il s'était même présenté sous son véritable nom. Et il voulait déjeuner avec André à son club, le Club de La Paz.

— Demandez le señor Kurtz, dit-il. Je suis connu sous ce nom.

A une heure, André se prépara à partir.

— Soyez prudent, lui dit Meredith.

— Je ne risque rien. Si Hoepner magouillait quelque chose, il s'y serait pris autrement. Il aurait prévu un rendez-vous dans un endroit secret, avec toute une mise en scène : bandeau sur les yeux, changement de voiture pour brouiller sa piste... Là, je vais juste déjeuner dans un club.

— Vers quelle heure pensez-vous rentrer ?
— Quatre heures et demie..., cinq heures...
— Si vous n'êtes pas là à cinq heures, j'appelle l'ambassade américaine.
S'approchant d'elle, il lui prit la tête dans les mains et la regarda droit dans les yeux.
— Vous ne comprenez toujours pas ce que vous faites ici ?
— Je commence, malheureusement.
— Pourquoi « malheureusement » ?
Elle hésita un instant avant de répondre :
— Inutile de vous encombrer l'esprit avec ça. Nous en parlerons ce soir. Maintenant, allez-vous-en. Plus tôt vous partirez, plus tôt vous rentrerez.
— Voulez-vous réfléchir à quelque chose pendant mon absence ?
— A quoi donc ?
— Au fait que je vous aime.
Il lui effleura les lèvres d'un baiser et sortit.

La salle à manger du Club de La Paz se voulait de style arts-déco : murs tapissés de miroirs et mobilier chromé. Hoepner se leva quand André le rejoignit à sa table. Mais il ne tendit pas la main. André en fut soulagé. L'Allemand, petit et trapu, indiqua une chaise. Le maître d'hôtel s'avança aussitôt pour présenter le siège à André. Le journaliste s'assit, heureux d'avoir ce petit instant de répit pour se composer une attitude. Son cœur battait à coups précipités, car l'altitude accentuait son anxiété. En venant au club, il s'était demandé quel effet cela lui ferait de s'asseoir à la table d'un criminel de guerre. S'il avait eu le choix, il ne l'aurait pas fait. Mais c'était Hoepner qui dirigeait les opérations.

André ne voulait pas regarder l'homme qu'il était venu voir. Après le coup de téléphone de Hoepner, il avait de nouveau parcouru le dossier en attendant l'heure du rendez-vous. Il s'était toujours efforcé de ne pas porter de jugement sur les personnes qu'il interviewait. En l'occurrence, c'était impossible. Les preuves étaient trop accablantes. Des milliers de gens avaient témoigné du sadisme du bourreau de Clermont-Ferrand.

Finalement, André dut lever les yeux. S'il n'avait pas connu le passé de Hoepner, il l'aurait pris pour un grand-père bienveillant. C'était un homme d'environ soixante-dix ans, qui faisait son âge. Ni plus ni moins. Cheveux clairsemés. Regard triste d'épagneul. Perpétuel froncement de sourcils.

— Désirez-vous boire quelque chose ? dit-il. Ils ont tous les cocktails américains. Peut-être préférez-vous un rhum *sour ?* Ou une bière ? La Paceña est excellente. C'est la bière locale.

André avait désespérément envie d'un verre.

— Rien, merci.

Hoepner acquiesça.

— Parlez-vous l'espagnol ?

— Non.

— Dans ce cas, je vais commander pour vous. Que désirez-vous ? La cuisine est délicieuse.

André s'était attendu à tout sauf à cela : Hoepner était charmant. Il n'aurait pas pu être plus aimable. Il regardait son invité avec sollicitude, attendant sa réponse.

— Quelque chose de léger, dit André. Une omelette, peut-être.

— C'est prudent, en effet. A cette altitude, il vaut mieux ne pas trop manger au début.

Hoepner fit signe au serveur et passa commande en espagnol. C'était plus qu'une simple commande. Il donna toute une série d'instructions, gestes à l'appui, pour bien indiquer comment devait être préparé chaque plat. Il aurait aussi bien pu le faire en anglais ; malgré son accent, il parlait parfaitement cette langue.

— Si j'en crois votre nom, dit-il en se tournant vers André, vous êtes de père allemand et de mère française. C'est bien cela ?

— En effet.

André s'aperçut avec stupeur que, dans d'autres circonstances, il aurait trouvé Hoepner franchement sympathique.

— Mon père était juif, ajouta-t-il.

Compte tenu de l'objectif qu'il poursuivait, ce n'était pas prudent de dire cela. Mais il ne put s'en empêcher.

D'un hochement de tête, Hoepner prit acte de cette précision.

— Et vous ? demanda-t-il.

— Ma mère m'a élevé dans sa religion. Elle est catholique.

— En allemand, nous vous appellerions un *mischling*. Mais vous parlez peut-être l'allemand ?

— Aussi bien que vous l'anglais.

De nouveau, Hoepner inclina la tête.

— A présent, si vous me disiez pourquoi vous avez fait tout ce chemin pour me voir ?

— Expliquez-moi d'abord comment vous avez été au courant de ma venue, puis de mon arrivée.

Pour la première fois, l'Allemand sourit. C'était un sourire rusé, diabolique. Une fossette se creusa dans sa joue droite. Ses dents, blanches et régulières, étaient manifestement bien soignées.

— Le deuxième point est plus facile à expliquer que le premier. Dans ce pays, les gens travaillent dur. Mais ils sont pauvres. Ils ont besoin d'un emploi secondaire pour survivre. J'ai un peu partout des hommes qui me tiennent informé de... disons, ce que je dois savoir. Pour ce qui est du premier point, je savais que vous risquiez de venir. Je ne peux pas vous en dire plus.

— Il n'y a qu'une seule personne au monde qui ait pu vous avertir.

Hoepner haussa les épaules.

— Croyez ce que vous voulez. (Il tourna la tête.) Ah ! voici nos entrées. Avez-vous déjà mangé des oursins ?

Le serveur posa devant eux des coquilles rondes, hérissées de piquants.

— Ils sont meilleurs qu'ils n'en ont l'air, dit Hoepner en riant. Et ils sont du jour : on les fait venir quotidiennement de Lima par avion.

Il attaqua le premier avec délectation. André, lui, hésita. Il n'avait aucune envie de partager le repas de cet homme, mais il n'avait pas le choix. Ce ne serait pas la première fois qu'il ferait quelque chose de rebutant afin d'obtenir une information. Avec répugnance, il entreprit de manger son oursin. La chair avait étonnamment bon goût ; cela ressemblait à du caviar fin et léger.

— Et maintenant, dit Hoepner lorsqu'ils eurent terminé, j'attends que vous répondiez à ma question.

— Je crois que vous connaissez la réponse.

Hoepner acquiesça.

— Oui. Bien sûr. Est-ce que cela servirait à quelque chose de discuter, ou bien avez-vous déjà pris votre décision ?

— Je suis toujours disposé à écouter.

Le serveur apporta la suite.

— Du marcassin, annonça Hoepner. Avec une sauce spéciale : poivre vert, crème fraîche, moutarde et une pincée de sucre.

Il se mit à manger avec appétit, en buvant de temps à autre une gorgée de bière Paceña. André grignota son omelette. Uniquement pour les apparences : il ne voulait pas que, voyant son assiette intacte, Hoepner interrompît le flot de son discours.

Hoepner ne parla pas des atrocités qu'il avait commises. Il expliqua que c'était la guerre et qu'il fallait la gagner, cette guerre. Les provocations françaises, les soldats allemands assassinés, les actes de sabotage : tout cela exigeait une contre-offensive. Œil pour œil... D'accord, il y avait eu des massacres, mais uniquement à titre de représailles. Ah ! si seulement les Français avaient compris ! La véritable menace ne venait pas des Allemands mais des Russes.

— Nous aurions dû tous nous unir — Allemands, Américains, Français, Anglais — et lancer nos armées contre les Russes. Le monde serait aujourd'hui bien différent.

Un silence suivit ses paroles. André s'aperçut que l'Allemand attendait ses commentaires. Mais que dire ? Il ne pouvait en aucun cas approuver cet homme et sa version de l'Histoire. Le moment crucial était arrivé, ce moment qu'André attendait et redoutait tout à la fois. Il sortit de la poche intérieure de son blazer une feuille de papier. Il la déplia et la montra à Hoepner. C'était une photocopie du rapport que Hoepner avait adressé à ses supérieurs au sujet de Camille Laurent.

— Reconnaissez-vous ce document ? demanda André.

— Oui. C'est moi qui l'ai écrit. Je devais impérativement informer les forces d'occupation. Il fallait prendre les dispositions nécessaires pour faciliter la tâche de Laurent et prévoir le cas où il se ferait capturer.

L'espace de quelques instants, tout se mit à valser autour d'André : Hoepner, la table, la salle, même le bruit. Le bourreau de Clermont-Ferrand venait de confirmer que le dossier était authentique. Camille Laurent — le héros de la Résistance, le général respecté de tous, le favori de l'élection présidentielle, à cinq jours de là — avait réellement trahi son pays pendant la deuxième guerre.

En plus de trente-cinq ans de journalisme, André n'avait jamais rien connu de pareil. Ce reportage avait été — de loin — le plus rude de sa carrière. Il avait parcouru des milliers de kilomètres dans trois continents différents, exploité des « contacts » proches des plus hautes sphères gouvernementales de leur pays. Tout cela pour vérifier une information tout bonnement sensationnelle. Et maintenant, enfin, il tenait son reportage. Il ne restait plus qu'à le diffuser. C'était la dernière étape, la récompense. André tremblait d'impatience. Et il avait hâte de quitter Hoepner, ce boucher.

Il replia le papier.

— Merci, dit-il en se levant.

— Un instant.

Hoepner le saisit par le bras et le força à se rasseoir. André ne put réprimer un frisson. Hoepner sourit.

— Ainsi, vous voulez rentrer en France et diffuser votre reportage ?

— C'est mon intention.

— Monsieur Kohl, vous vous êtes peut-être demandé pourquoi je vous parlais avec une telle franchise.

— En effet.

— J'avais deux excellentes raisons. D'abord, j'espérais vous convaincre que vous aviez tout intérêt — en tant qu'Américain patriote — à modifier vos projets. Laurent a travaillé pour moi, c'est vrai. Mais il faut voir dans quel but. Lui et moi, nous partagions un même objectif : vaincre la menace communiste. Laurent voyait les communistes faire main basse sur la Résistance. Il était persuadé que, la guerre terminée, cela se traduirait par une domination politique. Il ne pouvait pas leur faire échec à lui tout seul. Il avait besoin de mon aide. Et, moi, j'avais besoin de la sienne. Nous avons réalisé ensemble beaucoup de choses que nous n'aurions jamais pu réussir séparément.

Le serveur posa une tasse de café devant Hoepner et une autre devant André. Hoepner mit un sucre dans son café, remua méthodiquement et but une gorgée. André ne toucha pas au sien.

Hoepner reprit la parole :

— Admettons un instant que le Camille Laurent d'il y a quarante ans ait été un traître. Pour ma part, je considère que c'était un grand patriote, un homme clairvoyant qui voulait épargner à son pays l'esclavage communiste. Le fait que ses prévisions n'aient pas été exactement confirmées par les événements de l'après-guerre n'enlève rien à leur justesse à long terme. Et aujourd'hui, le danger est bien plus grand qu'il y a quarante ans, parce que la domination communiste aurait des conséquences beaucoup plus dramatiques. Camille Laurent est capable de conjurer ce danger. De tous les Français, il est le seul à pouvoir le faire. De quel droit l'en empêcheriez-vous, monsieur Kohl ? Cet homme peut rendre aujourd'hui d'immenses services. N'est-ce pas plus important que ce qu'il a fait — en bien ou en mal — voici quarante ans ? Êtes-vous prêt à assumer la responsabilité des événements désastreux que provoquerait la défaite de Camille Laurent, monsieur Kohl ?

André en resta bouche bée. Voilà qu'un criminel de guerre lui donnait des leçons de morale et de sens civique ! Mieux, cet assassin lui faisait visiter un désert spirituel dont il était l'un des principaux habitants. Ce désert spirituel évoquait un champ de bataille foulé depuis des siècles par des hommes aux certitudes inébranlables, des hommes convaincus que leurs idées devaient triompher à n'importe quel prix. A cause de cette mentalité, le paysage était jonché de ruines. L'empereur Guillaume avait décrété qu'il fallait écraser ceux qui ne souhaitaient pas la paix. Il avait tenté de les écraser. Un lieutenant de l'armée américaine avait décrété que, pour sauver un village vietnamien, il fallait le détruire. Il l'avait détruit. Comment Camille Laurent s'y prendrait-il pour « sauver » la France ? Emploierait-il les méthodes que lui avait enseignées le bourreau de Clermont-Ferrand ?

Tout cela, André ne pouvait le dire à Hoepner. Cela ne servirait à rien. Il lui fallait contenir sa rage et répondre à l'Allemand avec circonspection.

— Je ne partage pas votre analyse de la situation en France, dit-il. Et je ne vois pas l'avenir de ce pays — avec ou sans Camille Laurent — de la même façon que vous. Mais je me suis demandé, en effet, quel était mon devoir en cette affaire. Et mon devoir — tel que je le conçois — est de rapporter des faits, en laissant le public juger.

— Les premiers responsables de ces « faits », comme vous dites, ce sont les Russes. Ça, c'est un fait, non ?

— Je ne veux pas entrer dans ces considérations.

— Ce n'est pas la peine. Nous savons à quoi nous en tenir.

Soudain, André eut peur. La voix, l'attitude de Hoepner avaient changé. C'était un changement presque imperceptible mais bien réel. La voix était métallique, le regard glacial.

— Ce sont les Russes qui portent la responsabilité de ces prétendus « faits », monsieur Kohl. Cela ne signifie rien pour vous ?

— Les faits sont les faits.

— Imbécile !

L'espace d'une seconde, André eut un aperçu du véritable Hoepner. Une expression de rage meurtrière. Puis, tout aussitôt, Hoepner redevint l'hôte courtois et bienveillant qu'il était depuis le début de l'entrevue.

Il soupira.

— Maintenant, reprit-il d'un ton plein de regret, je dois malheureusement vous dire la seconde raison qui m'a conduit à vous parler aussi franchement. C'est parce que je sais que vous ne diffuserez jamais votre reportage.

— S'agit-il d'un fait ? dit André.

Il tremblait et avait du mal à contrôler sa voix.

— Oui, car je vous considère comme un homme sensé. Or un homme sensé n'irait pas sacrifier la femme qu'il aime pour un misérable reportage.

— *Quoi ?*

André bondit de sa chaise et s'avança vers Hoepner.

— Asseyez-vous, monsieur Kohl. J'ai un garde du corps à moins de six mètres. Si vous me touchez, il vous tuera.

André s'assit, bouche bée, les yeux écarquillés. Impuissant, il attendit le coup qui allait venir.

— Voici une demi-heure, reprit Hoepner, ce gentleman m'a annoncé que notre plan avait été exécuté avec succès. Mlle Houghton est entre nos mains.

André se leva et se dirigea vers la sortie.

— Écoutez-moi bien, dit Hoepner d'une voix qui cloua le journaliste sur place. Si vous voulez la revoir vivante, vous renoncerez à ce reportage. Et vous ne parlerez pas de l'enlèvement de Mlle Houghton — ni aux médias ni à la police bolivienne. Si vous allez trouver la police, sachez que je le saurai dans le quart d'heure qui suit. Si vous faites ce que je vous dis, Mlle Houghton sera relâchée après l'élection française. Si, à ce moment-là, vous décidez de diffuser malgré tout votre reportage, je la retrouverai et je la tuerai, où qu'elle soit.

André poussa un cri de bête blessée. Il traversa la salle à manger comme une flèche, sous le regard stupéfait de la haute société de La Paz. Une fois dans la rue, il se mit à courir vers l'hôtel. Son cœur battait la chamade et il avait les poumons en feu. Haletant, il essayait en vain d'aspirer suffisamment d'oxygène dans cet air raréfié. Il accepta cette douleur comme une expiation. Même s'il devait tomber raide mort, il savait que cela ne rachèterait pas la terrible faute qu'il avait commise. Meredith courait un danger mortel — par sa faute à lui. Pire : il ne savait pas comment faire pour la secourir. Il n'était qu'un amateur, un incapable, un enfant égaré dans un jeu d'adultes. C'était la première fois qu'il avait affaire à des gens de cet acabit. Il ne voyait absolument pas comment s'y prendre avec eux. Jamais il ne s'était senti aussi désemparé. Il se trouvait dans un pays étranger. Il ne parlait pas la langue. Il ne connaissait strictement personne. Et il n'osait pas aller trouver la police.

L'hôtel était en vue. André ne courait plus ; il titubait, manquant tomber à chaque pas. Il haletait si fort que le bruit remplissait ses oreilles. Les piétons s'écartaient pour le laisser passer. Ils le regardaient, inquiets et étonnés, avec l'air de dire : « Il faut être toqué pour se dépenser ainsi à cet âge ! » En effet, il était insensé de demander à son corps un tel effort. Mais sa folie allait plus loin encore : il espérait que Hoepner avait bluffé et que Meredith serait là, saine et sauve, dans leur chambre d'hôtel.

Il fit irruption dans le hall, prit sa clef et se dirigea vers l'ascenseur en trébuchant. Il dut s'appuyer contre un mur pour ne pas tomber. Il haletait si fort que des clients se retournèrent, sidérés. Un sous-directeur se précipita vers lui.

— Vous ne vous sentez pas bien, monsieur ?

André était trop essoufflé pour parler. D'ailleurs, qu'aurait-il pu dire ? Il se contenta d'acquiescer.

Il se retrouva enfin dans l'ascenseur, puis à son étage. Il s'élança dans le couloir. Arrivé devant sa chambre, il ouvrit la porte à toute volée.

— Meredith ! hurla-t-il.

Elle n'était pas là.

André s'effondra dans un fauteuil, en gémissant : « Mon Dieu !... mon Dieu !... mon Dieu !... » Ce n'était pas simplement la litanie angoissée d'un homme accablé. C'était une supplication, une prière pour demander de l'aide. Toute sa vie,

André, en spectateur professionnel, avait assisté à des milliers de drames humains, installé dans sa tribune réservée. Voilà que, brusquement, il devenait acteur du drame. Et il ne savait comment jouer son rôle.

25

Sur une table roulante se trouvait — intact — le déjeuner que Meredith avait commandé. Les hommes de Hoepner avaient dû intimider ou acheter le serveur pour le persuader de leur céder sa place. Puis ils avaient chloroformé Meredith. Ou alors, sous la menace d'un revolver, ils l'avaient obligée à prendre l'ascenseur de service.

Une nouvelle vague de remords envahit André. Non seulement il l'avait laissée seule, mais il n'avait même pas pensé à la mettre en garde contre un éventuel danger. C'était elle qui lui avait dit d'être prudent.

Il resta assis, incapable de bouger. Puis, au bout d'une minute, il se secoua. Ça risquait de ne servir à rien, mais il pouvait toujours essayer. Il décrocha le téléphone.

— Parlez-vous anglais ? dit-il à la standardiste.

— Oui, monsieur.

— Passez-moi l'ambassade américaine.

En quelques instants, on le mit en communication avec le bureau de l'ambassadeur.

— Ici André Kohl, de l'U.S.B.C...

— Monsieur Kohl ! Quelle surprise ! Je suis le secrétaire de l'ambassadeur Curtin. Bienvenue à La Paz. Nous ignorions que vous deviez venir.

— Il faut que je parle à l'ambassadeur. C'est urgent.

— Je vais voir s'il peut vous prendre.

Les secondes passèrent. Enfin, Curtin lui-même vint :

— Monsieur Kohl...

André l'interrompit.

— Monsieur l'ambassadeur, je dois absolument parler au responsable local. Question de vie ou de mort !

Silence presque imperceptible.

— Excusez-moi, monsieur Kohl, mais je ne comprends pas très bien. Quelle antenne locale ?

— Allons, monsieur l'ambassadeur, assez de sottises ! Il faut que je voie le représentant de la C.I.A. J'arrive tout de suite, le temps de venir du Crillón.

Il raccrocha, appela de nouveau la standardiste et demanda le portier.

— Il me faut immédiatement une voiture avec un chauffeur parlant anglais. C'est possible ? Je m'appelle Kohl.

— Vous n'avez qu'à descendre, monsieur Kohl. La voiture sera devant la porte.

Il fonça jusqu'à l'ascenseur. Le fait de s'agiter lui donnait le sentiment de n'être pas totalement impuissant. Dans le hall, il ralentit l'allure. Il n'avait déjà que trop attiré l'attention. Les hommes de Hoepner observaient certainement ses moindres mouvements. Il s'avisa — trop tard — qu'on risquait également de signaler ses coups de téléphone. « Aucune importance », se dit-il en se laissant tomber sur la banquette arrière d'une rutilante Chevrolet vieille de vingt ans. Hoepner se doutait bien qu'André se précipiterait à la C.I.A.

Un marine l'attendait à la porte de l'ambassade.

— Monsieur Kohl ? Suivez-moi, je vous prie.

Mince et blond, le marine avait un uniforme impeccable : souliers brillants, chemise et pantalon sans un faux pli. Il précéda André dans un couloir et monta un escalier menant à une porte dépourvue de plaque. Il ouvrit la porte et s'effaça pour laisser passer André. Un homme d'une soixantaine d'années, aux cheveux poivre et sel coupés ras, était assis à une table de conférence. Il portait une chemise blanche, une cravate noire et un pantalon gris. Il se leva pour serrer la main d'André mais ne déclina pas son identité.

— Il paraît que vous avez un problème ?

Il se rassit et indiqua une chaise à André.

— C'est vous, le patron de la C.I.A. locale ?

— Êtes-vous André Kohl ? Vous lui ressemblez, en tout cas.

André lui tendit son passeport. L'homme y jeta un bref coup d'œil, puis le rendit au journaliste.

— Bon, qu'est-ce qui se passe ?

— Êtes-vous le patron de la C.I.A. locale ? répéta André d'une voix tendue.

L'homme fixa André, les yeux plissés.

— Monsieur Kohl, vous ne tirerez rien de moi tant que vous ne m'aurez pas dit de quoi il retourne.

Il fallut trois minutes à André pour s'expliquer. L'homme écouta en silence. Son visage demeura impassible, même lorsque André mentionna que Meredith était la fille de Charles Houghton.

— A votre place, dit enfin l'homme, j'obéirais à Hoepner. C'est un fumier de la plus belle espèce.

Sur le moment, André en resta bouche bée.

— Vous ne m'avez sans doute pas compris, dit-il enfin. Cette femme est la fille de votre patron.

— Je vous ai parfaitement compris, monsieur Kohl. Et mon conseil reste le même. Il y a cinq cent mille édifices à La Paz. Elle peut se trouver dans n'importe lequel d'entre eux. Hoepner est protégé vingt-quatre heures sur vingt-quatre par des gardes du corps. Qu'est-ce que vous voulez qu'on foute ?

Sans un mot, André se leva et se dirigea vers la porte.

— A titre d'information, reprit l'homme, Charlie Houghton n'est plus mon patron. On l'a viré avant-hier.

Il aurait donné des années de sa vie pour pouvoir se réveiller et s'apercevoir que tout cela n'était qu'un mauvais rêve. Quelle que fût l'issue de ce cauchemar éveillé, il se promit de découvrir pourquoi l'ambassade de son pays l'avait envoyé paître. Pour le moment, il n'avait pas le temps d'y réfléchir. Primo, il devait semer ses anges gardiens. Secundo, il devait trouver du renfort.

Il ordonna à son chauffeur de le reconduire à l'hôtel.

A l'instant où ils démarraient, il se retourna lentement pour voir si on les suivait. Précisément, une voiture garée au bout de la rue quitta le trottoir et se rangea derrière eux.

— Que comptez-vous faire après m'avoir déposé ? demanda-t-il au chauffeur.

— Je rentrerai chez moi, monsieur.

— Que diriez-vous de travailler le restant de la soirée ?

Leurs regards se croisèrent dans le rétroviseur. Le chauffeur avait un regard clair et franc. Le visage — jeune, doux, pondéré — allait avec les yeux. C'était un visage rassurant.

— Tout ce que vous voudrez, monsieur.

— Bon. Voici ce que vous allez faire...

Dix minutes plus tard, André descendait de voiture devant l'hôtel. Il monta dans sa chambre par l'ascenseur et chercha une adresse dans l'annuaire, en espérant que les classifications et les noms propres seraient similaires en espagnol et en français. C'était le cas. Il recopia l'adresse qui l'intéressait, descendit dans le hall et entra dans la salle à manger, où on servait un goûter dînatoire. Il demanda au maître d'hôtel une table près des cuisines. Sitôt assis, il jeta un coup d'œil par-dessus son épaule vers l'entrée. Personne ne l'avait suivi. Une seconde plus tard, il traversait les cuisines en courant vers la porte de service, sous le regard stupéfait des cuisiniers et des serveurs. Une fois dans la rue, il sauta dans sa voiture de location et donna au chauffeur le bout de papier sur lequel il avait inscrit l'adresse. Tandis que la voiture prenait de la vitesse, il se retourna. Personne. « Merci pour l'idée, Gennady », pensa-t-il. Pour la première fois depuis plusieurs jours, il se demanda ce qu'était devenu le Russe. Si Camille Laurent et son informateur au sein de la D.G.S.E. savaient qu'un dossier de la Gestapo était arrivé en France, ils savaient certainement aussi que le dossier avait été introduit par un Russe. Avaient-ils attrapé Gondrachov ? André espéra que non.

Le chauffeur quitta le centre ville par un chemin détourné. Il évita les grandes avenues, empruntant de préférence des petites rues transversales sinueuses, à fortes côtes. Au bout de dix minutes, ils arrivèrent à l'ambassade d'Israël.

Pour entrer, André dut parlementer. Avec les soldats boliviens qui gardaient la grille. Puis avec le garde israélien en faction devant la porte. A la grille, son chauffeur lui servit d'interprète. A la porte, il parla allemand pour se faire comprendre. Une fois en présence de l'ambassadeur, il se heurta à un autre problème : convaincre son interlocuteur.

L'ambassadeur parlait l'anglais à la perfection, mais il n'avait jamais été en poste aux États-Unis. Il avait lu le livre d'André sur Kennedy. Par contre, il n'avait jamais vu le journaliste à la télévision. Il se montra intéressé mais sceptique, jusqu'au moment où André mentionna le nom de Shlomo Glaser.

— Je vous supplie de l'appeler, dit André.

— En Israël, c'est le milieu de la nuit.

— Il ne s'en formalisera pas, je vous le promets.

L'ambassadeur s'excusa quelques instants. Lorsqu'il revint, cinq minutes plus tard, il fit signe à André de le suivre.

— Il voudrait vous parler.

Ils descendirent dans un sous-sol et franchirent une porte capitonnée. Les murs et le plafond étaient également capitonnés. La pièce était encombrée de matériel radio. D'un geste, l'ambassadeur indiqua le téléphone. André s'empara du combiné.

— Shlomo !

— Bon Dieu, André, qu'est-ce que vous faites là ?

— Je suis venu voir Hoepner.

— Mais vous nous avez dit que l'information était fausse.

— Elle est *vraie*, Shlomo.

André fournit à son ami tous les renseignements qu'il pouvait lui donner sans tout raconter. Il lui expliqua ensuite ce qui s'était passé à La Paz.

— On peut vous aider ?

— J'ai besoin d'appeler les États-Unis sans risque d'être écouté.

— C'est tout ?

— Pour l'instant.

— Repassez-moi l'ambassadeur.

André tendit le combiné à l'ambassadeur, qui se mit à parler avec Shlomo en hébreu. André s'aperçut alors qu'il ne lui avait même pas demandé son nom. Après avoir raccroché, l'ambassadeur lui apprit qu'il s'appelait Eshel.

— Nous sommes à votre disposition, dit-il.

— Il faut que je donne quelques coups de fil.

André appela d'abord Saul Geffin, à l'U.S.B C. de New York, pour avoir le numéro de téléphone de Houghton. Geffin le pressa de questions. Il lui dit de ne pas insister.

Le second coup de fil d'André allait être le plus difficile de toute sa vie. Il devait annoncer à un homme qu'on avait kidnappé sa fille... à cause de lui, André.

Heureusement, Houghton ne perdit pas son sang-froid.

— Ah ! si j'avais su qu'elle partait là-bas..., dit-il avec calme. Tout cela était prévisible.

— Je ne comprends pas.

— Il y a certaines choses que vous ignorez. Il y a certaines choses que j'ignore encore moi-même. Je vous expliquerai ce que je sais quand je vous verrai.

— Vous comptez venir ?

— Naturellement.

Après un silence, Houghton reprit :

— Pouvez-vous me dire si vous avez été suivi jusqu'à l'ambassade d'Israël ?

— Je suis certain que non.

— Comment êtes-vous venu ?

— En voiture, avec un chauffeur.

— Je vous conseille de donner à votre chauffeur de quoi prendre quelques jours de vacances.

— C'est fait. Il est en route pour le lac Titicaca.

— Pensez-vous pouvoir rester à La Paz en attendant mon arrivée ?

— A priori, oui.

— Bon. Pendant ce temps, voyez ce que les Israéliens ont sur Hoepner. Ils doivent avoir un dossier substantiel. Il nous faudra un plan détaillé de son domicile et une liste des gens qui travaillent pour lui, avec leurs horaires, leurs habitudes particulières... Il nous faudra surtout des renseignements sur Hoepner : ses déplacements quotidiens, ses moyens de transport, le nombre de gardes du corps, etc. Une recommandation très importante : ne contactez la police sous aucun prétexte. Soyez persuadé que Hoepner n'hésitera pas à mettre sa menace à exécution...

— Croyez-vous qu'il relâchera Meredith après l'élection si je ne diffuse pas le reportage ?

— Pas la peine d'y compter.

André frissonna.

— Autre chose ? dit-il.

— Oui. Si l'ambassade des États-Unis vous appelle pour vous proposer de l'aide, refusez. Tenez-les en dehors du coup. Compris ?

— Mais enfin, qu'est-ce qui se passe ?

— Je ne peux pas vous l'expliquer maintenant. Je vous contacterai demain.

A contrecœur, André raccrocha. Il avait l'impression d'abdiquer l'unique espoir qui lui restait.

A Washington, moins d'une minute plus tard, Charles Houghton appelait Dick Sexton à Annapolis.

— J'ai désespérément une soudaine envie de manger du crabe, dit-il.

Sexton n'hésita qu'une fraction de seconde. Puis il donna à Houghton l'adresse d'un restaurant situé près de son chantier. Une heure plus tard, un taxi déposait Houghton à l'endroit convenu. C'était une maison sur pilotis transformée en restaurant. Tout un attirail maritime décorait les pièces : cordages, bouées, roues de gouvernail, compas... L'odeur des fruits de mer avait imprégné les murs.

Ils commandèrent des Martini dry. Après la troisième gorgée, Houghton demanda à Sexton :

— Toujours partant pour une opération ?

— Et comment !

— Je ne sais absolument pas comment nous allons nous y prendre. Pour commencer, il faut réunir les hommes et le matériel adéquats. Ensuite, direction La Paz.

Sexton dressa la tête et dévisagea Houghton, les yeux soudain rétrécis.

— La Paz ? C'est le domaine de Virgil Craig, ça. Pourquoi ne pas vous adresser à lui ?

— Parce qu'il fait partie du problème, Dick.

Houghton observa attentivement Sexton pour voir sa réaction. Sexton ne manifesta qu'un étonnement sincère.

— Puis-je en savoir davantage ?

— Dès que j'en saurai moi-même davantage. En attendant, voyez-vous quelqu'un qui connaisse bien la Bolivie ?

Une serveuse vint prendre leur commande. Joviale et souriante, elle parlait avec l'accent traînant des gens du Sud. Sexton consulta Houghton du regard.

— Mangeons quelque chose, déclara Houghton. J'ignore quand nous prendrons notre prochain repas.

Ils commandèrent du crabe sauté, parce que c'était plus rapide à manger.

— Vous voulez boire autre chose ? s'enquit la serveuse.

Sexton s'adressa à Houghton :

— D'ici combien de temps voulez-vous partir ?

— Le plus tôt possible.

— Ce soir ?

— Je l'espère.

Sexton se tourna vers la serveuse :

— Non, rien.

Il demeura un moment silencieux, puis reprit :

— Bon, j'ai le type qu'il vous faut. Il a été le patron de la C.I.A. de La Paz il y a quinze ans. Le pays n'a pas dû tellement changer depuis. Maintenant, si vous m'en disiez un peu plus, pour que je sache quel genre d'hommes et de matériel il nous faut ?

— D'accord. Primo, nous devrons entrer en Bolivie sans nous faire repérer.

— Vu.

— Secundo, nous devrons capturer un homme qui est sans doute bien gardé.

— Vu.

— Tertio, nous devrons l'obliger à libérer une femme qu'il retient prisonnière.

— Vu.

— Enfin, si nécessaire, nous devrons le menacer de lui faire quitter la Bolivie avec nous.

— Vu. Une question : c'est la C.I.A. qui paie la note ?

— Pourquoi demandez-vous ça ?

— Parce que mon petit doigt m'a dit qu'on vous avait flanqué à la porte.

Houghton acquiesça.

— D'accord, vous avez le droit de savoir. Oui, j'ai été viré. Non, ce n'est pas la C.I.A. qui offre le voyage. C'est moi.

Sexton fronça les sourcils.

— Ça risque de coûter dans les cent mille dollars. Vous avez les moyens ?

— J'aurai tout l'argent qu'il faudra.

Sans laisser à Sexton le temps de répliquer, Houghton ajouta :

— C'est ma fille qui est retenue en otage.

Sexton émit un petit sifflement et considéra Houghton avec stupéfaction.

— Nom de Dieu... ! Vous allez m'expliquer tout ça dans l'avion ?

— Certainement.

— Alors, allons-y. A propos..., moi, je ne veux pas d'argent.

26

Depuis que Camille Laurent avait été averti par Virgil Craig, Pierre Gauthier — le numéro trois des services secrets français — s'exhortait inlassablement à la patience. Tôt ou tard, la piste allait aboutir. Tôt ou tard, le gibier allait être débusqué. Mais allez donc prêcher la patience à Camille Laurent ! Depuis le début de l'affaire, le général était comme fou. Pouvait-on l'en blâmer ? Si près du but, risquer de voir la présidence lui échapper à cause d'une campagne soigneusement orchestrée... Toute une vie anéantie par un secret datant de quarante ans ! Car il s'agissait certainement d'un secret. La réaction de Laurent en apprenant que le dossier de la Gestapo était en France le prouvait : « Emparez-vous de ce dossier par n'importe quel moyen et apportez-le-moi ! Et engagez-vous sur l'honneur à ne pas le lire. C'est sûrement un tissu de mensonges. » Comment le général pouvait-il le savoir ? D'autre part, croyait-il *vraiment* que Gauthier — son futur directeur de la D.G.S.E. — ne prendrait pas connaissance du document si jamais celui-ci lui tombait entre les mains ? Pas réaliste du tout, ça.

Assis dans son malodorant bureau, Gauthier songea avec plaisir qu'ils seraient bientôt tous les deux satisfaits. Car la piste avait enfin abouti. Le gibier allait tomber dans le piège. En l'occurrence, Laurent pouvait être reconnaissant à Gauthier de sa patience. Malgré tous les signes indiquant qu'il ne restait rien d'intéressant à découvrir à Clermont-Ferrand, Gauthier avait laissé un de ses hommes sur place. Et la veille au soir, à force de fouiner, son agent avait ramené... un boulanger ! Un boulanger membre du parti communiste, qui avait combattu avec Laurent dans la Résistance et qui avait rencontré Kohl. Le boulanger était un homme courageux mais âgé. Au matin, il avait fini par parler.

Ils avaient ainsi obtenu un numéro de téléphone. Très vite, ils avaient trouvé le nom et l'adresse correspondants. Avenue Foch... Pittoresque ! Encore un peu de patience, et le gibier serait à eux.

« Tu as vraiment salopé le boulot, mon vieux », se disait Gennady Gondrachov en déambulant dans les rues de Paris. Il était sorti à l'aube. Il ne supportait plus d'être cloîtré dans l'appartement de Paulette. Cela faisait maintenant sept jours qu'André avait filé, et pas moyen de savoir où il était parti. Pire encore : toujours pas l'ombre d'un reportage sur Laurent. Rien. Moscou se répandait en interminables sermons que lui transmettaient, par l'intermédiaire de Paulette, les agents de la *rezidentura* parisienne. Faites quelque chose ! En gros, leurs harangues se résumaient à ça. Mais faire quoi ? Les raisons de son choix demeuraient aussi valables aujourd'hui, quatre jours avant l'élection, qu'au moment où ils avaient déclenché le plan, quatre semaines plus tôt. C'était un excellent plan. Il aurait dû marcher. Il pouvait encore marcher. A condition qu'André daignât réapparaître !

Voilà plus de deux heures qu'il déambulait dans Paris, la plus belle ville du monde. Il était allé au Trocadéro, avait descendu le grand escalier — de l'autre côté du Palais de Chaillot — avait traversé la Seine à l'ombre de la tour Eiffel et longé la rive gauche jusqu'au boulevard Saint-Germain. Il avait ensuite remonté la rue des Saints-Pères, en s'arrêtant quelques instants devant l'Hôtel du Pas-de-Calais, où, bien des années auparavant, il avait connu sa première expérience amoureuse avec une Française. Puis il s'était remis en route vers sa destination : Poilâne, la boulangerie où on trouvait les meilleurs croissants et les meilleures tartes aux pommes de Paris. Il fit la queue devant la boutique, humant les appétissantes odeurs. Il avait des crampes d'estomac, dues aussi bien à l'appétit qu'à l'éprouvante attente des jours derniers. Une fois servi, il emporta son paquet sous le bras et prit une tarte aux pommes. Le temps d'arriver à la station de taxis du boulevard Raspail, il l'avait mangée.

Il donna au chauffeur de taxi l'adresse de l'avenue Foch et lui proposa une tarte.

— Ah ! non, monsieur. Il est trop tôt pour prendre un dessert, dit l'homme en riant.

— Prenez un croissant, alors.

Le chauffeur sourit, haussa les épaules et prit le croissant que Gondrachov lui tendait.

Soudain, à trois cents mètres de chez Paulette, le Russe repéra une barbouze en faction.

— Ne tournez pas, dit-il. Continuez tout droit.

Il se tassa sur la banquette, une main sur la figure. Un pâté de maisons plus loin, il fit tourner le chauffeur à gauche trois fois de suite pour rejoindre l'avenue Foch. Il dénombra encore cinq barbouzes avant de dépasser l'immeuble de Paulette.

— Gare Montparnasse, ordonna-t-il.

— Bien, monsieur. Le temps qu'on y arrive, ce sera peut-être l'heure du dessert ! dit le chauffeur, ravi de sa plaisanterie.

Gondrachov descendit du taxi devant l'entrée principale de la gare, place Raoul-Dautry. Une fois au premier niveau, il prit un second escalier menant à l'arrivée des grandes lignes. Là, il fit semblant d'attendre un train, tout en consultant le gigantesque tableau des horaires. Il y avait un train pour Dreux à 9 h 26, dans un quart d'heure. Arrêt à Montfort-l'Amaury trente-cinq minutes plus tard. A partir de Montfort, il fallait compter vingt minutes pour rejoindre en taxi la ferme qui, depuis toujours, servait de planque à la *rezidentura*. On en avait donné la clef à Gondrachov lors d'une mission à Paris, des années auparavant. Depuis ce moment-là, elle ne quittait pas son trousseau. Elle lui rappelait tous ses tendres souvenirs de France.

Il acheta un billet pour Dreux. Précaution supplémentaire pour le cas — improbable — où la D.G.S.E. interrogerait l'employé. Puis il téléphona à Paulette.

— Allô, oui ? répondit-elle.

— Je voudrais parler à Boris.

— Boris à l'appareil.

Il raccrocha aussitôt. Ainsi, la D.G.S.E. l'avait coincée. Même si elle avait répondu correctement — « Boris n'est pas là. Je prends les messages pour lui. » — il aurait deviné, à sa voix altérée, que quelque chose n'allait pas. Pauvre Paulette... Ça se terminait mal pour elle. Mais elle avait choisi sa vie.

A cet instant, son regard croisa celui d'un homme accoudé au comptoir d'une buvette, près des quais. L'homme détourna vivement les yeux. Gondrachov mit cette seconde à profit pour foncer vers l'escalier le plus proche. Il était incroyablement rapide pour son âge. Et agile : il dévalait les marches trois par trois. Il ne se retourna pas. La réaction des gens, autour de lui, prouvait que l'autre le poursuivait. Au rez-de-chaussée, il descendit un escalier conduisant à la Galerie de la Gare, un ensemble de magasins. Il passa devant un snack, devant une boutique de vêtements et franchit une enfilade de portes. Il aboutit ainsi dans un hall. Devant lui, trois autres portes. Il prit celle de droite et se retrouva dans un garage souterrain. Il y avait une porte à l'autre bout. Il se précipita vers elle, l'ouvrit. Il se trouvait au sous-sol d'un immeuble de bureaux adjacent à la gare. A gauche, un petit escalier donnait sur la rue. Quoique essoufflé, il grimpa les marches deux par deux. Une fois dehors, il tourna à droite et s'engouffra dans un parking. Il repéra, au fond, un ascenseur, un escalator et un panneau indiquant : *Accès à la gare.* Il prit l'escalator jusqu'au deuxième niveau et s'arrêta à l'entrée du hall principal pour scruter la foule du regard. Si son poursuivant était là, impossible de le repérer. « Qui ne risque rien n'a rien », se dit-il. Il entra dans le hall et tourna à gauche vers les quais de départ. Le train pour Dreux partait sur la voie 13. Il franchit le tourniquet automatique, en compostant son billet au passage. Il monta à bord du train, qui démarra vingt secondes plus tard. Assis dans le compartiment non-fumeurs de la seconde voiture, il s'épongea le front et s'efforça de reprendre sa respiration. Il s'aperçut alors qu'il serrait toujours sous son bras le sac de la boulangerie.

A la gare de Montfort-l'Amaury, personne ne le suivit. Aucune voiture n'était garée aux environs de la planque. Il se fit déposer devant une autre maison et attendit que le taxi fût hors de vue. Il rebroussa alors chemin vers la ferme qui l'intéressait. Toujours pas de voitures. Aucun signe de vie. Il avança néanmoins avec précaution. En passant devant les portes-fenêtres, il s'arrêta pour scruter le salon. Les divans et les fauteuils étaient recouverts de housses. Il ouvrit la porte, entra dans le salon et ôta la housse qui couvrait le canapé le plus proche de la cheminée. Bien des joutes amoureuses avaient débuté sur ce canapé. Il s'y affala avec reconnaissance.

— Colonel Gondrachov, quel plaisir ! dit une voix derrière lui. Je suis Gauthier, de la D.G.S.E.

Gondrachov se retourna. Trois hommes accompagnaient Gauthier.

Quelques heures plus tard, avant de s'évanouir, Gondrachov, les lèvres tuméfiées, dit à Gauthier :

— C'est avec cette méthode-là que vous avez fait parler Paulette ?

— Vous nous sous-estimez, répondit Gauthier. Primo, nous n'avons pas l'habitude de défigurer les jolies femmes. Secundo, nous n'avions pas besoin d'elle pour savoir où vous étiez. Nous connaissons l'existence de cette maison depuis très longtemps. Mais, jusqu'à présent, ça nous arrangeait de laisser vos amis en profiter. Vous voyez certainement ce que je veux dire... En ce qui vous concerne, quand un de nos agents vous a repéré à la gare Montparnasse, nous avons tout de suite compris que vous veniez ici.

Gauthier s'interrompit un instant, puis reprit :

— Avant que ces messieurs ne s'y remettent, je me permets de vous renouveler ma proposition. Dites-moi où est le dossier et je vous renvoie à Moscou dès demain.

— J'ignore de quoi vous parlez, dit Gondrachov. Je me tue à vous le répéter. Quoi que vous fassiez, ça n'y changera rien.

Gauthier secoua la tête et fit signe à ses hommes. Gondrachov vit à leur expression qu'ils répugnaient à continuer. Il avait conquis leur respect. Et, à sa grande surprise, il avait conquis sa propre estime.

27

Dès la fin de sa conversation téléphonique avec Charles Houghton, André s'attaqua à sa tâche avec plus d'acharnement qu'il n'en avait jamais mis dans la réalisation d'un reportage. Il était convaincu que la vie de Meredith — et la sienne, peut-être — dépendait de la rapidité avec laquelle il recueillerait des informations précises sur la vie et sur les habitudes de Kurt Hoepner.

Eshel, l'ambassadeur d'Israël, le regardait en fronçant les sourcils.

— Avant de commencer, vous ne voulez pas vous reposer un peu ? L'altitude...

— Je ne pourrais pas dormir, répondit vivement André. Je suis trop bouleversé.

Il ne se sentait pas bien du tout. Et cela se voyait, à en juger d'après la mine soucieuse d'Eshel. Son cœur palpitait, comme s'il avait bu une douzaine de tasses de café. Il avait des frissons dans tout le corps. Quoiqu'il n'eût rien bu, il avait une migraine digne d'une formidable gueule de bois.

— Commençons tout de suite, dit-il. J'aime autant.

— Très bien.

Eshel décrocha le téléphone, composa un numéro et parla rapidement en hébreu. Puis il conduisit André dans son cabinet de travail, une modeste pièce donnant sur un jardin.

— J'en ai pour deux minutes, dit-il.

André eut juste le temps de regarder, sur le bureau, des photos représentant — supposa-t-il — les petits-enfants d'Eshel. L'ambassadeur revint, accompagné d'un homme d'une trentaine d'années. Celui-ci ressemblait à Shlomo, en plus petit et en plus jeune. Il avait les mêmes épaules larges, les mêmes bras musclés, la même expression étonnamment douce. André comprit que c'était le responsable de l'antenne du Mossad à La Paz.

— Je vous présente Aryea, déclara Eshel. Il va vous dire tout ce que nous savons.

Il s'avéra que les Israéliens savaient beaucoup de choses.

L'année précédente, ils avaient recruté la servante de Hoepner. Moyennant finances, celle-ci les renseignait sur ce qui se passait chez son maître. Quoique dépourvue d'instruction, la servante était intelligente. Elle avait besoin d'argent pour son mari, qui était cocaïnomane. Elle avait fourni aux Israéliens quantité de détails : plan de la maison, jours et heures des livraisons régulières, numéro de téléphone de Hoepner — qui ne figurait pas dans l'annuaire. Hoepner avait deux gardes du corps. Un troisième sbire les remplaçait quand ils étaient de sortie. L'un des gorilles — également chauffeur — accompagnait Hoepner partout. L'autre restait à la maison. Les deux hommes dormaient sur place, mais à tour de rôle. Ils se relayaient pour monter la garde vingt-quatre heures sur vingt-quatre.

Hoepner voyageait beaucoup : six mois par an. Mais quand il était à La Paz, il avait un emploi du temps immuable. Tous les jours de la semaine, entre 9 heures et 13 h 30, il restait chez lui pour traiter ses affaires. Ensuite, il déjeunait au Club de La Paz. Il avait presque toujours un invité. Après le déjeuner — qui durait parfois jusqu'à 16 heures — il jouait aux cartes au club ou allait voir des associés. Deux fois par semaine, il rendait visite à sa jeune maîtresse, qui habitait près du centre ville. Tous les soirs, à huit heures et demie, il regagnait sa maison de Calacoto, une petite villa entourée d'une clôture. Il buvait un xérès avec sa femme. Puis il se mettait à table. Après le dîner, il regardait la télévision jusqu'à minuit. Sa femme, elle, montait se coucher beaucoup plus tôt. Ils faisaient chambre à part. Le week-end, Hoepner se promenait, lisait, regardait la télévision et assistait à des épreuves sportives. C'était un fanatique de football. Il ne manquait pas un match, le dimanche, escorté de ses gardes du corps.

Hoepner avait une autre passion : les meubles anciens. D'après la servante, on lui en livrait au moins une fois par mois. Elle se demandait souvent où son employeur allait les caser.

Malgré l'abondance de ces renseignements, André écoutait Aryea avec une panique croissante. De deux choses l'une : soit il était incapable de réfléchir correctement, soit il lui manquait une information importante. Le manque d'oxygène affectait-il ses facultés de raisonnement ? Était-ce simplement la fatigue, l'énervement ? En tout cas, son instinct l'avertissait qu'il ne savait pas tout ce qu'il avait besoin de savoir.

— C'est tout ? demanda-t-il.

— Oui.

Aryea avait hésité une demi-seconde avant de répondre. André comprit alors qu'on lui cachait quelque chose. Il lança à Eshel un regard de défi.

— Nous ne pouvons pas vous en dire davantage, déclara posément l'ambassadeur.

Soudain, André mit le doigt sur le renseignement qui lui manquait. Quel était le *métier* de Hoepner ? De quoi vivait-il ? Quelle était la nature des « affaires » qu'il traitait de son domicile ? De quoi discutait-il avec ses associés de La Paz ? Pourquoi s'absentait-il de La Paz six mois par an ? Les Israéliens connaissaient certainement la réponse à ces questions.

— Vous ne m'avez pas parlé des activités de Hoepner, dit-il à Eshel.

— Cela ne vous serait d'aucune utilité.

André sentit la moutarde lui monter au nez. Les Israéliens avaient certainement une bonne raison de garder ce renseignement pour eux. Et ils faisaient l'impossible pour l'aider. André savait tout cela, mais peu lui importait. Une seule chose comptait : réunir le plus de renseignements possible sur Kurt Hoepner.

— Laissez-moi donc juger de ce qui est utile et de ce qui ne l'est pas, dit-il en se contrôlant à grand-peine.

— Je regrette, dit Eshel. Je ne veux pas vous mentir..., mais je ne peux pas vous dire la vérité.

— Pourquoi donc ?

— Parce que ce sont les ordres.

— Je vais rappeler Shlomo.

Esthel eut un pâle sourire. Manifestement, il plaignait André de tout son cœur.

— Je ne pense pas que cela vous avance beaucoup.

— Pourquoi ?

— C'est Shlomo qui a donné la consigne.

André ferma les yeux. Au prix d'un gros effort, il parvint à rester calme. S'il perdait son sang-froid, il gâchait ses dernières chances. Il rouvrit les yeux et regarda Eshel d'un air implorant.

— Je voudrais quand même essayer, dit-il.

— Certainement.

Eshel se leva et conduisit de nouveau André à la salle de transmissions, au sous-sol.

Ils ne purent joindre Shlomo. Il était parti travailler mais n'était pas encore arrivé à son bureau. Eshel laissa un message lui demandant de rappeler dès que possible.

— Reposez-vous, conseilla-t-il à André. Vous ne pouvez rien faire d'autre pour l'instant.

Si, il pouvait penser. Il s'allongea sur un divan et ferma les paupières. Des images se mirent à défiler dans sa tête. Meredith emmenée de force et jetée dans une voiture, les menottes aux mains... Meredith droguée, enfermée quelque part... A moins qu'ils ne l'aient déjà tuée ? Cette idée le fit sursauter. Il s'assit brusquement et se massa le visage.

L'attente continua, les minutes semblables à des heures. Il n'avait jamais éprouvé une telle anxiété. C'était une angoisse intense, différente, celle qu'éprouve l'acteur du drame et non le spectateur. Elle était insupportable.

Enfin, Shlomo appela. André ne perdit pas de temps :

— Ils me cachent quelque chose, Shlomo. Il paraît que c'est à cause de vous. C'est vrai ?

Long silence. Puis :

— Que vous dire, André ? Vous pensez bien que le gouvernement israélien s'intéresse beaucoup à M. Hoepner.

— De quel point de vue ?

Tout en posant la question, André savait bien que Shlomo n'y répondrait pas.

— Soyez raisonnable, André... Je vous le dirais si je le pouvais.

Soudain, le cerveau d'André se mit à fonctionner à toute allure. Dans son désarroi, il eut au moins le réconfort de pouvoir de nouveau réfléchir normalement. Un nom lui traversa l'esprit : Eichmann ! Les Israéliens projetaient-ils d'enlever Hoepner ?

— Écoutez, Shlomo, j'ignore ce que vous mijotez et en quoi je vous pose un problème. Mais je sais une chose : sans vous, je ne serais pas ici. Une femme est en danger, crénom ! Et j'en suis directement responsable ; donc, vous aussi. Et cette femme, ce n'est pas n'importe qui. C'est la femme que j'aime. Je ne vais pas vous faire le coup du chantage à l'amitié, Shlomo. Mais je vous jure que, si jamais il lui arrive quelque chose, je clamerai à la face du monde que c'est votre faute, à cause de vos cachotteries. Mieux : je révélerai que le Mossad a été infiltré par une taupe soviétique !

— André ! André ! Voyons ! Je comprends ce que vous ressentez. Je vous en prie, pas de menaces. Vous savez que ça n'y changera rien... André ?

Il ne put répondre. Il était atterré, honteux de son emportement. Pour la seule et unique fois de sa vie, il avait complètement perdu son sang-froid. Il avait l'impression de tomber dans un abîme sans fond, comme dans un terrifiant cauchemar. Mais un cauchemar, ça s'arrête quand on se réveille ? Celui-ci continuait.

— André ?

— Je suis là. Pardonnez-moi.

— Ne vous excusez pas. Je comprends.

— Que faut-il que je vous dise pour vous convaincre de m'aider ?

— C'est déjà fait. Je *sais* que je suis responsable, et je *vais* vous aider. Mais ça demandera un peu de temps. Si j'obtiens le feu vert, je vous ferai parvenir un rapport qui devrait répondre à vos questions. Mais, cette fois-ci, je dois m'adresser directement au sommet. Je suis prêt à le faire, à condition que vous me promettiez de ne jamais révéler vos sources.

— D'accord.

— Bon. Ça risque de prendre plusieurs heures. Peut-être même une journée.

— Nous n'aurons peut-être pas une journée devant nous.

— Je ferai de mon mieux. André... je crois savoir quelle est votre idée. Ce n'est pas ce que vous croyez.

Charles Houghton, Dick Sexton et Barry Schloss décollèrent d'un aérodrome privé de Virginie, peu avant minuit, cinq heures après le coup de fil de Houghton à Sexton. Schloss était l'ancien patron de la C.I.A. de La Paz. Il avait une cinquantaine d'années, mais on lui aurait donné quinze ans de moins. Petit et sec, il ne pesait guère plus de soixante kilos, mais il dégageait une impression de puissance et d'agilité. Ce fut lui qui hissa les bagages dans la soute de l'avion. Lorsque Sexton avait mentionné le nom de Schloss, Houghton s'était aussitôt souvenu de lui. Schloss avait été un fonctionnaire compétent. Fils d'un cadre supérieur qui avait dirigé une filiale américaine à Buenos Aires, il était bilingue et connaissait bien le continent latino-américain. Le directeur adjoint de la C.I.A. avait regretté son départ. Mais Schloss avait de précieuses qualités, aussi utiles dans le monde des affaires que dans les services secrets. Les dix dernières années, il avait développé une entreprise prospère, basée à Washington. Il conseillait les sociétés commerciales sur les investissements à effectuer selon les conditions politiques des régions concernées.

Schloss avait sauté sur l'occasion de reprendre du service. En l'espace de quelques heures, il avait pris toutes les dispositions nécessaires en Bolivie. Sexton, lui, s'était occupé du transport.

L'appareil mit le cap sur Lima, en s'arrêtant deux fois pour faire le plein. Ils atterrirent dans la capitale péruvienne peu après midi, heure locale. Ils montèrent aussitôt à bord d'un avion Stol De Havilland, un appareil capable d'effectuer des atterrissages et des décollages presque à la verticale. Une heure et demie plus tard, ils se posaient sur une piste rudimentaire, près d'une hacienda où Schloss avait souvent été invité avec sa famille à l'époque où il était en poste en Bolivie. Deux Boliviens les attendaient au bord de la piste. Ils frisaient la quarantaine et portaient des vêtements passe-partout. Les cinq hommes prirent place dans un break Dodge vieux de vingt ans, si souvent réparé qu'il était à peine identifiable. Mais le moteur était bon. Sitôt sur la route, ils roulèrent à toute allure vers La Paz. A un moment, ils se firent arrêter à un barrage de police. On recherchait des passeurs de drogue. Le policier de garde dévisagea les occupants de la voiture ; puis, jugeant apparemment qu'il s'agissait de touristes, il leur fit signe de passer. A quatre heures, ils arrivaient à l'ambassade d'Israël.

André les attendait — avec Eshel et Aryea — dans le bureau de l'ambassadeur. Il était toujours sans nouvelles de Shlomo. Mais il écarta ce problème de son esprit pour faire un exposé détaillé aux nouveaux venus. C'était la première fois de sa vie qu'il faisait lui-même le briefing. Cela lui rappela une fois de plus que, dans cette affaire, il n'était pas un simple observateur.

Lorsque André mentionna la passion de Hoepner pour les meubles anciens, Schloss déclara :

— La méthode s'impose d'elle-même. Nous faisons une livraison pendant qu'il est à son club, nous neutralisons le garde et nous attendons le retour de Hoepner. Objections ?

— Il y a certainement un signal convenu entre le gorille et son patron pour indiquer si la voie est libre, dit Sexton. Quelqu'un est au courant ?

Personne ne l'était.

— Ça risque de poser un problème, reprit Sexton.

— Ça m'étonnerait, dit Schloss. Pas avec mes deux amis ici présents.

Il dit quelques mots en espagnol aux Boliviens. A voir leur expression, ils se faisaient fort de régler le problème.

— Il ne reste donc qu'une question : quand ? dit Sexton.

Tous se tournèrent vers Houghton.

— Sait-on où est Hoepner en ce moment ? demanda Houghton.

— Oui, répondit l'ambassadeur. Il déjeune à son club. On nous préviendra dès qu'il partira.

— Lui arrive-t-il de rentrer chez lui directement ?

— Jamais.

— Serait-ce possible aujourd'hui ? demanda Houghton à Schloss.

Schloss consulta sa montre. Il était 16 h 30.

— J'aurais quelques coups de fil à donner. Accordez-moi une demi-heure.

— Par ici, dit Aryea en lui faisant signe de le suivre.

André se tourna vers Houghton.

— Je ne peux pas vous dire à quel point je suis navré.

Houghton acquiesça.

— Je le sais.

Il n'y avait rien à ajouter. Ils se regardèrent, embarrassés. Aryea revint sur ces entrefaites. Il murmura quelques mots en hébreu à Eshel et sortit. L'ambassadeur se leva, s'excusa et se dirigea vers la porte. En passant derrière Houghton et Sexton, il croisa le regard d'André. Il hocha imperceptiblement la tête. C'était le signal.

André sentit les battements de son cœur s'accélérer. Il attendit quinze secondes, puis il s'excusa pour aller aux toilettes. Eshel l'attendait dans le couloir. Sans un mot, il conduisit André à la salle de transmissions. Là, Aryea tendit à l'ambassadeur une liasse de documents. Le visage grave, Eshel se tourna vers André.

— Quand vous aurez lu ce rapport, vous comprendrez pourquoi nous ne pouvions pas divulguer les informations qu'il contient. Vous avez promis à Shlomo de ne pas trahir notre confiance. J'espère que vous tiendrez parole.

André tendit la main vers les papiers, mais Eshel n'y prêta pas attention.

— Il y a une autre condition, dit-il. Quand vous aurez terminé la lecture de ce rapport, nous le détruirons. Vous ne devrez pas prendre de notes.

Enfin, avec une évidente répugnance, Eshel remit les documents à André. Le journaliste les prit et jeta un coup d'œil sur la première page. Elle portait le titre : *Kurt Hoepner, de Clermont-Ferrand à La Paz. « Opération Detox »*. Après avoir lu quelques phrases, André laissa échapper un cri étouffé. Eshel et Aryea échangèrent un sourire amer.

Ce soir-là, sept heures, une camionnette s'arrêta devant la villa de Hoepner, à Calacoto. Deux Boliviens en bleu de travail déchargèrent du véhicule une ravissante commode, qu'ils transportèrent jusqu'à la grille. Puis ils sonnèrent.

Une demi-minute plus tard, l'un des gardes du corps apparut.

— Qu'est-ce que c'est ?

A titre de réponse, les autres lui montrèrent un bon de commande au nom de Wilhelm Kurtz.

— Une livraison ? On ne m'en a pas parlé.

— Vous n'en voulez pas ? dit l'un des hommes de Schloss. On la remporte. (Il se tourna vers son collègue.) Prêt ?

Ils soulevèrent la commode et rebroussèrent chemin vers la camionnette.

— Attendez ! dit le garde du corps. Je ne vous ai pas dit que je n'en voulais pas.

— Décidez-vous, mon vieux !

Le garde ouvrit la grille. L'un des livreurs lui tendit la facture et un stylo. Pendant qu'il signait, l'autre homme lui pressa un couteau dans le dos en disant :

— Ne m'oblige pas à te piquer.

Sur ces entrefaites, Schloss bondit de la camionnette et tint le garde en respect avec son revolver. Sans perdre de temps, ses hommes rechargèrent la commode. Un instant plus tard, la camionnette avait disparu.

— A l'intérieur, murmura Schloss au garde du corps.

Une fois dans la maison, l'un des Boliviens alla chercher la femme de Hoepner ; l'autre, la bonne et la cuisinière. Ils les emmenèrent dans une serre, les ligotèrent et les bâillonnèrent. Mme Hoepner, une femme trapue aux cheveux gris clairsemés, semblait sur le point de mourir de peur. La cuisinière et la bonne étaient trop abasourdies pour manifester de la crainte.

— On ne vous fera pas de mal, leur dit Schloss en espagnol.

Il fit signe aux deux Boliviens de fouiller toutes les pièces à la recherche de Meredith. Puis il sortit de sa poche un petit talkie-walkie et annonça :

— Mission accomplie.

— Bien reçu, répondit Sexton dans son propre appareil.

Houghton, André et lui se trouvaient dans le break Dodge, à deux cents mètres de là. Ils descendirent aussitôt de voiture et s'élancèrent vers la maison. Schloss et les deux Boliviens les attendaient sur le seuil.

— Meredith n'est pas là, dit Schloss.

Houghton hocha la tête, impassible.

— Ça ne m'étonne pas. Et le signal ?

Schloss dit quelques mots en espagnol aux deux Boliviens, qui eurent un large sourire. Leur réponse fit tressaillir le garde du corps. Ils l'entraînèrent hors de la pièce.

— Ils disent qu'ils vont le faire saigner un peu, déclara Schloss.

Les secondes passèrent. Soudain, un cri retentit dans une pièce voisine. Schloss sourit.

— Il n'est pas très stoïque.

Les trois hommes revinrent au bout d'une minute. Le garde du corps pressait contre sa main droite un mouchoir ensanglanté. L'un des Boliviens expliqua à Schloss :

— C'est très simple. Il allume une lampe dans le salon, près de la fenêtre du milieu. Si elle n'est pas allumée, les autres n'entrent pas.

— Ils sont formels ? s'enquit Houghton.

Encore une fois, Schloss échangea quelques mots avec les Boliviens. Encore une fois, les deux hommes lui répondirent en souriant. Schloss se tourna vers Houghton.

— Ils disent que ce gars-là n'a pas de couilles.

— La lampe est-elle allumée ? demanda Houghton.

Schloss secoua négativement la tête.

— Non. Il l'allume seulement quand le chauffeur klaxonne.

— Ils sont formels ? répéta Houghton.

— Ils ont dit au gorille que, si son *patrón* et son *compadre* n'entraient pas tous les deux dans la maison, il était un homme mort.

— Espérons, murmura Houghton.

Depuis presque quatre heures que Houghton était là, André n'avait cessé de l'observer, à l'affût d'un quelconque signe d'émotion. Rien. Pas une plainte. Pas un tressaillement. Pas le moindre mouvement de colère. Pas le moindre regard accusateur. Compte tenu des circonstances, il aurait pu faire des reproches à André ; ç'eût été excusable. Mais il n'avait pratiquement pas parlé. A le voir, on n'aurait jamais pensé que sa fille était l'otage de Hoepner. « Espérons », avait-il dit. Il aurait dû dire : « Prions. »

André, le catholique non pratiquant, le demi-juif, n'avait pas prié depuis des années. Mais depuis l'enlèvement de Meredith, vingt-huit heures auparavant, il s'était rattrapé. Ses prières étaient vagues ; il n'invoquait aucun dieu. Il priait, simplement. Il demandait que Meredith soit délivrée, qu'elle lui pardonne, qu'elle l'aime. Il n'avait pas la moindre idée de l'endroit où elle était ni de la façon dont on la traitait. Après avoir prié pour toutes les autres intentions la concernant, il pria pour qu'elle ait du courage dans son épreuve. Il pensa à sa force de caractère, à sa tranquille assurance, à son indépendance et à sa clarté d'esprit. Il pria pour que ses ravisseurs la respectent. Mais, étant donné ce qu'il savait d'eux, il en doutait. L'enjeu était trop important. Pour ces gens-là, Meredith était une aubaine. Il se demanda si Houghton était au courant des informations contenues dans le rapport israélien. On devait certainement pouvoir s'en servir comme moyen de pression pour obtenir la libération de Meredith. Il transmettrait dès que possible les renseignements à Houghton, en espérant que celui-ci saurait en faire usage.

Au moment de quitter l'ambassade d'Israël, Houghton lui avait demandé :

— Vous voulez venir ?

— Et comment !

— C'est risqué.

— Je me fiche pas mal de ce qui peut m'arriver, avait-il répondu.

C'était vrai. Il ne s'était jamais considéré comme un homme particulièrement courageux. A présent, il comprenait que la crainte était une composante du courage et que la détermination faisait pencher la balance. Il ignorait ce qui allait se passer, mais il voulait y participer. Il voulait saisir Hoepner à la gorge pour lui faire avouer où se trouvait Meredith.

Le hall de la maison de Hoepner était une vaste pièce dallée. La charpente du toit tenait lieu de plafond. Au bout, un escalier circulaire menait à l'étage. A droite se trouvait le living-room ; à gauche, une bibliothèque aux murs tapissés de rayonnages. Des statuettes indiennes primitives voisinaient avec les livres sur les étagères.

A en croire la bonne, Hoepner entrait habituellement — seul — par la porte du hall. Le chauffeur-garde du corps passait par la porte de la cuisine après avoir rangé la voiture au garage. Chacun avait pris son poste en fonction de ces éléments. Schloss et l'un des Boliviens surveillaient l'autre garde du corps, dans le living-room, pour s'assurer qu'il donne bien le signal. Le second Bolivien s'était caché sur le côté de la maison pour neutraliser le chauffeur quand il rentrerait la voiture. Sexton gardait les femmes dans la serre. Houghton était posté dans un coin de la bibliothèque d'où il pouvait voir la porte d'entrée sans être vu. Tapi dans le coin opposé, André bénéficiait du même avantage.

A huit heures et demie précises, il y eut un coup de klaxon devant la villa. Un instant plus tard, le garde du corps s'approcha de la lampe et tira nerveusement le cordon. Deux fois. Sans résultat.

— Tire donc ! ordonna Schloss en espagnol, d'une voix sifflante.

Au troisième essai, la lampe s'alluma. Sous la menace du revolver de Schloss, le garde du corps se dirigea vers le hall pour ouvrir à son patron. La voiture longea lentement l'allée. Ses phares balayèrent le côté de la maison et filtrèrent à travers les rideaux de la bibliothèque. Ils entendirent des claquements de portière. Puis des pas. Sur le gravier d'abord, puis sur la véranda. Enfin, un homme entra dans le hall. André se raidit. Ce n'était pas Hoepner. André tourna vivement la tête vers Houghton. Stupéfait, il le vit sourire.

Hoepner apparut alors. A peine avait-il franchi le seuil que le garde du corps poussa un cri étranglé et s'élança vers la grille. Aussitôt, Schloss bondit dans le hall, son revolver braqué sur Hoepner et sur l'inconnu. Le Bolivien qui était dans le living-room courut à la poursuite du garde du corps. Trop tard : l'homme avait déjà atteint la rue. En se retournant, il vit le chauffeur lever son arme vers lui. Le Bolivien caché sur le côté de la maison écarta aussitôt cette menace d'une manchette au cou.

Dans le hall, Hoepner et l'inconnu regardèrent avec ahurissement Houghton et André qui sortaient de la bibliothèque.

— Houghton ! s'écria l'inconnu. Que diable ?...

Houghton souriait toujours.

— Craig, dit-il. J'étais sûr de vous retrouver ici.

Brusquement, André comprit tout.

Schloss fit entrer Hoepner et Craig dans le living-room. Sexton et les deux Boliviens arrivèrent sur ces entrefaites. Houghton et André suivirent.

— Qu'est-ce que ça signifie ? dit Hoepner.

— Nous voulons la fille, dit Schloss.

— J'ignore de quoi vous parlez.

Sur un signe de Schloss, les deux Boliviens empoignèrent Hoepner. L'un d'eux lui rejeta la tête en arrière et lui mit un couteau sur la gorge.

— Où est-elle ? interrogea Schloss.

Chose incroyable, Hoepner éclata de rire.

— Si vous me tuez, vous ne la retrouverez jamais.

Pendant quelques instants, il n'y eut pas un bruit, pas un mouvement. Enfin, Houghton désigna Craig :

— S'il de refuse parler, tuez celui-là.

— Quoi ? Vous êtes cinglé ! protesta Craig.

Schloss lui enfonça son revolver dans les côtes. L'autre Bolivien s'avança, son couteau à la main. Il pencha la tête de Craig et lui appliqua la lame sur la gorge. Craig ne broncha pas. Hoepner non plus. Le Bolivien consulta Houghton du regard. Houghton acquiesça.

Le Bolivien appuya sur le couteau. Craig poussa un cri.

— Parlez ! cria-t-il à Hoepner.

Sa voix, teintée d'hystérie, était autoritaire. Ce n'était pas une supplication mais un ordre.

Hoepner obéit aussitôt, comme si ce n'était plus lui qui dirigeait les opérations.

— Il faut que je vous accompagne là où elle est, dit-il.

— Allons-y, dit Schloss.

— Un instant, intervint Houghton.

Il parlait calmement, à voix basse. Mais le ton rappela aux autres que c'était lui le chef.

— J'ai un autre problème à régler avec M. Hoepner.

André vit Schloss et Sexton échanger un regard incrédule. Il se tourna vers Houghton. Celui-ci, fasciné, n'avait d'yeux que pour Hoepner, comme s'il n'y avait personne d'autre dans la pièce.

Sexton s'approcha de Houghton et lui murmura à l'oreille :

— Charlie, il faut se tirer.

Si Houghton l'entendit, il n'en montra rien. Il s'avança vers Hoepner. Pour la première fois, André vit de l'émotion sur son visage. Il avait l'expression exaltée d'un homme sur le point de résoudre un grand mystère.

— Monsieur Hoepner, dit-il, vous avez sans doute compris qui je suis. Je vais vous poser quelques questions. Votre sort — après que nous aurons libéré ma fille — dépendra de la façon dont vous y répondrez.

— Que voulez-vous savoir ? déclara Hoepner d'une voix à peine audible.

— Charlie, murmura Sexton. La police...

Houghton ignora son intervention. Appuyé sur ses béquilles, il dominait Hoepner, qui était assis dans un fauteuil. A le voir, on eût dit qu'il se trouvait dans une confortable planque de la C.I.A. sur une petite route de Virginie.

— Quelle a été votre principale activité depuis que vous êtes installé en Bolivie ?

— Les premières années, j'ai fait un peu tous les métiers. Ensuite, je suis devenu expert-conseil.

— Dans quelle branche ?

— Surtout la politique.

— Et encore ?

— Les relations syndicales.

— Quels sont vos clients ?

— Essentiellement des entreprises.

— Quel genre d'entreprises ?

— Un peu de tout. Surtout des multinationales.

— D'autres clients ?

— Des gouvernements.

— Quel genre de services proposez-vous à ces clients ?

— Un peu de tout. (Mal à l'aise, Hoepner jeta un coup d'œil à Craig.) Pourquoi toutes ces questions ? Vous en savez autant que moi. C'est vous qui m'avez fait venir ici.

— Qui ça, « vous » ?

— La C.I.A.

— Je vois, dit calmement Houghton.

De nouveau, André vit Sexton et Schloss échanger un regard incrédule. Schloss se tourna vers Houghton :

— Charlie, j'ai habité autrefois ce quartier. Je sais exactement où se trouve le poste de police le plus proche. Si le type qui s'est enfui y est allé directement, il y sera dans cinq minutes — en supposant qu'il coure pendant tout le trajet. Nous n'avons donc plus que cinq minutes pour filer.

— Pas de problème. (Houghton se tourna de nouveau vers Hoepner.) En quoi consistent, précisément, les services que vous proposez ?

— Je ne dirai rien de plus.

Houghton foudroya Hoepner du regard. Son visage se durcit. André vit ses joues se creuser de petites rides.

— Je vous avertis, monsieur Hoepner...

— Je ne dirai rien de plus.

Les menaces restaient sans effet. André l'avait prévu. Hoepner savait que Houghton ne le tuerait pas, même une fois qu'il aurait relâché Meredith. Houghton voulait obtenir des renseignements sur la collusion de la C.I.A. avec d'anciens nazis. Mort, Hoepner ne pourrait plus les lui fournir.

André vit les yeux de Houghton perdre tout leur éclat, son corps s'affaisser. Il était réduit à l'impuissance, comme un navire immobilisé en pleine mer. Qu'avait donc dit Meredith ? Que son père ferait toujours passer l'intérêt de son pays avant le sien. C'était ce qu'il venait de faire. Pourtant, en l'occurrence, l'intérêt de sa fille était également en jeu.

— Quatre minutes, dit Schloss.

— Charlie, je vous en supplie...

Sexton avait l'air paniqué.

André, lui, *était* paniqué. Ils avaient commis une demi-douzaine de délits contre un citoyen bolivien. Leurs motifs étaient peut-être nobles et compréhensibles, mais cela n'y changeait rien. En outre, ils étaient entrés dans le pays clandestinement. S'ils tombaient entre les mains de la police — Hoepner l'avait apparemment dans sa poche — nul ne pouvait prédire ce qui leur arriverait. Et que deviendrait alors Meredith ?

— Moi, je peux vous dire de quels services il s'agissait, déclara André d'une voix qu'il ne reconnut pas.

Houghton, Sexton et Schloss le dévisagèrent d'un air intrigué.

— Vite, mon vieux ! dit Sexton.

— Hoepner dirige une organisation paramilitaire. Le quartier général se trouve à La Paz, mais ses activités couvrent toute l'Amérique latine. Les troupes sont constituées de ressortissants de chaque pays ; le commandement est assuré exclusivement par d'anciens nazis. Moyennant rémunération, l'organisation veille à ce que les indésirables — les progressistes, les communistes... — ne prennent pas une place trop importante dans les gouvernements et dans les syndicats. Si un homme politique veut se débarrasser d'un puissant rival de gauche, il loue les services de l'organisation. Si une entreprise estime qu'un leader syndical révolutionnaire devient trop influent, il fait appel à l'organisation. Le plus souvent, ils ont recours à l'intimidation. Mais si ça ne suffit pas, ils tuent.

— Qui a monté cette organisation ? demanda Houghton.

— Vous ne le savez vraiment pas ?

— Non.

— C'est la C.I.A. (D'un signe de tête, André désigna Craig.) Cet individu.

— *Quoi ?* explosa Craig, plus rouge que jamais. C'est du dernier grotesque ! Je sais à quoi m'en tenir sur vous, Kohl. J'ai écouté vos conneries à la télévision. (Il se tourna vers Houghton.) Vous me connaissez. Vous connaissez mes états de service. Vous n'allez pas laisser ce fouille-merde me calomnier ?

— Trois minutes, dit Schloss.

— Avez-vous des preuves ? demanda Houghton à André.

— Suffisamment pour tenter une expérience. Je vous suggère de conclure un marché avec M. Hoepner : s'il vous raconte tout, vous le relâchez. C'est moi qui lui poserai les questions. Je saurai tout de suite s'il ment.

— Pour ma part, monsieur Hoepner, ça me va. Ce qui m'importe, ce n'est pas vous mais la C.I.A. Si vous acceptez de coopérer, vous êtes libre. Sinon, nous vous emmènerons cette nuit à Lima, d'où nous gagnerons la France à bord d'un avion privé. Là, nous vous remettrons aux autorités françaises.

Hoepner devint livide.

— Posez vos questions, dit-il.

— Deux minutes, dit Schloss.

Houghton fit signe à André de commencer.

— En quoi consistait l'opération « Detox » ? demanda André.

Hoepner parut interloqué. Au bout d'un moment, il répondit d'une petite voix :

— C'était une opération secrète des services de renseignement américains en France pendant la deuxième guerre.

— Vous étiez employé par les services secrets américains ?

— Oui.

— Qui était votre patron ?

— Lui, dit Hoepner en regardant Craig.

— Comment vous payait-il ?

— Il déposait de l'argent sur un compte suisse.

— Et quelle était votre mission ?

— Tout faire pour empêcher les communistes de noyauter la Résistance.

Bref silence. Houghton interrogea André du regard. Le journaliste inclina la tête.

— Seigneur..., murmura Houghton.

Sexton regardait Craig d'un air atterré.

— Une minute, dit Schloss.

— Allons-y, dit Houghton.

L'espace d'une seconde, Sexton et Schloss, soulagés, se tournèrent vers Houghton. André fut le seul à voir Craig se baisser comme pour se gratter la jambe, dégainer un pistolet d'un étui fixé à sa cheville et braquer l'arme sur Hoepner. En un éclair, André comprit qu'on allait tuer le seul homme qui sût où était Meredith. Il bondit. A l'instant précis où Craig tirait, il lui fit sauter l'arme de la main. La balle atteignit Houghton à la poitrine, le projetant à terre. La deuxième balle traversa la tempe de Hoepner, qui fut tué sur le coup. Une seconde plus tard, Craig, lui aussi, était mort. Sexton et Schloss l'avaient visé à la tête.

André fut le premier à se pencher sur Houghton. Puis Schloss et Sexton s'agenouillèrent auprès du blessé et le retournèrent avec ménagement. Schloss lui ôta sa veste et déchira sa chemise. Houghton avait un petit trou du côté droit de la poitrine. Lentement, le sang coulait.

— La balle n'est pas ressortie, dit Schloss. Elle doit être dans le poumon.

Houghton ouvrit les yeux. Il regarda André, puis les deux cadavres.

— Ils sont morts ? demanda-t-il à Sexton.

Sexton acquiesça. Houghton prit un air hébété. Des larmes perlèrent à ses paupières.

— Mon Dieu..., qu'ai-je fait à Meredith ?

Il y eut un silence. Puis André déclara :

— Je sais peut-être où elle est.

28

Schloss et l'un des Boliviens transportèrent Houghton à l'extérieur. L'autre Bolivien courut chercher le break, qu'il gara devant la maison.

— Et le chauffeur ? s'enquit Sexton.

— Emmenons-le, dit Schloss. On aura peut-être besoin de lui.

Il adressa quelques mots en espagnol au premier Bolivien. L'homme s'éloigna.

Sexton ouvrit le hayon de la fourgonnette. Avec l'aide de Schloss, il installa Houghton sur les couvertures déjà étalées par terre. Entre-temps, le Bolivien était revenu avec le garde du corps. Celui-ci, ligoté et bâillonné, roulait de grands yeux effrayés. Le Bolivien le poussa sur le siège avant. Sexton, Schloss et André s'assirent à l'arrière. Les deux Boliviens encadrèrent le garde du-corps. Quelques secondes plus tard, la voiture quittait l'allée et s'éloignait à toute allure. Schloss regarda par la lunette arrière. Personne ne les suivait.

— Bon, on a réussi.

Il dit quelque chose en espagnol au conducteur. Aussitôt, le break reprit une vitesse normale.

— Où va-t-on ? demanda Schloss à André.

— Il y a près de la gare un entrepôt où Hoepner stocke des armes portatives et des munitions. C'est rue Cordova, au n° 16.

— Comment savez-vous ça ?

— Peu importe.

C'était l'un des six ou sept renseignements qu'André

avait mémorisé en lisant le rapport israélien. Il remercia le ciel d'avoir retenu celui-là. Et il se mit en prières pour que Meredith fût effectivement là-bas.

Schloss donna des instructions au chauffeur, qui changea de trajet. Puis il se tourna vers Houghton.

— Ça va ?

— Ça va.

— J'ai un analgésique dans ma trousse médicale. Je vous fais une piqûre ?

— C'est encore supportable, dit Houghton.

Schloss se pencha vers le garde du corps, lui arracha son bâillon et lui parla à voix basse en espagnol. L'homme acquiesça à plusieurs reprises, puis répondit à un débit accéléré.

— Il est prêt à nous aider, annonça Schloss. Il dit qu'il y a un seul gardien à l'entrepôt et que le type dormira sûrement. Il l'appellera par une fenêtre pour le réveiller. A priori, le gars le laissera entrer sans problème. Il a l'habitude de recevoir des visites à des heures bizarres.

— Mais on ne le prévient pas d'abord par téléphone, généralement ?

— Négatif.

— Le gorille sait-il si Meredith est là-bas ? demanda André.

— Négatif. Du moins, c'est ce qu'il prétend. Il ignore de qui il s'agit.

— Tournez-lui la tête par ici, dit André.

— Pour quoi faire ? s'enquit Schloss, intrigué.

— Je voudrais voir sa figure. L'un des gardes du corps a pris part à l'enlèvement. Si c'est lui, je le reconnaîtrai. Je l'ai croisé quand j'ai déjeuné avec Hoepner.

Schloss fit pivoter la tête de l'homme. Puis, sortant de sa poche une puissante torche miniature, il éclaira le visage du gorille. C'était un visage de type inca. La peau tannée était brun foncé, avec des taches rougeâtres aux pommettes. Les lèvres minces étaient d'un brun encore plus foncé.

— Non, ce n'est pas lui, dit André.

— C'est donc l'autre, dit Sexton, et il a sans doute compris où nous allions. Il va prévenir la police.

— J'en doute, répondit André. Il serait obligé de parler du kidnapping.

Après un silence de plusieurs secondes, Schloss déclara :

— Vous voulez mon avis ? Je parie qu'il n'est pas allé trouver la police. Je parie qu'il a filé sans demander son reste... auquel cas nous sommes tirés d'affaire.

— Si Meredith est à l'entrepôt.

Ils se garèrent dans une rue transversale. Schloss et les deux Boliviens descendirent de voiture avec le garde du corps. Pendant que celui-ci tapotait à la fenêtre de l'entrepôt, les autres s'aplatirent contre le mur. Le gorille échangea quelques mots avec l'homme qui se trouvait à l'intérieur. Puis il se dirigea vers la porte, qui s'ouvrit aussitôt. Les deux Boliviens bondirent. Schloss poussa le garde du corps dans le bâtiment et ferma la porte.

Pour André, une éternité s'écoula. Assis dans le break, il avait les yeux rivés sur la porte, qu'éclairait un réverbère.

— Alors ? demanda Houghton.

— Ils sont à l'intérieur, répondit Sexton.

Une minute passa. Une autre. Enfin, la porte s'ouvrit. L'un des Boliviens apparut sur le seuil. Il jeta un coup d'œil circonspect à droite, à gauche, puis fonça vers la voiture.

— Ça m'a l'air bon, murmura Sexton.

A l'instant où le Bolivien s'installait au volant, Schloss apparut à son tour. Il était seul. Lorsqu'ils furent garés devant l'entrepôt, ils aperçurent enfin Meredith, un peu en retrait. L'autre Bolivien la soutenait. Schloss et lui l'entraînèrent vers la voiture. Sexton bondit sur le trottoir.

— Et les gardes ?

— Ils ne bougeront pas, répondit Schloss.

Ils installèrent Meredith sur le siège arrière. Schloss monta à côté d'elle. Sexton s'assit devant. Sans un mot, le chauffeur démarra et s'éloigna à toute allure.

— Elle est droguée mais apparemment indemne, dit Schloss.

André appuya la tête de Meredith contre son épaule. Il avait les larmes aux yeux.

— Merci, mon Dieu, murmura-t-il. Merci, mon Dieu...

Ils traversèrent la ville en silence. Si jamais l'autre garde du corps avait prévenu la police, ils risquaient d'être interceptés par une voiture de patrouille. Les policiers ignoraient la marque de leur véhicule, mais cela n'y changeait rien. A cette heure-ci — presque vingt-trois heures — il n'y avait pas beaucoup de circulation dans les rues.

— Je crois que nous sommes sauvés, dit Schloss.

— Et le barrage que nous avons eu à l'aller ?

— Vous avez pu constater qu'ils nous ont laissé passer. Mes amis locaux ont distribué quelques cadeaux ce matin, en venant nous chercher. Ils ont laissé quelque chose pour les autres policiers de garde. (Il se tourna vers Houghton.) Vous tenez le coup ?

— Ça va.

— Toujours pas de sédatif ?

— Non. Il faut que j'aie l'esprit clair.

Une pause, puis :

— Il faut que je parle à André.

André se retourna.

— Nous aurons tout le temps, dit-il.

Nouveau silence.

— Je voudrais en être sûr, dit Houghton.

A la sortie de la ville, ils arrivèrent en vue du barrage. Schloss sortit une bouteille de derrière la banquette.

— Je vais vous asperger de whisky, Charlie. Si on nous arrête, faites semblant de cuver.

Cette fois, le policier de garde se livra à une inspection en règle. A la vue de Houghton, il haussa les sourcils.

— Ivre, dit le chauffeur en plissant le nez.

Le policier sentit l'odeur de whisky. En riant, il leur fit signe de passer.

Il n'y avait presque pas de circulation sur la nationale. Le chauffeur accéléra. Il négociait les virages à plus de quatre-vingts à l'heure, en rétrogadant au lieu de freiner. La vieille voiture bringuebalait, secouant les passagers. Dans un tournant, ils entendirent Houghton gémir.

— Moins vite, dit Schloss.

Personne ne parlait, mais André savait qu'ils pensaient tous à la même chose. Tant qu'ils n'avaient pas quitté le sol bolivien, ils n'étaient pas en sécurité. Compte tenu de ce que la police allait trouver chez Hoepner, elle n'aurait aucune raison de croire le témoignage des Américains. Mais Houghton tiendrait-il le coup ? Que se passerait-il s'ils devaient le faire examiner par un médecin ou, pire encore, l'emmener à l'hôpital ?

Quelques minutes avant l'arrivée à l'hacienda, Meredith ouvrit les yeux. Elle regarda dans le vide, l'air hébété.

— C'est fini, lui dit André. Vous êtes en sécurité.

Elle soupira, tenta de sourire. Puis elle replongea dans sa torpeur.

A l'hacienda, ils gagnèrent directement la piste d'envol. Le pilote aida André à porter Meredith dans l'avion.

— Vous vous sentez d'attaque, Charlie ? demanda Sexton à Houghton.

— De toute façon, nous n'avons pas le choix.

— Si vous ne devez pas y arriver, ce n'est pas la peine.

— Allons-y.

Ils lui arrangèrent un lit par terre. Houghton dut serrer les dents pour ne pas crier lorsque l'avion s'élança en cahotant sur la piste rudimentaire. Schloss se pencha sur lui.

— S'il vous plaît, laissez-moi vous donner un calmant.

— Je dois d'abord parler à André. Demandez-lui de venir.

André le rejoignit.

— A votre avis, dit Houghton, pourrions-nous reconstituer le puzzle à nous deux ?

André comprit. Ce que voulait Houghton, c'était un échange d'informations. Ce faisant, il reconnaissait un fait évident : André détenait des renseignements qui lui manquaient et dont il avait désespérément besoin. Mais André n'était pas sûr d'être payé de retour. Houghton avait-il des choses intéressantes à lui apprendre ? Compte tenu du caractère de l'homme — et de l'interrogatoire en règle auquel il avait soumis Hoepner — on pouvait supposer que l'ex-directeur adjoint de la C.I.A. avait tenté de percer le terrible secret qu'André, lui, connaissait maintenant.

— Essayons, répondit-il.

Pendant une demi-heure, les deux hommes, en tête à tête, se livrèrent à un troc d'un genre particulier, qui existe depuis l'invention du journalisme. Pour Houghton, c'était sans doute une nouveauté. André, lui, avait déjà pratiqué ce petit jeu des centaines de fois. Les règles en étaient simples : sans dévoiler ses sources, on donnait la version des événements que l'on estimait véridique. Houghton aurait pu lui proposer n'importe quoi en échange, André n'aurait jamais consenti à révéler d'où il tenait ses informations sur l'opération Detox et sur les activités ultérieures de Hoepner. Il comprenait pourquoi les Israéliens n'avaient pas mis les Américains au courant. Les renseignements auraient fatalement transpiré. Et les États-Unis se seraient trouvés dans une position effroyablement difficile si l'on avait appris que, pendant la deuxième guerre mondiale, l'O.S.S. avait agi en complicité avec la Gestapo et que, par la suite, la C.I.A. avait — fût-ce à son insu — recruté et rémunéré d'anciens nazis pour commettre de nouveaux forfaits. Les Israéliens ne pouvaient se permettre d'embarrasser les États-Unis, qui étaient les garants de leur existence.

De toute façon, Houghton ne demanda pas ses sources à André. Il écouta le récit du journaliste, puis il raconta ses propres démarches : sa découverte du dossier de l'interrogatoire de Hoepner, sa visite à Craig... Il n'omit rien. Il relata même sa convocation chez le président et fit part à André de sa conviction qu'il existait, entre les services secrets de différents pays, un réseau d'hommes partageant les mêmes idées.

Lorsqu'ils eurent terminé, Houghton fit signe à Sexton et à Schloss d'approcher.

— Je veux que vous soyez au courant, dit-il. Comme ça, le cas échéant, vous pourrez témoigner qu'André et moi étions d'accord sur les faits. (Il se tourna vers André.) Vous y allez, ou j'y vais ?

— Vous vous sentez d'attaque ?

— Ça va.

— Alors, allez-y. C'est vous qui êtes concerné.

— C'est toute la C.I.A. qui est concernée, rectifia Houghton avec tristesse.

Il s'adressa à ses deux anciens collègues :

— Vous n'allez pas en croire vos oreilles.

Hoepner, expliqua Houghton, travaillait pour Craig. Tous, ils travaillaient pour Craig. Tous les anciens nazis que les Américains avaient aidés à s'enfuir en Amérique latine pour les remercier de leur contribution dans la lutte des États-Unis contre les communistes, après la guerre. C'était cela qui avait donné aux Américains l'idée de les utiliser à nouveau en Amérique latine. Cette politique n'avait reçu aucune caution officielle. Houghton lui-même n'en avait jamais rien su. C'était l'œuvre d'un clan qui agissait à l'intérieur du Département d'État et de la C.I.A. Pour ces hommes, la fin justifiait les moyens. La fin, en l'occurrence, c'était l'anéantissement de la menace marxiste partout où elle se manifestait. Les moyens, c'était le recours à des méthodes que la politique officielle réprouvait et à des gens qu'on avait officiellement condamnés.

En 1959, le clan avait fait muter Craig en Amérique latine. Cette année-là avait vu, à Cuba, le renversement de Batista et l'ascension de Fidel Castro. Les membres du clan — des hommes comme Craig — redoutaient la prolifération de ce genre de situation dans la région. A leurs yeux, la politique officielle, quoique bien orientée, était trop scrupuleuse pour faire face à cette menace. Ils décidèrent donc de relever eux-mêmes le défi. Craig, qui connaissait parfaitement l'Allemagne et qui avait organisé la fuite de Hoepner — entre autres — vers l'Amérique latine, était l'homme idéal pour recruter des nazis et les aider à monter une organisation paramilitaire, terroriste. Le clan persuada la C.I.A. de créer une société « de couverture » et de nommer Craig à sa tête. La société se présentait comme la succursale d'une firme américaine spécialisée dans le développement de l'immobilier. Tout en opérant sous cette couverture, Craig demeurait un employé de la C.I.A. Hoepner et les autres en conclurent qu'ils travaillaient pour les États-Unis. En réalité, Craig ne rendait de comptes à personne. Ses activités bien particulières n'avaient aucun caractère officiel. C'était lui qui manigançait tout avec l'aide de ses complices. Ils n'avaient pas de difficultés financières, car la société ne manquait pas de clients. Les entreprises payaient pour « résoudre » leurs problèmes syndicaux. Les gouvernements payaient pour apprendre comment mater les extrémistes. Si les conditions politiques leur interdisaient toute intervention directe, ils s'en déchargeaient sur ladite société.

Craig ne demandait pas d'argent pour lui. Il ne recherchait pas le profit. A ses yeux, ç'eût été immoral. Il voulait simplement servir son pays — à sa manière. Hoepner et les autres nazis, eux, s'étaient enrichis. Surtout Hoepner. Ce fut lui qui succéda à Craig lorsque celui-ci prit sa retraite et retourna vivre aux États-Unis.

Craig était venu à La Paz parce qu'il redoutait probablement que Houghton, malgré les années écoulées, eût découvert quelque chose de compromettant pour lui.

Houghton se tut. Un long silence suivit.

— Dire que je me suis battu contre ces salopards pendant la guerre ! murmura enfin Sexton.

— Ce que je trouve dur à digérer, dit Schloss, c'est de penser que Craig payait Hoepner pour traquer les résistants communistes.

— C'est bien pour ça qu'il l'a tué, dit Houghton. Il ne voulait pas qu'on apprenne ce secret, le plus sordide de tous.

— Il n'agissait quand même pas de son propre chef ?

— Non. Il était sans doute soutenu par des hommes politiques. Ou, plus précisément, par certains membres du gouvernement qui se préoccupaient déjà de la menace que représenteraient les communistes après la guerre.

— Si je comprends bien, intervint André, l'O.S.S. vous a envoyé en France pour capturer un homme qui travaillait pour les Américains. Exact ?

A voir son expression, Houghton aurait préféré ne pas entendre cette remarque. Au bout d'un moment, il répondit :

— C'est exact.

Ses deux collègues le regardèrent sans comprendre. Il leur raconta brièvement la mission qu'on lui avait confiée pendant la guerre.

— Vos supérieurs n'étaient donc pas au courant des activités de Craig ? s'enquit André.

— Non, certainement pas. Ils travaillaient à découvert. Craig, lui, opérait en sous-main. Les gens qui agissent clandestinement ne racontent pas aux autres ce qu'ils manigancent. La plupart du temps, ils n'en parlent même pas entre eux. Cela peut être très dangereux. Nous venons d'en avoir le parfait exemple.

Il eut soudain une grimace de douleur. André jugea préférable de s'éloigner, mais Houghton le retint par le bras.

— Je voudrais que vous disiez quelque chose dans votre émission. Le plus effrayant, ce n'est pas ce que nous ignorons sur les activités des Russes mais ce que nous ignorons sur les activités des groupes qui agissent au sein des gouvernements — à commencer par le nôtre. Je n'aurais pas dit cela il y a un mois.

Sexton regarda Houghton, puis Schloss, puis André.

— Vous n'allez pas faire un reportage sur cette histoire ? dit-il, incrédule.

— Bien sûr que si.

— Il le faut, Dick, dit Houghton. Cette affaire est tellement nauséabonde qu'il faut l'étaler au grand jour pour en dissiper l'odeur. Nous ne pouvons pas arrêter les membres du réseau. Nous ne les connaissons même pas ! Ils peuvent être aussi bien dans les ambassades que dans l'administration ou au quartier général de la C.I.A. Le meilleur moyen de les neutraliser est de révéler leurs magouilles.

Ils atterrirent à l'aéroport international Jorge Chavez, au nord-ouest de Lima. Le pilote avait demandé par radio une ambulance. On emmena aussitôt Houghton à l'hôpital Arzobispo Loayza, dans le centre ville. Meredith, complètement remise mais encore groggy, accompagna son père. Schloss et Sexton restèrent à l'aéroport pour s'expliquer avec la police qui voulait savoir comment Houghton avait été blessé. Ils s'étaient mis d'accord avec Houghton pour présenter la chose comme un accident : techniquement, c'en était un. Ils feraient ensuite une déposition complète par l'intermédiaire de l'ambassade des États-Unis.

Schloss avait recommandé à André le Gran Hotel Bólivar, place San Martín. André s'y rendit en taxi. Il s'aperçut avec stupeur qu'il traversait une ville misérable, où on avait construit de larges *avenidas* en prévision de jours meilleurs qui se faisaient toujours attendre. Il arriva à l'hôtel à deux heures du matin. N'ayant ni bagages ni réservation, il dut exhiber — outre son passeport — toutes ses cartes de crédit afin d'obtenir une chambre.

Il ne se souvenait pas avoir jamais été aussi fatigué. Mais avant de se coucher, il devait appeler le service étranger de l'U.S.B.C. de New York. Il laissa à l'intention de Mike Paul un message lui demandant de rappeler à huit heures du matin, heure locale. Et il demanda qu'on fasse établir pour treize heures une liaison par satellite entre Lima et New York. Son interlocuteur voulut savoir quel était le sujet du reportage.

— Du sensationnel, répondit André. Je ne peux pas vous en dire plus.

Malgré sa lassitude, il avait encore un coup de fil à donner. Grâce à la standardiste de l'hôtel, il parvint à joindre Meredith à l'hôpital.

— Comment va-t-il ? s'enquit-il.

— Il est en réanimation, mais son état est satisfaisant. Les médecins disent qu'il est fort comme un taureau. La balle était logée dans le poumon. Heureusement, elle n'a pas causé trop de dégâts.

Elle parlait d'une voix lente, un peu pâteuse, comme si elle sortait d'un profond sommeil. Mais elle avait l'esprit parfaitement clair.

— Pour combien de temps en a-t-il ?

— Une dizaine de jours.

— Vous comptez rester près de lui ?

— Certainement.

Il hésita.

— Tâchez de vous reposer, dit-il.

— C'est mon intention. Les infirmières m'ont déniché un lit. Elles sont très gentilles.

Il lui souhaita une bonne nuit, en espérant qu'elle percevrait la tendresse dans sa voix.

Il s'endormit enfin, mais pour quelques heures seulement. A six heures et demie du matin, il expliqua sa situation délicate à un portier qui parlait l'anglais. A sept heures, l'intendante de l'hôtel avait réuni des vêtements repassés et des articles de toilette oubliés par d'autres clients. Lorsque Mike téléphona, André s'était douché, rasé et habillé. Et il avait pris un petit déjeuner — son premier repas depuis presque vingt heures.

Mike écouta le récit d'André en le ponctuant d'exclamations de surprise.

— Il m'est impossible de faire mon reportage d'ici, conclut André. Ce que je voudrais, c'est vous envoyer le maximum de matière par satellite. A vous, ensuite, de vous occuper du montage.

— Vous comptez traiter l'affaire Laurent ?

— Il vaut mieux pas. Je préférerais rentrer à Paris, me procurer le dossier et tout préparer sur place.

— L'élection a lieu dimanche...

— Mon but n'est pas d'influencer les électeurs français.

— Ça fera un meilleur reportage avant l'élection, André.

Sur le moment, André fut incapable de répondre.

— Laissez-moi d'abord boucler ce sujet-là, Mike. Si c'est humainement possible, je rentrerai à Paris demain.

— On peut vous aider ?

— Je voudrais bien, mais je ne vois pas comment.

— Bon. Faites pour le mieux.

A neuf heures, André se mit au travail avec une équipe de la télévision péruvienne. A l'aéroport, ils firent une prise de vues de l'avion. A l'ambassade des États-Unis, ils interviewèrent Sexton et Schloss, qui se montrèrent réservés mais coopératifs. A l'hôpital, ils filmèrent les médecins et s'entretinrent du kidnapping avec Meredith. André avait encore son commentaire à préparer ; l'équipe péruvienne avait mis ses studios de télévision à sa disposition. Auparavant, il s'accorda quelques minutes pour dire adieu à Meredith.

Elle avait les traits tirés et paraissait lasse, apathique. Visiblement, elle ne réalisait pas encore très bien ce qui s'était passé.

— Ne vous faites surtout aucun reproche, dit-elle. C'est moi qui ai insisté pour participer.

— J'aimerais bien que vous reveniez à Paris.

— Je le voudrais bien, moi aussi.

— Pour de bon, j'entends.

Elle promena ses doigts sur le visage d'André, comme pour en imprimer les contours dans sa mémoire.

— J'ai une meilleure idée, dit-elle. Rentrez donc aux États-Unis. Vous n'aurez qu'à vous considérer en mission à l'étranger.

Installé dans le studio de la TV péruvienne, il fit son commentaire en s'aidant de quelques notes. Il n'avait pas l'aisance d'élocution du présentateur du journal télévisé, mais son débit haché et le caractère improvisé de sa prestation conféraient au reportage une impression de vécu tout à fait appropriée. André en raconta le maximum sans déflorer l'affaire Laurent, qu'il comptait rendre publique à Paris.

A peine avait-il terminé que New York appelait. Saul Geffin se fit le porte-parole des producteurs :

— Tout le monde est d'accord pour dire que c'est un reportage fantastique, André. Mais il n'est pas complet. C'est comme si on lisait un merveilleux roman dont il manquerait les cent premières pages.

— Et alors, que voulez-vous que j'y fasse ? répliqua

André, soudain à bout de patience. Je ne peux pas en dire plus sans dévoiler tout le reste. Et ça, je m'y refuse. Je me suis crevé le cul pour avoir ce dossier. J'attendrai de l'avoir entre les mains et de pouvoir le brandir devant la caméra pour raconter toute l'histoire.

Il ne cherchait même pas à dissimuler sa colère. Il avait interrompu son congé sabbatique ; il avait parcouru trente mille kilomètres en moins de quatre semaines ; il avait risqué sa vie et celle de la femme qu'il aimait ; il avait été témoin de deux morts violentes... Tout ça pour rapporter à l'U.S.B.C. une exclusivité sensationnelle : une poignée de fonctionnaires américains recrutaient en secret d'anciens nazis pour monter des opérations clandestines et illégales afin de combattre le communisme dans toute l'Amérique latine. Qu'est-ce qu'ils voulaient de plus, bon Dieu ?

— Ne quittez pas, André, dit Geffin.

Lorsqu'il revint au bout du fil, il déclara d'un ton conciliant :

— Écoutez, vos nerfs ont été mis à rude épreuve. Rentrez donc à Paris et préparez ce reportage. Ensuite, prenez un ou deux jours de repos. Nous nous débrouillerons avec les éléments exploitables de l'affaire latino-américaine : la blessure de Houghton, la mort de Hoepner et de Craig... Nous traiterons ça comme un feuilleton à suspense. Et la semaine prochaine, mercredi ou jeudi, nous ferons une émission spéciale d'une heure. Ça colle ?

Il répondit par l'affirmative, mais il savait que ça ne collait pas. Ils n'étaient toujours pas satisfaits.

Renseignement pris, André constata qu'il était impossible de rentrer à Paris le lendemain. Au mieux, il y avait un vol Varig à destination de Rio de Janeiro le vendredi matin à 0 h 40. L'appareil arrivait à Rio à 7 h 30 du matin, mais l'avion pour Paris ne partait qu'à 21 h 30. Cela mettait André à Paris aux environs d'une heure du matin le surlendemain.

A Rio, il descendit au Copacabana Palace Hotel, sur l'Avenida Atlantica, face à la plage. C'était là qu'il avait séjourné lors de son unique voyage au Brésil, au début des années soixante. A l'époque, c'était l'hôtel le plus huppé de la ville. Aujourd'hui, à en juger d'après son apparence et sa clientèle, ce n'était plus le cas. Les divans et les fauteuils du hall semblaient avoir supporté le poids de cent mille personnes. Les couleurs étaient délavées, le bois éraflé. On ne voyait plus parmi les clients, comme autrefois, de superbes créatures et de séduisants play-boys. Au contraire, des gens sérieux, collet monté. Ce profond changement parut de mauvais augure à André. Il n'aurait su dire pourquoi, mais cela allait avec un sentiment général de malaise. Il était ivre de fatigue — il s'en aperçut lorsqu'il s'allongea sur son lit — mais ce n'était pas la seule explication. Il était contrarié de la réaction de New York et de ce qu'il considérait comme un défi à son jugement. Il était contrarié de se retrouver, une fois de plus, dans une chambre d'hôtel vide. Il était contrarié d'avoir dû quitter brusquement la femme qui l'avait éveillé à une nouvelle vie, qui l'avait rajeuni de dix ans. Enfin, il était contrarié d'être contrarié. Malgré son épuisement, il aurait dû avoir le moral au zénith. A Paris, il allait réaliser le plus gros coup de sa carrière, mieux, l'une des plus grandes prouesses journalistiques de tous les temps.

Qu'est-ce qui le tracassait donc ? Ce n'était pas le fait de se retrouver seul dans un hôtel sur le déclin. Ni le fait d'avoir mal pris une critique — sans doute fondée — de New York. Ce qui le tracassait, c'était que ce reportage — différent de tous les précédents — avait remis en cause toute son expérience. Avant, il avait toujours présenté des événements vécus par d'autres. Cette fois, il avait été personnellement au centre de l'événement. Pendant quelques semaines, il avait vécu intensément, comme cela ne lui était encore jamais arrivé. Quelles conclusions devait-il en tirer concernant la vie qu'il avait menée jusqu'alors ? La réponse était fort pénible à envisager. Qu'allait-il en faire, de cette réponse, maintenant qu'il l'avait ?

Le sommeil lui épargna une réflexion plus poussée. Lorsqu'il se réveilla, il ne pensait plus qu'à son reportage. Qu'avait fait Gondrachov durant son absence ? Le Russe était-il allé trouver un autre journaliste ? André aurait dû le contacter. Il avait été inconséquent. Irresponsable, même. Mais, au fond, André savait bien pourquoi il avait agi ainsi. Il ne pouvait se défaire de l'idée qu'il faisait le jeu des Soviétiques en rendant publique l'affaire Laurent. Or il ne voulait pas travailler pour un gouvernement perverti au point de cautionner la répression dans d'autres pays, d'imposer silence aux écrivains et d'abattre sans sommation un avion civil non armé. Vous pouvez vous fâcher quand un intrus empiète sur votre propriété ; vous ne lui tirez pas dessus pour autant.

En tout cas, il saurait bientôt à quoi s'en tenir. Et, bientôt, tout serait terminé. Une fois à Paris, il serait de nouveau motivé. Il pourrait agir.

Lorsqu'il composa le numéro de Paulette, il sentit tout de suite quelque chose d'anormal. Il entendit une sonnerie, un déclic, puis une sonnerie différente. Enfin, une voix de femme répondit. Ce n'était pas celle de Paulette. Sur le moment, André ne dit rien.

— Allô, oui ? répéta la femme.

— Je voudrais parler à Boris.

— Boris n'est pas là. Je prends les messages pour lui.

André raccrocha, atterré. Il contempla le téléphone d'un air horrifié, mais cela ne lui donna aucune inspiration. Il n'avait pas d'autre numéro à appeler. La D.G.S.E. tenait Paulette, c'était évident. Tenait-elle aussi Gennady ? Le Russe était trop malin pour s'être laissé coincer dans l'appartement de son amie. Quoique... André prenait peut-être ses désirs pour des réalités. Et le dossier ? La D.G.S.E. s'en était-elle emparé ? André avait-il commis une erreur de débutant ?

Il longeait en taxi le quai d'Orléans lorsqu'il remarqua deux hommes assis dans une voiture, à quinze mètres de son immeuble. La D.G.S.E. le surveillait toujours. Et le K.G.B. ? Si les services secrets soviétiques continuaient à l'espionner, ils mettraient Gennady au courant. André sentit son moral remonter. Il se persuada que le Russe était encore en liberté et serait bientôt informé de son retour. Pour faire bonne mesure, André décida d'aller à son bureau, sur les Champs-Elysées. Ainsi, les autres auraient une double chance de le repérer. Il finirait bien par avoir des nouvelles du Russe.

Il arriva à son bureau peu avant dix-huit heures. On n'entendait que le bourdonnement des téléscripteurs. Tout le monde était déjà parti. André en fut soulagé. Pas d'explications à fournir. Guidé par la force de l'habitude, il entra dans la salle des télex. Il avait reçu cinq dépêches de félicitations de New York pour son reportage péruvien. Record battu : jusque-là, son maximum était de trois. Il chiffonna les messages et les jeta à la corbeille. Des journaux étaient empilés sur une table, dans l'entrée. Il les emporta dans son bureau. Il allait passer une heure à les parcourir, pour se mettre au courant de l'actualité.

Tous les quotidiens titraient sur l'élection. Presque tous prédisaient la victoire de Camille Laurent. Ils accordaient également une large place aux circonstances extraordinaires entourant la mort du bourreau de Clermont-Ferrand. Les articles foisonnaient d'hypothèses et de questions sans réponse, chaque journal abordant l'affaire sous un angle différent.

André se demanda comment les quotidiens avaient traité cette information le premier jour. Il trouverait sans doute la réponse dans les éditions du vendredi. Il retourna dans la salle des télex, où on accumulait les vieux journaux en attendant de les découper pour les archives. Comme prévu, la mort de Hoepner faisait la première page. Camille Laurent avait dû être soulagé. Il allait être surpris, pensa André avec satisfaction.

Il se mit à parcourir les pages intérieures. Soudain, il vit la photo de Gondrachov. Avec ce nom : Milos Novotny. D'après l'article, on avait retrouvé le cadavre du Tchèque au bois de Boulogne, près de l'hippodrome d'Auteuil, dans un secteur fréquenté par les travestis. Selon la police, le corps présentait de multiples contusions et des traces de violences sexuelles.

André vomit sur le journal.

Il ne sortit pas de chez lui de tout le samedi. Il recevait des coups de fil affolés de New York : Où êtes-vous ? Tout va bien ? Rappelez d'urgence. Il écouta les messages sur son répondeur automatique, mais n'y répondit pas. Tom Shane, le plus jeune correspondant de son équipe, lui téléphona également plusieurs fois. New York l'avait chargé de retrouver André. Mais ses appels n'eurent pas davantage de succès. Dans le courant de la journée, on sonna à la porte. Puis on frappa. André ne bougea pas. Il n'avait rien à dire à personne. Il n'avait de réponses pour personne. Même pas pour lui-même.

Il avait perdu un ami. Car Gondrachov — l'agent soviétique, l'adversaire, le cynique inaccessible — avait été malgré tout un ami. Si André était resté en contact avec le Russe, celui-ci eût été encore en vie. André en était convaincu, et cette idée le hantait. Il frissonna en pensant à la façon dont Gondrachov était mort. Inlassablement, il passa en revue les motifs qui l'avaient poussé à quitter Paris sans prévenir. Ce n'était pas à cause de Gondrachov. C'était à cause de ce qu'il représentait. Une pensée — plus abominable encore que les autres — traversa l'esprit d'André : était-il victime, lui aussi, du venin qui avait empoisonné Virgil Craig ? Pas de réponse. La question était suffisamment pénible en soi.

Dimanche soir, à 20 heures, il écouta les résultats de l'élection présidentielle. Camille Laurent était élu. Cinquante-huit pour cent des électeurs avaient voté pour lui. Les commentateurs considéraient ce choix comme la volonté d'un retour à l'esprit du général de Gaulle.

Le lundi matin, André eut du mal à se sortir du lit. Il s'aperçut qu'il avait dormi du côté gauche. Cela le déprima encore davantage. Mais il ne pouvait pas continuer à se cacher ainsi. Il lui fallait s'occuper de New York, de son reportage, de lui-même.

Il arriva le premier au bureau, comme de coutume. On voyait tout de suite en entrant s'il était là, car son bureau se trouvait au bout du vestibule. Lorsque les autres arrivèrent, ils eurent tous la même réaction. Ils s'arrêtèrent net sur le seuil. Puis, après une pause de quelques secondes, ils se remirent en marche. Du côté opposé au bureau. Comme si André dégageait des ondes d'avertissement. Finalement, les trois correspondants vinrent le féliciter — un par un — pour son reportage exclusif. Mais aucun d'eux ne resta bavarder.

Vers une heure, il sortit pour aller déjeuner au Fouquet's, comme il le faisait au moins deux fois par semaine quand il travaillait à Paris. Au bout d'une dizaine de mètres, il remarqua une jeune femme qui venait en sens inverse. Elle devait avoir entre vingt-cinq et trente ans. Vêtue d'un tailleur beige, elle portait plusieurs paquets. Deux choses avaient attiré l'attention d'André. D'abord, sa beauté spectaculaire. Ensuite, l'impression de la connaître. Arrivée à dix pas d'André, elle laissa tomber l'un de ses paquets. Elle ne s'en aperçut apparemment pas, car elle continua son chemin.

— Mademoiselle ! s'écria André en se baissant pour ramasser le paquet.

Elle s'arrêta et se tourna vers lui. Son sourire révéla des dents parfaites. Elle avait les narines légèrement dilatées. Une touche de fond de teint soulignait ses pommettes hautes. Ses yeux marron étaient légèrement ombrés de noir. Sa beauté avait quelque chose de flou, comme si elle ne savait pas encore très bien l'exploiter. Il lui tendit le paquet. Au lieu de le remercier, elle lui dit dans un parfait anglais :

— Appelez-moi dans une heure au 606-24-84. J'ai quelque chose pour vous de la part d'un ami. 606-24-84.

Sur ces mots, elle tourna les talons et s'éloigna.

André poursuivit son chemin vers le Fouquet's. Il se répéta mentalement le numéro jusqu'à ce qu'il fût assis à sa table. Mais il attendit pour le noter d'avoir fait semblant de consulter le menu. *Où* avait-il vu cette fille ? Impossible de s'en souvenir. La connaissait-il ? Était-ce une actrice ? L'avait-il vue au cinéma ? Au théâtre ? Quand, enfin, il comprit qui c'était, il ne sut s'il devait rire ou pleurer. C'était Tricia Boogaloo, du Crazy Horse Saloon.

Lorsqu'il l'appela d'une cabine publique, une heure plus tard, Tricia Boogaloo refusa de se montrer explicite. Elle déclara simplement qu'elle était devenue amie avec le monsieur de Prague, cet homme fascinant et généreux. Apparemment, il avait eu le pressentiment de ce qui allait lui arriver. Il avait dit que, s'il restait plusieurs jours de suite sans lui donner signe de vie, elle devrait contacter André en suivant ses instructions. En outre, il lui avait demandé de cacher une enveloppe derrière l'un des miroirs qui tapissaient les murs du Crazy Horse. Elle avait accepté pour lui faire plaisir, parce qu'il était gentil avec elle. Mais elle n'avait pas pris l'affaire au sérieux. Jusqu'au moment où elle avait lu l'article dans le journal. Quelle mort horrible ! Et quelle chose incroyable ! Ce monsieur semblait pourtant parfaitement normal, même s'il était un peu lubrique.

Il s'agissait certainement du dossier. Et le Crazy Horse se trouvait à cinq cents mètres de là. Mais pour ce que ça avançait André, il aurait aussi bien pu se trouver sur la Lune ! Gondrachov n'avait pas révélé la cachette, et cela lui avait coûté la vie. André avait la conviction que les hommes de Laurent le tueraient, lui aussi, dès qu'il aurait récupéré le dossier. Et ils le sauraient aussitôt, il en était persuadé.

Jusqu'à maintenant, il avait eu l'intention de faire son reportage de Paris. A présent, c'était hors de question. Dans l'immédiat, le plus urgent était de sortir le dossier de France. Mais comment ?

— Attendez une seconde, dit-il à Tricia Boogaloo. Accepteriez-vous, pour mille dollars, d'aller cet après-midi à Londres ? Un simple aller-retour en avion ?

— C'est tout ce que j'aurai à faire ?

André éclata de rire. Ça ne lui était pas arrivé depuis une semaine.

— C'est tout. Vous n'aurez qu'à me remettre cette enveloppe à l'aéroport d'Heathrow, à Londres. Vous pourrez rentrer aussitôt. Je paierai également votre billet. Reste à savoir si vous pourrez aller prendre l'enveloppe aujourd'hui ?

— Oh ! oui. L'équipe de nettoyage est sur place.

Il fut tenté de s'occuper lui-même du billet de la jeune femme et de lui donner rendez-vous à l'aéroport, mais il n'osa pas prendre le risque. Il lui dit de réserver sur le vol d'Air France de 18 h 30. Il la rappellerait dans cinq minutes pour s'assurer qu'elle avait une place.

Cinq minutes plus tard, il l'appela d'une autre cabine. Elle avait sa réservation. Il lui dit qu'il l'attendrait à l'arrivée.

Il retourna à son bureau prendre son passeport et de l'argent. Puis il se rendit en taxi à l'aéroport. Il attrapa de justesse l'avion de 16 h 30. A New York, ils allaient encore se faire du mauvais sang. Mais ils n'en mourraient pas. Et lui... ? Tout dépendait maintenant de Mme Tricia Boogaloo, du Crazy Horse Saloon. Oh ! Gennady, quel beau geste !

Elle fut la troisième passagère à descendre de l'avion. Il l'avait attendue dans l'aire d'arrivée, sans passer par les bureaux de l'immigration. Elle lui tendit une grande enveloppe en papier kraft.

— J'ai un avion pour Paris dans vingt minutes, dit-elle. Il faut que je me presse.

Il lui remit l'argent. Elle ne prit pas la peine de compter.

— Ravie de vous avoir connu, dit-elle.

Puis elle disparut dans la foule.

Il décacheta l'enveloppe. A l'intérieur se trouvait le dossier. Il l'ouvrit à la page critique : le rapport de Hoepner daté du 10 octobre 1943. C'était bien le document. Le bas de la feuille était déchiré. Aucun doute, il tenait entre ses mains le dossier authentique.

Il y avait une lettre d'accompagnement. André la lut dans le taxi qui le conduisait au bureau de l'U.S.B.C.

Cher André,

Si vous lisez cette lettre, mon vieux, c'est que ça aura mal tourné pour moi. Surtout, ne vous faites pas de reproches ; c'est moi qui ai été imprudent. En tout cas, vous trouverez ci-joint ce que je vous dois. A mon grand regret, je risque de ne plus être là pour voir l'usage que vous en ferez. Mais j'ai appris à prévoir vos réactions ; cela faisait partie de mon travail. Je devine donc sans difficulté le cas de conscience que vous vous posez. Étant donné ce qu'il sera advenu de moi lorsque vous lirez cette lettre, je crois pouvoir dire en toute sécurité que votre point de vue n'est pas totalement faux. Nous autres, Soviétiques, nous sommes effectivement un peuple difficile, intransigeant, têtu, xénophobe. Mais pensez un instant à ce que seraient aujourd'hui les Américains s'ils avaient subi tout ce que les étrangers nous ont fait subir. Comme je vous l'ai dit au Crazy Horse, il faut bien finir un jour par tomber d'accord sur quelque chose. Même si cela n'est pas très agréable. Mettons-nous donc d'accord là-dessus : un homme qui a collaboré avec les criminels de guerre nazis ne doit en aucun cas devenir président de la République française.

GENNADY.

P.S. Le miroir derrière lequel j'ai caché le dossier est celui-là même qui reflétait le merveilleux séant de Mlle Boogaloo. J'espère que ce détail vous amusera.

André eut un rire étranglé. Ses yeux s'embuèrent. « Vous savez quoi, Gennady ? pensa-t-il. Nous allons couper la poire en deux. »

En arrivant au bureau de l'U.S.B.C., il appela Mike Paul. La communication dura près d'une heure. L'issue resta incertaine jusqu'au bout, mais André finit par emporter le morceau. Après avoir raccroché, il tapa à la machine le script de son émission sur Camille Laurent. Il raconta toute l'histoire, en commençant par le coup de téléphone de Shlomo Glaser. Son papier terminé, il en fit une photocopie. Il mit l'original dans une grande enveloppe, ainsi qu'une photocopie du dossier. Il adressa le tout à Mike Paul, à New York, avec la mention : *Personnel et confidentiel*. Puis il mit l'enveloppe dans le courrier qui devait partir de Londres par avion le soir même. Ensuite, il glissa le double du texte et une autre photocopie du dossier dans une seconde enveloppe qu'il mit dans sa serviette avec le dossier original. Cela fait, il alla en taxi à l'Hôtel Connaught. Là, il demanda au directeur de le conduire à la salle des coffres. On lui attribua un casier, dans lequel il fourra la pochette contenant le dossier original. Il empocha la clef du coffre et monta dans sa chambre.

Il passa la nuit au Connaught et rentra à Paris en avion le lendemain matin. Sitôt à son bureau, il téléphona au quartier général de Camille Laurent pour demander un rendez-vous. Non, ça ne pouvait pas attendre la semaine suivante. Il désirait être reçu le jour même. Si le chargé de presse voulait bien transmettre sa requête au président élu, celui-ci donnerait certainement une réponse favorable.

André passa les vingt minutes suivantes à écrire. Sa lettre terminée, il la mit dans une enveloppe qu'il cacheta avec du papier collant. Puis il convoqua dans son bureau Tom Shaw, l'un de ses correspondants.

— Fermez la porte, Tom, dit-il en lui indiquant un siège.

Shaw — un maigre jeune homme d'à peine trente ans — s'efforça de trouver une position confortable sur la chaise. N'y parvenant pas, il regarda son patron. André lui tendit la clef du coffre de l'Hôtel Connaught.

— Accrochez-la à votre trousseau. (Il lui remit la lettre.) Maintenant, rentrez chez vous et cachez ça à un endroit où personne ne risque de mettre la main dessus. S'il m'arrive quelque chose avant que je vous aie demandé de me rendre la clef, vous ouvrirez cette lettre et vous suivrez exactement les instructions qu'elle contient. Pour schématiser, votre rôle consistera à aller d'abord à Londres, puis à New York. Même si Mike Paul ou d'autres personnes vous donnent des consignes différentes. Et vous agirez sans en parler à qui que ce soit. Vu ?

— Comme vous voudrez.

— Parfait.

Le président élu reçut André chez lui, quai Anatole-France, à dix-sept heures. Il habitait un classique appartement bourgeois avec plafonds hauts, pièces spacieuses et meubles Louis XVI. Lorsque André arriva, Laurent se tenait devant un mur orné de gravures de Daumier. Sa minceur soulignait sa taille. A côté de lui, André semblait tout petit. Ses yeux bleus, au regard fixe, étaient remplis d'hostilité et de méfiance. Il y avait un autre homme dans la pièce. André ne le connaissait pas. Laurent le lui présenta : M. Gauthier. André eut la conviction que ce M. Gauthier était un important fonctionnaire de la D.G.S.E. C'était certainement lui qui avait veillé aux intérêts de Laurent et qui s'était beaucoup démené — pour le malheur de certains — durant les quatre dernières semaines.

— Je serai bref, mon général. (André tendit à Laurent l'enveloppe qu'il avait rapportée de Londres.) Vous trouverez dans cette enveloppe le double d'un papier que j'ai écrit hier à Londres. J'ai envoyé l'original au président de la chaîne U.S.B.C. à New York. Je me suis assuré avant de venir qu'il l'avait bien reçu. Il y a là, également, la photocopie d'un dossier de la Gestapo réunissant tous les rapports rédigés par Kurt Hoepner à l'époque où il était à Clermont-Ferrand. L'original de ce dossier est enfermé dans un coffre à Londres. Dans l'un de ces documents, daté du 10 octobre 1943, Hoepner mentionne le nom de l'homme qui était son agent dans la Résistance. Cet homme, c'est vous.

Du coin de l'œil, André vit Gauthier battre des paupières. Laurent, lui, ne cilla pas.

— Dans deux cas précis, mon papier et le dossier seront rendus publics. Premier cas : si je suis tué, blessé, ou si je disparais brusquement. Second cas : si vous n'avez pas annoncé, dans les vingt-quatre heures, votre décision formelle et irrévocable de renoncer à la présidence.

— Chantage, dit Laurent.

— Générosité, rétorqua André. Si je voulais vous faire chanter, je vous laisserais prendre vos fonctions. Avec ce dossier suspendu au-dessus de votre tête comme une épée de Damoclès, songez aux pressions que je pourrais exercer sur vous, aux richesses que je pourrais accumuler !

Dans le silence qui suivit, il entendit la respiration sifflante de Laurent.

— Votre compatriote Arnaud de Borchgrave avait raison, dit enfin le président. La presse occidentale est noyautée par les communistes. Vous en êtes le parfait exemple, Kohl. Vous venez d'exécuter une mission capitale pour les Soviétiques.

André avait prévu cet argument, tout comme il avait prévu que Laurent l'accuserait de chantage.

— Détrompez-vous, mon général, répondit-il posément. Si j'étais à la solde des Soviétiques, je diffuserais mon reportage. Cela ruinerait non seulemnt votre réputation mais celle de toute la droite française. La gauche reviendrait au pouvoir. C'est *ça* que voudraient les Soviétiques. Moi, je vous donne une chance de vous retirer avec les honneurs, votre réputation intacte. Vos alliés politiques n'en pâtiront pas. Les Français qui vous ont élu pourront, s'ils le désirent, voter pour un autre candidat conservateur, sans qu'aucun scandale n'influence leur choix. J'estime que vous vous en sortez rudement bien.

Pendant quinze secondes, Laurent fixa André en silence. André soutint son regard. Il avait presque l'impression de voir fonctionner le cerveau du général. Avant même d'avoir entendu la réponse, il sut quelle serait la décision.

— Dites-moi, monsieur Kohl, c'est la première fois que je vois un journaliste renoncer à un gros scoop. Comment allez-vous expliquer cette décision à une chaîne de télévision aussi importante que l'U.S.B.C. ?

— Ce sera inutile, mon général. J'ai remis ma démission hier. Elle deviendra effective dès l'instant où vous aurez annoncé la vôtre.

André s'interrompit un instant.

— Vous avez vingt-quatre heures.

Sur ces mots, il tourna les talons et sortit.

Il apprit la nouvelle à la télévision quatre jours plus tard, à Varengeville, au terme d'une longue journée d'exercices au piano. Laurent lui avait personnellement téléphoné pour lui demander de prolonger le délai. Il avait mis au point un scénario qui lui permettrait de démissionner de manière élégante. M. Kohl aurait certainement l'élégance, en retour, de lui accorder cette sortie. André avait accepté.

Dans l'après-midi, le chargé de presse de Laurent avait annoncé que le président élu était brusquement parti en vacances. Pour où ? Secret. Il voulait se reposer. Les journalistes fulminèrent, mais ils ne pouvaient rien faire. Le jeudi, tout le monde apprit — dans des circonstances dramatiques — où se trouvait Camille Laurent. Il était allé avec sa femme dans le sud de la France, dans un camp militaire dont le commandant avait mis ses quartiers à sa disposition. Incapable de dormir, le président élu s'était levé au milieu de la nuit. Tâtonnant dans l'obscurité, il avait voulu descendre au rez-de-chaussée pour lire un moment. Et il était tombé dans l'escalier. Atteint à la tête, il avait été aussitôt emmené dans un hôpital militaire, où son état était jugé sérieux. On l'avait opéré le vendredi. Le samedi, il avait pu dire quelques mots à ses proches. Selon lui, la France méritait un président jouissant d'une bonne santé et de toutes ses facultés. Ce n'était plus son cas. Par conséquent, dans l'intérêt du pays, il renonçait à la présidence de façon définitive.

André éteignit la télévision. Ce qui venait de se terminer, il s'en rendait compte, ce n'était pas seulement un bulletin d'informations. Ni un reportage sensationnel. C'était une période de sa vie. Il se sentait à la fois triste et heureux. Rien ne remplacerait jamais cette période. Mais il lui fallait bien se débarrasser de son ancienne vie s'il voulait connaître de nouvelles expériences. Il avait tenté de faire comprendre cela à Mike Paul en lui annonçant sa démission, mais il n'avait pas réussi. Il n'avait pas réussi non plus à lui expliquer pourquoi il fallait enterrer définitivement l'affaire Laurent. Il y a parfois des considérations plus importantes que les reportages les plus importants.

Un mois auparavant, il n'aurait pas compris cela. Il y avait des tas de choses qu'il n'aurait pas comprises un mois auparavant. Au départ, il était venu à Varengeville pour renouer avec son passé. Maintenant, il savait que ce n'était pas la nostalgie du passé qui lui avait dicté cette démarche. C'était l'insatisfaction que lui procurait le présent. Il fallait vraiment être américain pour ne pas être comblé par une vie de rêve comme la sienne ! Un Français ne se poserait pas de tels problèmes. Toute la différence était là. Au fond, il n'était pas français. Il était américain, avec tout ce que cela comportait : l'insatisfaction perpétuelle, le besoin de se dépasser, d'atteindre de nouvelles frontières. En France, il ne s'était pas senti bien dans sa peau, car il avait cherché à renier ses origines. Réfugié dans un charmant trou perdu, il avait tourné le dos au plus grand reportage de sa carrière : les efforts que faisait son pays pour se renouveler, pour oublier ses griefs, affronter ses problèmes et repartir de l'avant.

C'était Meredith qui lui avait fait prendre conscience de cela. Et il savait qu'elle avait raison. Car elle était la preuve vivante de ce renouveau.

Elle avait également raison sur un autre point. Après plus de quinze ans en Europe, il verrait l'Amérique avec le regard neuf d'un correspondant à l'étranger.

Il mit un disque sur sa platine. La *Symphonie du Nouveau Monde*, de Dvorak. Les yeux fermés, il écouta intensément, le corps et l'esprit tendus vers la musique. Au bout de cinq minutes, il s'aperçut qu'il écoutait le morceau d'une oreille totalement différente. Sans doute parce que, l'espace de quelques semaines, il avait connu une vie active et non plus passive. La symphonie était interprétée par l'Orchestre philharmonique de New York, sous la direction de Leonard Bernstein. C'était une exécution parfaite. Mais ce n'était que cela. Ce n'était pas un acte créatif. Dans le meilleur des cas, une interprétation pouvait être un acte *re-créatif*, une sorte de reportage sur l'acte créatif d'un autre. Les Isaac Stern et les Arthur Rubinstein donnent beaucoup de joie à ceux qui les écoutent, mais ce ne sont pas des créateurs. Ce sont des interprètes. André n'avait pas eu une vie créative, et cela lui avait manqué. La plupart du temps, il avait vécu par procuration, à travers l'expérience d'autres personnes qui faisaient des choses qu'il ne pouvait pas — ou ne voulait pas — faire lui-même.

En définitive, il avait eu raison de ne pas prendre « l'autre route ». Mais celle qu'il avait prise, il devait maintenant la quitter. Quelle était donc la bonne route, celle qui menait à une vie authentique ? Et d'abord, qu'est-ce qui caractérisait une vie authentique, créative ? Le fait d'accomplir des choses qui, sans vous, ne se seraient jamais réalisées. Le fait de provoquer des événements qui ne se seraient pas produits sans votre intervention. Pour cela, inutile d'être compositeur. Il suffisait d'aimer sincèrement une autre personne et de s'en faire aimer. Cet amour — qui n'aurait pas existé dans d'autres conditions — serait le fruit de votre acte créatif.

La symphonie se terminait. Soudain, André dressa l'oreille. Il connaissait par cœur cette musique, ce mélange vibrant de thèmes européens et américains. Pourtant, la fin du dernier mouvement le prit totalement au dépourvu. Après une cascade de fioritures et de crescendos, une note s'élevait, solitaire et prolongée. Qu'avait voulu dire Dvorak ?

Un seul sens possible. Dans le Nouveau Monde, rien ne finit jamais. Et tout peut recommencer.

L'impression de ce livre
a été réalisée sur les presses
des Imprimeries Aubin
à Poitiers/Ligugé

pour les Éditions Jean-Claude Lattès

Achevé d'imprimer en décembre 1984
N° d'édition, 85008 — N° d'impression, L 17416
Dépôt légal, janvier 1985

Imprimé en France